Paige Brown
Ein Rockstar zum Verlieben

Seit vier Jahren tourt Julian Rush schon mit seiner Band durch die USA. Jetzt ist die Luft bei ihm raus. Er will die Band auflösen und nach einem letzten Auftritt in Seattle nach Riverside zurückkehren. Ausgerechnet bei diesem Auftritt trifft er Mila wieder, das einzige Mädchen, das ihm jemals etwas bedeutet hat.

Mila und Rush haben eine schwere Zeit hinter sich, die beide emotional an ihre Grenzen gebracht hat. Am Ende dieser Beziehung ist Mila aus Riverside geflüchtet und Rush musste ins Gefängnis. Mila steckt seit Jahren in einer Ehe fest, die sie einsperrt, und Rush glaubt, überhaupt nichts mehr fühlen zu können. Bis die beiden sich in die Augen sehen. Sie erlauben sich eine einzige Nacht, von der niemand etwas wissen muss. Als Julian am nächsten Morgen aufwacht, ist Mila schon weg und ihm wird klar, er hätte sie nie gehen lassen dürfen. Er versucht alles, um sie zu finden. Am Ende bleibt ihm nur noch ein Weg, ihr zu sagen, was sie ihm bedeutet: Sie muss den Song hören, den er für sie geschrieben hat.

Ein Rockstar zum Verlieben

Paige Brown

- Liebesroman -

Latos-Verlag
Calbe/Saale

Korrektorat/Lektorat: Michaela Marwich, Textcheck Agency,
Umschlaggestaltung: N. Döhling, Plauen
Titelbild: © marinasvetlova – Fotolia.com
© Ismagilova – Shutterstock
Satz: Grittany Design, Berlin
Drück und Bindung: PRESSEL Digitaldruck, Remshalden

1. Auflage 03/2017

ISBN: 978-3-943308-82-2

www.latos-verlag.de

Für euch

1. Teil

1. Kapitel

RUSH

Das war es jetzt! Ich will nicht mehr. Nicht die kreischenden Weiber, nicht die Sauferei, das Touren, den Stress. Ich lasse mich auf das schwarze Ledersofa im Tourbus fallen und verziehe das Gesicht, als John und Tristan drei Groupies in den Bus schieben. Die drei sind ja noch nicht mal hübsch, und wie sie kichern und sich an den Jungs reiben. Ich verdrehe genervt die Augen, als eins der Chicks sich nach mir umsieht und mit ihren Wimpern klimpert. Reicht ihr John nicht? Ich fahre mir durch die nach dem Konzert verschwitzten Haare und wende den Blick ab. Vor ein paar Monaten hätte ich noch mitgefeiert, aber ich habe es satt. Ich bin müde, völlig erledigt und ich weiß schon lange nicht mehr, warum ich das hier noch mache.

Ich stehe auf, schnappe mir die halbleere Flasche Bourbon von einem der Tische und halte auf die Schlafkabine im hinteren Bereich des Busses zu, den wir als Schnäppchen einer alternden Band abgekauft haben, die das Touren genauso satt hatte wie ich jetzt.

»Mir gefallen deine Tattoos«, säuselt plötzlich jemand hinter mir und umschließt mein Handgelenk. Ich starre auf die Finger, die mich berühren und dann auf die bunte Haut meines Unterarms.

»Sag John, er soll dir die Visitenkarte von Mark geben, wenn er mit dir fertig ist.« Ich reiße meinen Arm los und öffne die Tür zur Kabine.

»Wer ist Mark?«

Ich sehe über die Schulter zurück in das zugekleisterte Gesicht einer Blondine. Irgendwie habe ich das Gefühl, dass die Weiber alle gleich aussehen in letzter Zeit. Eine wie die andere. Am Anfang hatte ich noch meinen Spaß mit all den Mädchen, die uns so begegnen und die alles für uns tun würden. Aber in den letzten Monaten … Ich weiß, ich sehne mich nach etwas, aber ich habe keine Ahnung, was das ist. Vielleicht brauche ich einen Tapetenwechsel. Der Gedanke kommt mir immer öfters.

»Mark ist der Mann, der die Tattoos gemacht hat, die du so toll findest.« Ich lasse das Mädchen stehen und verschwinde in die Kabine. Ich schließe von innen ab, sollen John und Tristan doch mit ihren Weibern vorn auf den Sofas schlafen. Ich will heute Nacht nicht an die Decke starren, während die beiden es direkt neben mir mit ihren Chicks treiben.

Wütend werfe ich die Flasche nach oben auf mein Bett, schlage mit der Faust einmal gegen die Bettumrandung und fluche laut. Ich kann nicht mehr. Besonders, weil das alles hier auch kein Ende hat. Wir fahren seit vier Jahren von Stadt zu Stadt und treten auf, wo man uns lässt. Das ist unser Leben. Zu mehr haben wir es nicht gebracht. Was ist mit den Träumen von einem Plattenvertrag, dem Rampenlicht? Stattdessen leben wir von einem Auftritt zum nächsten und stecken fest. Ich habe seit Monaten keinen einzigen Song mehr aufs Papier gebracht. Die Musik fühlt sich für mich nicht mehr so an wie früher. Ich spüre sie nicht mehr.

Kein Ende. Vielleicht sollte ich es beenden? Ich ziehe mich hoch in mein Bett und lege mich auf den Rücken, drehe die Flasche auf und nehme einen kräftigen Schluck, dabei läuft mir Bourbon aus den Mundwinkeln und dann die Wangen und den Hals runter. Was soll's? Ich boxe mit der Faust gegen die Decke über mir.

»Was soll alles? Die Musik? Die kleinen Pubs und Bars?«

Vielleicht wird es Zeit, mal wieder nach Hause zu fahren, überlege ich, als ich an meine Mutter denken muss, die mich ständig fragt, wann ich mal vorbeischaue. Seit wir vor vier Jahren Riverside verlassen haben, war ich nie wieder dort. So sehr wie es mich damals aus dieser Kleinstadt fortgetrieben hat, so sehr möchte ich im Augenblick wieder zurück. Aber was ist mit ihr? Was, wenn auch sie wieder zurück ist?

Wenn ich an Riverside denke, dann muss ich auch an Mila denken. Obwohl ich das nicht will. Manchmal fühlt es sich an, als wäre ich damals, nachdem ich meine Gefängnisstrafe abgesessen hatte, nur wegen ihr aus Riverside geflohen und nicht wegen unserer Träume von der großen Musikkarriere. Vielleicht bin ich das auch, weil ich den Erinnerungen an sie entfliehen wollte.

Ich richte mich auf und setze die Flasche wieder an, diesmal verschwende ich nichts von dem Alkohol. Ich brauche jeden Tropfen, wenn ich etwas Schlaf bekommen will. Vorne im Bus höre ich eins der Mädchen Johns Namen schreien. Glauben die Weiber wirklich, wenn sie beim Vögeln so laut schreien, kaufen wir ihnen ab, dass sie noch nie so gefickt worden sind wie von uns? Ich verdrehe schon wieder die Augen.

Das alles hier scheint nicht mehr zu mir zu gehören. Ich fühle mich fremd in meiner eigenen Welt. Und ich weiß nicht einmal, wieso das passiert. Aber ganz plötzlich stehe ich abends auf der Bühne und es ist, als würde alles im Nebel verschwinden. Ich singe, aber ich bin nicht dabei. Ich höre die Menschen kreischen, lachen, sich unterhalten, aber ich bekomme es kaum mit. Vielleicht bin ich nur ausgepowert. Aber ich muss ziemlich am Ende sein, wenn es mich zurück nach Riverside zieht. Ich schüttle den Kopf und lache laut auf. Ich und Riverside, wir passen gar nicht zusammen. Haben wir nie.

»Scheiß drauf! Ich fahr nach Hause.« Noch den einen Auftritt hier in Seattle und dann mach ich Schluss. Wie groß ist schon die Chance, dass Mila zurück ist? Und selbst wenn, es interessiert mich nicht mehr, weil ich schon lange nichts mehr fühle. Ich bin leer, ausgebrannt. Wahrscheinlich werde ich nie wieder etwas fühlen, denn alles, was ich jemals gefühlt habe, ist mit Milas Verrat verschwunden. Sollen John und Tristan doch ohne mich weitermachen. Zufrieden kippe ich mir noch mehr Bourbon in die Kehle und lächle.

»Rush, komm raus und feier mit uns«, brüllt Tristan.

»Mach, dass du wegkommst, Harper«, brülle ich zurück. Schwere Wärme legt sich über mich und ich schließe die Augen. Der Bourbon entfaltet seine Wirkung. Früher hat es nach einem Konzert länger gedauert, bis es soweit war. Bis mich Alkohol von dem Rausch runterholen konnte, den ein Auftritt in mir ausgelöst hat. Jetzt gibt es keinen Rausch mehr, also muss mich der Alkohol auch nicht mehr runterholen.

»Wir haben ein Mädchen für dich«, schreit John unsauber zurück. »Sie sieht gut aus. Bekommst du keinen mehr hoch, oder was ist los mit dir in letzter Zeit?«

»Mach dich vom Acker«, nuschle ich und trete mit dem Fuß gegen die dünne Wand, die die Schlafkabine und den vorderen Bereich voneinander trennt.

»Mach doch was du willst«, kommt es zurück.

Das habe ich vor. Gleich morgen sage ich den Jungs, dass es nur noch einen Gig gibt, dann löse ich die *Riverside Dingos* auf. Mann, was haben wir uns nur bei diesem Namen gedacht? Ich reiße das Poster von der Decke, das über mir klebt und zerknülle es. Es hat die Gesichter von drei Jungs gezeigt, die mit Träumen eine Kleinstadt zwanzig Meilen von Seattle entfernt verlassen haben. Jungs, die glaubten, dass die Welt nur auf sie wartet. Wahrscheinlich war es ein Fehler, Gigs so nahe an der alten Heimat anzunehmen. Es ging mir besser, solange wir weit weg von Riverside waren.

MILA

»Du musst mal wieder raus«, meint Dana und stößt frustriert die Luft aus ihren Lungen. Sie stützt den Kopf auf ihre Hände auf und mustert mich besorgt. »Du hast mit zwanzig Jahren geheiratet, nur zwei Jahre nach Du-weißt-schon-wem.«

Ich seufze und weiche Danas Blick aus. Genervt sehe ich mich in dem kleinen Café um, in dem wir uns manchmal während unserer Mittagspause treffen.

Dana ist die Einzige, der ich mich voll und ganz anvertraue. Sie versteht mich am besten, und meistens weiß sie auch am besten, was ich brauche. Besser als ich selbst. Aber wenn sie mit mir über ihn sprechen will, dann liegt sie falsch, denn es tut nur weh. Auch nach mehr als fünf Jahren fällt es mir noch immer schwer, über Julian zu reden oder auch nur an ihn zu denken. Er ist das dunkelste Kapitel in meinem Leben. Und zugleich auch das aufregendste. Ich kann mich noch gut an all diese Gefühle erinnern, die er in mir auslösen konnte. Dieses Chaos. Diesen Schmerz. Die bittere Enttäuschung. Er war der erste, der überhaupt Gefühle dieser Art in mir geweckt hat, was mich damals völlig überrumpelt und blindlings in eine Liebe gerissen hat, deren Ende mich zerrissen hat. Und er war nur eine weitere Person in meinem Leben, die mir gezeigt hat, dass ich niemandem vertrauen darf.

»Ich weiß, dass du glaubst, ich wäre noch nicht bereit gewesen, Rick zu heiraten. Aber das stimmt nicht.« Rick ist genau zum richtigen Zeitpunkt in mein Leben getreten. Er hat mich wieder repariert und mir die Beständigkeit gegeben, nach der ich mich gesehnt habe, nach all dem, was mit Julian passiert ist. Er war immer nur ehrlich zu mir, offen und hat mich niemals enttäuscht, weil er in allem meine Erwartungen sogar noch übertroffen hat. Er ist zuverlässig, verantwortungsbewusst und nicht nur ein Ehemann, sondern auch ein Freund.

»Es liegt nicht daran, dass es zu früh war. Es liegt an mir, ich habe mich verändert, und ich weiß nicht warum.« Ich fühle mich seit einiger Zeit leer und nicht mehr gefordert, mir fehlt sogar der Elan, um weiter an meinen Büchern zu schreiben. Ich habe das Gefühl, vor mich hinzuleben, ohne ein Ziel zu haben. Ich habe das Gefühl, jeder Tag gleicht dem anderen und ich ersticke jeden Moment daran.

Dana lacht auf und schüttelt verzweifelt den Kopf, dabei hüpfen ihre hellroten Korkenzieherlocken um ihr Gesicht herum. Diese Locken verdankt sie der Natur, die sich wohl gedacht haben muss, ihr blasser Teint, der kleine Mund mit den roten Lippen und die eisblauen Augen reichen noch nicht aus, um sie wie eine Puppe aussehen zu lassen. Sie ist verzweifelt, weil sie glaubt, dass Rick und ich nicht mehr gut füreinander sind. Dieses Thema bringt uns immer öfters dazu, zu streiten.

»Doch, das weißt du. Euch fehlt die Leidenschaft. Du hast Sicherheit gesucht und dich deswegen für Langeweile entschieden, weil die Leidenschaft dich verletzt hat. Und damit du dir das nicht eingestehen musst, spielst du die perfekte Ehefrau und erdrückst ihn mit deinem Perfektionismus. Was glaubst du, wie viele Frauen außer dir die Toilette noch mit einem Spiegel putzen, damit sie auch unter den Rand schauen können? In eurer Wohnung befindet sich kein einziges Staubkorn, du kochst jeden Tag warm für ihn, machst Desserts, bügelst und streitest nicht mit ihm. Du bist wie eine dieser Hausfrauen aus der Fernsehwerbung der 50er Jahre. Eine Stepford-Frau.«

Ich zucke zusammen und sehe mich nach den anderen Gästen an den kleinen runden Tischen um uns herum um. Niemand scheint uns zu beachten, trotzdem habe ich das Gefühl, dass sie alle mich beobachten und über mich urteilen. »Ich will ihn eben glücklich machen.« Eigentlich versuche ich nur irgendetwas zu machen, dass mich wieder fühlen lässt. Und wenn es die Freude an einer perfekten Wohnung ist. Oder Ricks zufriedenes Lächeln, wenn ihm mein Essen schmeckt. Kleinigkeiten eben, die mir zeigen, dass da noch etwas ist, wofür ich gebraucht werde. Ich versuche irgendwie die Leere zu füllen, die da plötzlich ist, wenn ich mein Leben betrachte.

Dana hebt den Zeigefinger. »Willst du nicht. Du putzt dich zu Tode, damit du nicht darüber nachdenken musst, wie langweilig eure Ehe ist. Er kommt nach Hause, setzt sich vor den Fernseher und spricht kaum zwei Worte mit dir. Wann habt ihr das letzte Mal gevögelt?«, fragt Dana mit erhobener Stimme.

Ich schnappe erschrocken nach Luft und sehe mich wieder nach den anderen Gästen um. Eine ältere Dame am Nachbartisch hüstelt nervös, ein junger Mann sieht grinsend zu uns herüber. »Ich weiß es nicht«, antworte ich zischend. Ich weiß es wohl, es ist schon mehr als sechs Monate her. »So ist das eben, wenn man eine Weile zusammen ist. Du hast davon keine Ahnung«, werfe ich Dana vor, die ständig durch die Clubs zieht und nicht mal in Erwägung zieht, mit einem Mann mehr als eine Nacht zu verbringen.

Sie trinkt von ihrem Kaffee und setzt dann die Tasse wieder auf die Untertasse, ohne den Blick auch nur für eine Sekunde von meinem Gesicht zu lösen. Ich versuche mein Magengrummeln zu ignorieren, indem ich mich ganz auf das Kräuseln ihrer Nase konzentriere. Dana zieht ihre Nase immer auf diese lustige Art hoch, wenn sie wütend ist. Dieses Kräuseln steht im krassen Gegensatz zu ihrer eigentlichen Stimmung, was ich sehr bewundernswert finde. »So ist das nicht. Ihr seid doch kein altes Ehepaar. Ihr seid beide erst Anfang 20. Männer in diesem Alter haben für gewöhnlich nichts anderes als Sex im Kopf.«

»Rick ist eben anders«, sage ich trotzig und sie zieht wieder die Nase hoch.

»Ist er nicht. Ihr müsst beide mal raus. Das Sofa ist für alte Leute. Unternehmt was. Vielleicht sogar getrennt.«

Ich lege mir beide Hände vor das Gesicht und stöhne frustriert auf. Dana hat recht, und das weiß ich auch. Aber ich bin nicht bereit dazu zuzugeben, dass Rick und ich ein Problem haben. Manchmal frage ich mich selbst, warum wir geheiratet haben. Warum ich es so eilig hatte, weiß ich. Ich wollte Julian abschütteln, und die Gefühle, die ich immer noch für ihn hatte. Aber warum Rick? Ich denke, wir haben uns beide nie geliebt. Wir waren vielleicht verliebt. Aber Liebe war es nie. Aber jetzt sind die Dinge, wie sie sind und wir müssen daran arbeiten, dass es klappt. Ich bin nicht bereit, schon aufzugeben.

»Komm mit am Samstag. Es wird dir guttun.« Sie lächelt listig. »Ich werde dich beschützen, du musst keine Angst haben. Die Männer werden dich kaum bemerken, wenn du mit mir unterwegs bist«, sagt sie. »Wer will schon eine Brünette, wenn er eine feurige Rothaarige haben kann?« Sie grinst und selbst dieses hinterlistige Grinsen wirkt noch immer zuckersüß an ihr. Manchmal bezweifle ich, dass Dana überhaupt dazu in der Lage ist auch nur für eine Sekunde boshaft auszusehen. »Ich schwöre, ich werde keinen zweiten Du-weißt-schon-wen in deine Nähe lassen. Nicht, wenn ich ihn bekommen kann. Sie sind sowieso alle nur ein lahmer Abklatsch vom Original.«

»Sie können kein lahmer Abklatsch von jemandem sein, den sie gar nicht kennen«, setze ich sie in Kenntnis. Aber wahrscheinlich hat sie recht.

»Also gut«, lenke ich ein und überrasche mich selbst damit. Ich hatte nicht vor, ja zu sagen. Es ist einfach passiert, vielleicht weil etwas tief in mir weiß, dass es Zeit wird, die Sicherheit endlich zu verlassen und mal etwas zu tun, das mehr ist als der Alltagstrott, der mich offensichtlich eingeholt hat. Ich war schon Ewigkeiten nicht mehr in einem Club. Dana hat recht, ich benehme mich wie eine alte Frau. Wahrscheinlich kommen selbst ältere Frauen öfter raus als ich. Ich bin die vertrocknete, langweilige Sekretärin meines Vaters. Und die Autorin, die nicht mehr schreiben kann, weil ihr die Inspiration dazu fehlt. »Gehen wir aus.«

2. Kapitel

RUSH

Es ist wahrscheinlich schon Mittag, als es von draußen gegen die Tür hämmert. Ich habe Mühe, die Augen zu öffnen und schließe sie sofort wieder, weil das Sonnenlicht, das durch das kleine Fenster neben meiner Schlafkoje reinscheint, mich fast blind macht. »Verflucht«, knurre ich und reibe mir die schmerzenden Augen. Aber das bringt nicht viel, hinter meinen Schläfen pocht es noch viel schlimmer. Ich kämpfe mich hoch, dabei stoße ich die fast leere Flasche Bourbon von meinem Bett und sie landet mit lautem Getöse auf dem Boden, was mir mein Kopf mit einem protestierenden Stich in mein Hirn dankt. Mein Mund fühlt sich ganz trocken und klebrig an. Ich schlucke schwer, reibe noch einmal meine Augen und öffne sie.

»Was ist los?«

»Ich brauch frische Klamotten, willst du da drin noch viel länger mit dir allein sein?«

»Hau ab, Harper«, entgegne ich so laut, dass es in meinem Schädel immer und immer wieder nachhallt.

»Mach schon auf, Mann. Das Chick hat mich vollgekotzt.«

Ich verziehe das Gesicht, Tristan wird sich schon selbst bekotzt haben. Wäre nicht das erste Mal. Die ganze Karre wird wieder stinken wie ein Stall. Ich lasse mich langsam aus dem Bett gleiten und öffne noch immer nicht richtig wach die Tür.

»Wird auch mal Zeit.« Tristan schiebt sich an mir vorbei und nimmt keine Rücksicht darauf, dass ich noch nicht nach Kotze stinke.

»Pass auf«, keife ich ihn an, schnappe mir frische Sachen und flüchte aus der Schlafkabine in die Dusche davor. Ich muss grinsen, als ich die Tür abschließe. Der Erste im Bad zu sein bedeutet, dass das warme Wasser ganz allein mir gehören wird. Tristan wird sich den Gestank unter der kalten Dusche vom Körper spülen müssen. Die Vorstellung hebt meine Laune erheblich.

Ich stelle die Dusche an, als Tristan draußen vor der Tür beginnt, lauthals zu fluchen, dann ziehe ich mich langsam aus und stelle mich unter den Wasserstrahl. Hier drin ist es verdammt eng und wenn ich fertig bin, wird das halbe Bad unter Wasser stehen. Wenn wir es uns irgendwie leisten können, nehmen wir uns manchmal ein Hotelzimmer, nur um mal richtig duschen oder baden zu können. Drei Kerle und hin und wieder auch einmal ein paar Weiber sind zu viel für diese kleine Kabine. Ich verteile ordentlich Seife auf meinem Körper und in meinen langen dunkelbraunen Haaren, aber irgendwie habe ich das Gefühl, es riecht hier noch immer nach Kotze. Ich werde den Geruch wohl wieder den halben Tag nicht aus der Nase bekommen, obwohl er gar nicht da ist. Das Bad und die Folgen der Sauferei werde ich ganz bestimmt nicht vermissen. Vielleicht werde ich nicht einmal die Jungs vermissen.

Wenn man vier Jahre täglich auf engsten Raum verbracht hat, dann gibt es kein Geheimnis mehr, das man vor dem anderen verbergen kann. Es wird schön sein, mal wieder so etwas wie ein Privatleben haben zu dürfen.

Doch vorher muss ich erstmal mit den Jungs reden. Tristan und John lieben, was wir hier machen. Wahrscheinlich werden sie mich gemeinschaftlich umbringen. Zumindest werde ich wohl ein paar blaue Flecken davontragen. Ich spüle den Schaum aus meinen Haaren, stelle die Dusche ab und starre in den Spiegel an der gegenüberliegenden Wand. Er ist beschlagen, also wische ich mit der Hand darüber und starre in ein erschöpftes Gesicht mit dunklen Augenringen, die nicht so richtig zu den grasgrünen Augen passen wollen, die viel lebendiger wirken als der Rest meines Gesichts.

Ich greife nach meinem Handtuch und reibe über meinen Oberkörper, auf dem es nur eine handgroße Stelle gibt, die nicht tätowiert worden ist. Die über meinem Herzen. Mark hat aus meinem Oberkörper ein Gesamtkunstwerk gemacht, aber an diese Stelle habe ich ihn nicht gelassen. Ich weiß nicht einmal wirklich warum. Obwohl die einzelnen Motive völlig unterschiedlich sind, hat er sie miteinander verwoben und sie so zu einem einzigen Bild verflochten. Der Mann ist ein Meister.

Meine Haare trockne ich nur flüchtig mit dem Handtuch, putze mir den sauren Geschmack aus dem Mund und schlüpfe in ein paar löchrige Jeans und ein irgendwann mal schwarzes Shirt. Tristan wirft mir einen Blick zu, der jeden anderen in die Knie gezwungen hätte - wenn ein Typ mit so breiten Schultern, wie er sie hat, dich so ansieht, schrillt bei dir der Alarm -, aber ich weiß, dass er harmlos ist. Bei ihm braucht es deutlich mehr als bei John oder mir, um ihn aus der Reserve zu locken.

»Du stinkst«, sage ich im Vorbeigehen und grinse zufrieden.

»Danke, du bist ein Arsch.«

»Ich weiß.« Ich steige über John und die Blondine hinweg, die sich nackt an ihn gedrückt hat und noch immer schläft. Die beiden liegen mitten im Gang und sehen aus, als wären sie direkt nach oder während dem Vögeln eingeschlafen und einfach liegengeblieben.

Eine Dunkelhaarige liegt halb komatös mit dem Kopf auf dem Tisch, den ich als meinen betrachte, denn auf ihm steht unsere Kaffeemaschine. Ich stoße sie an und sie murrt etwas, dann reibt sie sich die Schulter, die ich kaum berührt habe, und sieht mich erschrocken an.

»Tut mir leid, Süße, aber du liegst vor meiner Kaffeemaschine, und ohne die läuft bei mir morgens gar nichts.«

»Ist schon Mittag«, sagt sie, dann bemerkt sie, dass sie nackt ist und verschränkt hastig ihre Arme vor ihren Brüsten.

Ich grinse, sie ist also der Typ, der so etwas nur macht, wenn sie betrunken ist, weil sie nüchtern zu schüchtern ist, um mit irgendeinem Kerl die Nacht durchzufeiern. »Keine Sorge, es gibt nichts, was ich noch nicht gesehen habe. Und bevor ich nicht wenigstens meine zweite Tasse Kaffee hatte, bekomm ich sowieso nichts mit.«

Sie lächelt vorsichtig und nimmt mir das Kleid ab, das ich ihr hinhalte. »Danke. Hab ich ein Glück, das ist meins. Und Kaffee wäre toll.«

Ich ziehe eine Augenbraue hoch. Die Kleine scheint nett zu sein, also nicke ich und schalte die Maschine an. »Deine Freundin?«, frage ich und nicke zu der Nackten am Boden, die sich jetzt in Johns Armen rekelt. Ich setze mich ihr gegenüber auf die Polsterbank und hole Tassen aus dem Schrank, der sich jetzt direkt neben meinem Kopf befindet.

»Ja, das ist Angie, ich bin Sophie.«

Ich hätte ihr jetzt sagen können, dass ich ihre Namen in fünf Sekunden vergessen haben werde, aber ich lasse es und sehe ihr dabei zu, wie sie sich anzieht. Sie hat dieses engelhaft Schüchterne an sich, das mich ein bisschen an Mila erinnert. Es hat mich bei Mila dazu verleitet, sie zu provozieren, als sie damals neu in die Stadt kam. Und es hat mich neugierig auf sie gemacht. Das und ihre verschlossene, kühle Art.

Als das Chick aus ihrem Kleid auftaucht und meinen Blick bemerkt, läuft sie rot an und setzt sich schnell wieder hin. Die Schüchternen haben wir selten hier, aber wenn, dann kommen sie nie allein, sondern immer mit einer Freundin, die das ganze Gegenteil ist. Wenn ich jetzt die Kleine so vor mir sehe, frage ich mich, ob sie nur hier ist, weil sie ihrer Freundin nichts ausschlagen kann oder weil sie wirklich hier sein will. Der erste Punkt macht mir irgendwie Angst, denn ich weiß, wie Tristan und John drauf sein können. Sie können ein unerfahrenes Mädchen überrennen.

»Geht es dir gut?«, frage ich sie und sie nickt.

»Ja, danke. Warum willst du das wissen?«

»Will ich nicht«, sage ich schnell, als ich den interessierten Blick in ihrem Gesicht sehe. Ich brauche es nicht, dass sie glaubt, da wäre etwas zu holen bei mir. Dieses Gefühlsding ist bei mir schon lange vorbei, ich bin innerlich erstarrt, das ändert auch ein hübsches Lächeln nicht.

Die Blondine schiebt sich nackt neben ihre Freundin, sie hat kein Problem damit, dass ich alles von ihr sehen kann. Stattdessen blitzt es in ihren Augen und sie mustert mich mit einer Gier, die mir einen Schauer über den Rücken jagt. Ich weiche ihrem Blick aus und lächle ihre Freundin an, schenke ihr Kaffee ein und schiebe ihr die Tasse zu.

»Wie oft hast du sowas schon gemacht?«, frage ich sie und trinke einen großen Schluck von meinem heißen schwarzen Kaffee.

»Mit Musikern die Nacht verbracht?«, will sie wissen. »Noch nie, aber ich bin kein Engel oder sowas.«

Ich setze ein schiefes Lächeln auf. »Bist du nicht?«

Sie schluckt schwer und holt tief Luft. Das machen viele Mädchen, wenn ich sie offen anlächle, nicht dass ich es deswegen bewusst nutzen würde. Das hab ich nur bei Mila. »Nein.«

Ihre Freundin fühlt sich wohl unbeachtet, unter dem Tisch schiebt sie mir einen Fuß zwischen die Schenkel und drückt ihn auf meinen Schwanz. Ich schüttle den Kopf. »Ganz bestimmt nicht«, sage ich. »Das läuft hier eigentlich so: ihr habt euren Spaß, danach verschwindet ihr. Dass ihr noch hier seid, verdankt ihr dem süßen Lächeln deiner Freundin.«

Sie verzieht das Gesicht und nimmt ihren Fuß weg.

»Du bist also kein Engel?«, frage ich ihre Freundin, beuge mich weit über den Tisch und sehe ihr in die Augen. »Ich wette mit dir, in der letzten Nacht hast du Dinge gelernt, von denen du nicht einmal wusstest, dass man sie tun kann.«

Ihre Augen weiten sich und sie wird knallrot im Gesicht. Zufrieden lehne ich mich wieder zurück. Ja, sie erinnert mich an Mila und das lässt meine Hose ganz schön eng werden.

»Was machen die Chicks noch hier?«, will Tristan wissen, als er aus dem Bad kommt.

»Wir unterhalten uns. Und kannst du nicht netter zu den Mädchen sein, die du vögelst?« Ich grinse, weil ich weiß, dass er das gar nicht will. Die Mädchen interessieren ihn am nächsten Morgen nicht mehr.

»Du unterhältst dich?«, will er erstaunt wissen, nimmt sich eine Tasse und schenkt sich Kaffee ein. »Seit wann machen wir sowas?«

Ich zucke mit den Schultern.

Tristan bückt sich nach dem Kleid, das noch auf dem Boden liegt und wirft es der Blondine zu. »Pack deine Titten ein! Und wo ist die andere?«

»Nach Hause, schon vor Stunden«, keift sie ihn an, schiebt sich aus der Sitzgruppe und zieht sich an. Sie sammelt ihre Klamotten ein, wirft ihrer schüchternen Freundin einen kurzen Blick zu. »Gehen wir, das sind doch alles Arschlöcher hier.«

Die Kleine sieht mich fragend an.

»Auf Wiedersehen, Sandy«, sage ich und weiß, dass das nicht ihr Name ist.

»Sophie«, verbessert sie mich und wirkt enttäuscht.

Glaub mir, es ist besser so, will ich ihr sagen. Mädchen wie sie passen nicht zu einem Kerl wie mir. Mila hat das schmerzhaft lernen müssen. Ich auch.

John hat es eine Stunde später auch wieder unter die Lebenden geschafft. Er trinkt seinen Kaffee mit einem kräftigen Schluck Kentucky Whiskey und sieht schlimmer aus als Tristan und ich zusammen. Seine dunklen Haare stehen in alle Richtungen ab, weil er sie nach dem Duschen nur trocken gerubbelt hat. Er braucht eigentlich immer eine Menge Gel, um in dieses dicke Durcheinander etwas Ordnung zu bringen. Von uns Dreien braucht er im Bad immer am längsten, aber an den Tagen, an denen wir keinen Auftritt haben, nehmen wir es mit dem Styling alle nicht so ernst. Seine Augen wirken eingefallen und dunkel, und er sieht ein bisschen blass aus. Keine Ahnung, wie lange sein Körper diesen Lebenswandel noch mitmacht, aber von uns ist er der, der es am meisten übertreibt. Weiber, Saufen, Party. Aus diesen drei Dingen besteht sein Leben. Wenn ich ihn ansehe, dann sehe ich mich vor ein paar Jahren. Damals, bevor ich nicht nur mein Leben, sondern auch das von Mila zerstört habe.

In dem letzten Jahr habe ich angefangen, all das zu vergessen und wieder mehr zu dem Kerl zu werden, der ich nicht mehr sein wollte. Vielleicht ist es das, was ich fürchte, dass der Rush von damals zurückkommt und wieder Leben zerstört.

Ich werfe einen Blick nach draußen auf den Parkplatz vor dem Club, in dem wir gestern gespielt haben. Wird Zeit, dass ich die Karten auf den Tisch packe. Mein Magen zieht sich etwas zusammen, aber ich bin entschlossen, es durchzuziehen, also sollte ich es so unkompliziert wie möglich machen.

»Morgen ist mein letzter Auftritt«, sage ich knapp und sehe John dabei scharf an, weil ich weiß, dass von ihm die größte Bedrohung ausgeht. Ich sage »mein«, weil es nicht heißt, dass sie auch aufhören müssen. Sie brauchen sich nur nach einem neuen Sänger und Leadgitarristen umsehen, dann könnten sie weitermachen.

Die beiden starren mich einen Moment mit weit aufgerissenen Augen an, dann kommt der Zorn durch, mit dem ich schon gerechnet habe.

»Bist du irre geworden?«, fährt John mich an und lässt seine flache Hand auf die Tischplatte krachen. Sein Gesicht ist vor Wut total verzerrt und hat zumindest im Augenblick den aschfahlen Teint abgelegt, den es sonst immer trägt, als deutliches Zeichen seines Lebensstils.

»Nein, aber ich kann nicht mehr. Ich hab keinen Bock mehr.«

»Das ist es also, was hier in den letzten Wochen gelaufen ist? Wer hat dir einen Vertrag angeboten?« John knurrt diese Worte regelrecht. Damit hätte ich rechnen sollen, dass er glaubt, ich würde irgendwas hinter ihrem Rücken abziehen. Klar, John würde sowas machen, deswegen glaubt er auch sofort, dass ich es gemacht habe. Wann habe ich eigentlich angefangen, so viel Abneigung für John zu empfinden? Er war immer mein bester Freund, doch jetzt sehe ich ihn an und ich weiß nicht, wieso ausgerechnet er. Er steht für alles, was ich im Moment aus tiefsten Herzen verachte.

»Ich hab dir doch immer gesagt, wenn sie einen wollen, dann Rush«, knurrt Tristan mit tief zerfurchter Stirn. Er bleibt auch jetzt ruhiger als John. Selbst diese Nachricht kann ihn nicht dazu bringen, die Kontrolle über sich zu verlieren. Aber ich bin auch enttäuscht, weil sogar er denkt, ich würde sie hintergehen wollen. Er ist doch der Vernünftigste von uns. Schon immer gewesen.

»Nein, so ist das nicht. Ich brauch nur eine Auszeit, glaub ich.«

»Glaubst du«, brüllt John. »Seit wann glaubst du das?«

»Seit gestern«, brülle ich zurück. »Aber ich bin schon länger nicht mehr okay mit dem, was wir hier tun«, sage ich ruhiger und sehe Tristan an.

»Warum?«, will er wissen.

»Ich weiß es selbst nicht genau. Es ist einfach so ein Gefühl, als würde ich ersticken. Wir machen das jetzt seit vier Jahren«, verteidige ich mich. »Ich kann eben nicht mehr.«

»Das hier ist unser Leben«, keift John.

Tristan fährt sich durch die blonde Mähne und seufzt laut. »Wir haben nur das, davon leben wir«, sagt er und stützt das Gesicht in die Hände.

»Ihr könntet mit jemand anderem weitermachen.«

»Hätten wir tun können, wenn du uns mehr Zeit gegeben hättest. Hast du aber nicht.« John kippt sich Whiskey in seine Kaffeetasse. »Du weißt genau, dass das nicht so einfach ist. Die Leute wollen dich, ohne dich gibt es die Band nicht.«

»Komm damit klar!«, schnauze ich ihn an. »Ich bin raus. Ich hab schon immer gesagt, dass es so nicht ewig laufen kann.«

John greift über den Tisch und packt meinen Kragen, er sieht mir direkt in die Augen. »Du entscheidest nicht allein.«

»Tut mir leid, Alter. Ich habe entschieden. Nach morgen mach ich Schluss. Jetzt ist der perfekte Zeitpunkt, nach dem Auftritt morgen stehen erstmal keine neuen an.« Weit im Voraus haben wir nie Pläne. Wir fahren von Stadt zu Stadt und klopfen bei den Clubs an. Einigen sind wir schon ein Begriff, bei anderen hatten wir schon Gigs und manche wollen uns nicht einmal eine Chance geben. So läuft das immer.

»Lass ihn in Ruhe«, sagt Tristan und löst Johns Hand von meinem Shirt. »Er hat nicht unrecht. Eine Pause würde uns allen guttun.«

Ich nicke Tristan dankbar zu und verlasse den Bus, um etwas Frischluft zu schnappen. Und um John die Möglichkeit zu geben, sich zu beruhigen. Ich möchte mich nicht mit ihm prügeln. Das hatten wir schon ein paar Mal. Aber selbst auf einen richtig guten Kampf habe ich keine Lust mehr.

Ich laufe eine Weile durch die Straßen. Nur im Shirt ist es recht frisch, aber ich ignoriere die Kälte einfach. Jetzt, wo es raus ist, bin ich mir noch sicherer, dass ich eine Pause brauche. Zumindest eine Pause. Die Musik ganz aufzugeben, daran möchte ich noch gar nicht denken. Aber eine Zeit lang einfach nur mit mir allein sein, das ist es, was ich brauche. John wird es auch verstehen.

»Ganz schön voll hier«, sage ich seufzend, als wir den Club an der Elliott Bay betreten. Ich folge Dana und ihrem Arbeitskollegen etwas unwillig, denn unter einem ruhigen Abend in einer kleinen Bar habe ich mir was Anderes vorgestellt. Vielleicht sollte ich Dana zugutehalten, dass dieser Club wirklich nicht besonders groß ist, dafür aber wohl sehr beliebt. Ich muss gestehen, ich fühle mich etwas überfordert mit so vielen Menschen um mich herum.

Dana schaut sich nach mir um, greift sich meine Hand und zieht mich hinter sich her. »Nun komm schon, das sind doch allerhöchstens hundert Gäste«, ruft sie mir zu.

Sie bleibt vor einem leeren Tisch in der Nähe der Bar stehen und nickt ihrem Kollegen Tom zu. »Den find ich gut, nahe bei der Bar und weit weg von der Tanzfläche.«

»Und direkt neben der Bühne und den Lautsprechern«, stoße ich erschrocken hervor.

Dana schiebt mich in die Sitzgruppe. »Aber es steht niemand auf der Bühne, wahrscheinlich gibt es heute keine Livemusik.«

Tom setzt sich an die Stirnseite und Dana mir gegenüber. Zumindest sitzen wir hier etwas abgeschottet, das macht es für mich gleich ein wenig einfacher. Dass hier so viele Menschen sind, fühlt sich für mich anstrengend an. Ich bin so etwas einfach nicht mehr gewöhnt, weswegen meine Vorstellung von heute Abend etwas anders aussah, als Dana von was »Kleinem« gesprochen hat.

»Was willst du trinken?«, will Tom wissen und sieht mich durch die Gläser seiner supermodernen Brille mit schwarzem Rand abwartend an.

Tom und ich kennen uns schon von Danas Geburtstag, deswegen sind wir uns nicht mehr ganz so fremd. Er ist ein netter Mann von knapp dreißig Jahren, der mit Dana zusammen in einem Beautysalon arbeitet. Und nein, er ist nicht schwul, aber ein herausragender Damenfriseur. Bevor wir heute losgefahren sind, hat Dana mich in Toms Stuhl gezwungen. Ich muss zugeben, sie hatte recht, meine Haare hatten einen frischen Schnitt dringend nötig. Ich habe sie seit ein paar Jahren einfach wachsen lassen. Jetzt sind sie glatt, fallen bis auf meine Schultern und die durchgestuften Seiten umschmeicheln ganz sanft mein Kinn. Tom hat sich von mir gar nicht in seine Entscheidung reinreden lassen, sondern mir einfach den Schnitt verpasst, von dem er glaubte, er wäre perfekt für mich. Und das ist er wirklich. Ich fühle mich sehr wohl mit meiner neuen Frisur. Sogar so wohl, dass ich mir kurz die Vorstellung gestattet habe, wie Rick wohl auf mein neues, frischeres Aussehen reagieren könnte.

»Einen Martini, bitte«, entscheide ich nach ein bisschen nachdenken. Vielleicht hätte ich nicht gleich damit anfangen sollen, aber ich habe mir vorgenommen, heute Spaß zu haben, also wäre ein Glas Wasser wahrscheinlich keine Entscheidung gewesen, die signalisiert hätte, dass ich offen für diesen Abend bin. Um meinen festen Willen noch zu unterstreichen, lächle ich und tippe mit den Fingern den Rhythmus von Sias Chandelier mit, das aus den Boxen bei der Tanzfläche ertönt. Da die etwas weiter weg sind, werden wir uns heute Abend wenigstens unterhalten können.

»Den nehm ich auch«, wirft Dana ein.

Tom winkt eine der Bedienungen an unseren Tisch und während wir auf unsere Getränke warten, sehe ich mich noch einmal um. Im ganzen Club dominiert die Farbe Schwarz, unterbrochen von Akzenten in lila, was sehr modern und edel wirkt. Nur die Tische sind weiß, aber von unten dezent in lila beleuchtet.

»Lass uns zwei Gläser trinken und dann gehen wir tanzen«, schlägt Dana strahlend vor, nachdem die Bedienung uns die erste Runde an den Tisch gebracht hat. Sie hält das wohl wirklich für eine gute Idee, aber sie hat mich auch noch nicht tanzen sehen. Mir fehlt jegliches Talent dazu. Tanzen wirkt bei mir roboterhaft und steif, deswegen schüttle ich den Kopf.

»Ganz ehrlich, mein Körper hat keine Ahnung, wie tanzen funktioniert.«

»Weiß er, wie Sex funktioniert?«, will Tom wissen und zieht eine blonde Augenbraue hoch.

»Er könnte es verlernt haben.«

»Das bezweifle ich. Trink deinen Martini aus, er muss nur erinnert werden.«

Ich spüre, wie mein Gesicht heiß wird, greife aber nach meinem Glas und trinke es aus.

Tom nimmt meine Hand und schiebt mich vor sich her aus der Sitzgruppe. »Pass auf unseren Tisch auf«, sagt er zu Dana, die breit grinsend mit ihren Händen wedelt und uns auf die Bühne scheucht.

»Du wirst enttäuscht werden«, sage ich zu Tom.

»Werde ich nicht, kein Mädchen, das so einen Körper hat, kann nicht damit umgehen.« Er bleibt stehen, legt seine Hände auf meine Hüften und zieht mich an seinen Körper heran. Tom ist sehr schlank und groß und ich muss zu ihm aufsehen, um in seine blassblauen Augen blicken zu können. Er lächelt mich an und beginnt, seine Hüften zu bewegen, seine Hände dirigieren meine Hüften und dann führt er mich in sanften Bewegungen über die Tanzfläche.

»Arme nach oben strecken«, befiehlt er und ich tue es, ohne darüber nachzudenken, weil mein Körper tatsächlich tut, was Tom ihm sagt. Meine Füße auch. Nun gut, das hier ist ein langsamer Song, wahrscheinlich klappt es deshalb.

Toms Hände gleiten an meinen Seiten nach oben, während seine Hüften meinen weiter zeigen, was sie zu tun haben. Seine Finger streichen über meine nackten Arme, dann meinen Körper wieder nach unten bis zu meinen Oberschenkeln. Er dreht mich mit dem Rücken zu sich um, eine seiner Hände legt sich auf meinen Bauch und sein Körper gibt mir wieder vor, wie ich mich bewegen soll. Es fühlt sich ganz sexy an. Ja, ein wenig wie Sex und ich scheine ganz plötzlich zu wissen, wie es funktioniert und übernehme erst seine Bewegungen und füge dann eigene ein und werde mutiger, drehe mich, gehe in die Knie und beginne einfach, meinen Körper mit Toms flirten zu lassen.

»Du kannst es«, sagt er lächelnd und dreht mich wieder im Kreis.

Ich zucke zusammen, als eine E-Gitarre aufkreischt und dann ein Schlagzeug Töne ausspuckt, die gar nicht zum Song passen, der gerade gespielt wird. Ich drehe mich zur Bühne um, auf der ich drei dunkle Gestalten erkennen kann, aber das Licht ist so eingestellt, dass man mehr als Schemen nicht sehen kann.

»Anscheinend gibt es heute doch ein Liveprogramm«, stelle ich enttäuscht fest. Die anderen Tänzer um uns herum bleiben auch alle stehen, ein paar jubeln und kreischen hysterisch. »Wir waren wohl die Einzigen, die es nicht wussten.«

»Dann gehen wir am besten wieder zum Tisch zurück, bevor ein paar von den Groupies auf den Gedanken kommen, dort könnten Plätze frei sein«, murmelt Tom und beugt sich dabei ganz nah an mein Ohr. Sein heißer Atem streift meine Wange und löst ein Kribbeln in mir aus. Ich weiche unsicher ein paar Zentimeter zurück, gerade genug, damit er nicht glaubt, ich fände es unangenehm, ihm nahe zu kommen. Immerhin waren unsere Körper sich eben sehr nahe.

»Gehen wir«, sage ich laut genug, um die nächsten paar Töne zu überstimmen, die von der Bühne drängen. Jemand zählt leise 1, 2, 3 mit einer Stimme, die mich erschauern und unwillkürlich zur Bühne hinsehen lässt. Eine sehr erotische, warme Stimme, die mich neugierig auf den ersten Song macht. Die Boxen auf der Tanzfläche verstummen. Tom nimmt meine Hand und zieht mich zu unserem Tisch, wo Dana tatsächlich gerade versucht, zwei hibbelnde und jammernde Mädchen von unseren Plätzen fernzuhalten.

»Tut uns leid«, meint Tom ganz ruhig und hält noch immer meine Hand, »aber das sind unsere Plätze.«

»Verdammt«, keift ein dunkelhaariges Mädchen. »Das hier ist der beste Platz, um an die Jungs ranzukommen.«

»Ich will unbedingt, dass sie noch mit uns abhängen«, meint ihre ebenfalls dunkelhaarige Freundin. Sie treten mit enttäuschten Gesichtern zur Seite und bleiben keinen halben Meter von unserem Tisch entfernt stehen.

»Ihr seid jung, ihr könnt stehen«, ruft Dana ihnen entgegen, dann sieht sie Tom fragend an. »Weißt du, wer heute hier ist?«

Die Bühne ist noch immer nicht beleuchtet und das Licht um uns herum so eingestellt, dass man wirklich nur dunkle Schatten auf der Bühne sehen kann, die sich fast schon gespenstisch darauf bewegen.

»Nein, die Mail ist wohl im Spamordner gelandet«, antwortet Tom mit deutlichem Sarkasmus in der Stimme. »Aber einen großen Act hätten sie wohl beworben.«

Dana sieht über die Schulter zurück, dann zuckt sie mit den Achseln. »Wir werden sehen.«

Die Bedienung bringt uns neue Getränke und wir stoßen an.

»Was hast du Rick gesagt?«, fragt Dana mich und nippt an ihrem Martini.

Ich lasse das Eis im Glas kreisen. »Dass wir ausgehen, mehr nicht.«

»Und er wollte nicht mehr wissen?«

»Nein, er hat nicht nachgefragt.«

»Hmm«, macht Dana. »Vielleicht ist er absolut tiefenentspannt und eifersuchtsfrei.«

»War er jemals schon eifersüchtig? Du bist eine attraktive, sexy Frau.«

Ich sehe Tom ratlos an. »Ich weiß es nicht.«

»Er hat dir nie eine Szene gemacht, weil ein Typ wie ich seine Finger auf deinen Arsch gelegt hat?«

Dana sieht mich ungläubig an, aber ich muss trotzdem lachen. »Nein, weil das nie passiert ist. Er hatte wohl einfach keinen Grund.«

»Du arbeitest eng mit Kunden deines Vaters zusammen, natürlich hatte er Gründe.«

»Er ist eben nicht sehr besitzergreifend. Und tiefenentspannt«, greife ich Danas Aussage wieder auf. Ich nehme mein zweites Glas und trinke es auf einmal aus. In meinem Magen brennt es ein wenig, weil ich vorher nicht viel gegessen habe. Das Licht auf der Bühne wird angeschaltet und blendet mich so sehr, dass ich einen Augenblick meine Augen abdecken muss. Die ersten Töne eines Songs, der mir vage bekannt vorkommt, erklingen, während ich noch immer blind blinzle.

»Eine Coverband?«, frage ich und bekomme von Dana keine Antwort. Ich höre sie nur keuchen und dann laut fluchen.

»Ich hatte davon keine Ahnung, ich schwör es«, sagt sie mit flehendem Blick.

Ich sehe auf die Bühne und umklammere die Tischkante, während ich nach Luft ringe. Die Haare sind etwas länger, er hat noch mehr Tattoos auf seinen Armen und der dunkle Bartschatten lässt ihn noch wilder aussehen. Mein Herz rast so schnell, dass mir ganz schwindlig wird. Oder mir ist schwindlig, weil ich eine Panikattacke habe. »Julian«, stoße ich aus.

»Rush«, kreischen ein paar Mädchen.

Meine Hände zittern und ich bekomme kaum Luft. Jede Zelle meines Körpers fühlt sich an, als wäre sie erstarrt. In meinem Kopf dreht sich alles und ich kann die Gedanken und Bilder nicht fassen, die auf mich einstürmen wie unkontrollierbare Blitze. Mechanisch stehe ich auf, trete direkt vor die Bühne und sehe nach oben in dieses Gesicht, das mich seit damals in meinen Träumen besucht. Ich stehe direkt vor der Bühne, mein Herz rast und mein ganzer Körper zittert. Und er sieht mich nicht. Er starrt irgendwo nach hinten ins Publikum und singt. Müde, trocken, gedehnt. Fremd.

Dana taucht neben mir auf, packt meinen Oberarm und zieht mich zurück an unseren Tisch, reißt energisch an meinem Arm und versucht sich mit Gewalt in mein Bewusstsein zu drängen. Alles, was ich tue, tue ich ohne darüber nachzudenken oder es mitzubekommen. Aber als Dana mit einer Hand vor meinem Gesicht wedelt, sitze ich wieder auf meinem Platz.

»Ich wusste es nicht«, sagt sie.

»Er klingt komisch«, sage ich, ignoriere Dana und starre ihn an, beobachte, wie er dort auf der Bühne steht und singt, sich aber kaum bewegt, die Worte nicht betont. Singt, als wäre er eine Maschine. »Was ist mit ihm passiert?«

»Du kennst ihn?«, will Tom wissen.

»Wegen ihm ist ihre Familie aus Riverside geflohen«, erklärt Dana. Ich kann noch immer nicht klar denken. In meinem Magen flattert es und jede Zelle in mir steht unter Strom. »Damit sie ihn nicht eines Tages heiratet.«

»Dann ist er wer? Ein Teufel, Diktator, Krimineller?« Toms verwirrte Stimme lässt mich ihn ansehen.

»Mein Ex-Freund«, bringe ich halb abwesend hervor.

»Und was für einer«, fügt Dana an. »Der Kerl ist ein Vulkan, Bad Boy durch und durch.«

»Gefährlich«, sage ich auf Autopilot.

»Sein Gesinge klingt eher wie ein erloschener Vulkan.«

Ich runzle die Stirn und sehe Tom an. »Ja, das ist komisch.«

Und obwohl es mir auffällt und Tom, der ihn nicht einmal kennt, rufen die Mädchen um uns herum immer wieder seinen Namen. Damals hätte er sie frech angegrinst. Er hätte dieses Lächeln aufgesetzt, das einem die Knie weich werden lässt und damit ihre Unterhöschen in ein Feuchtbiotop verwandelt. Aber heute steht er dort oben, starrt ins Leere und singt einfach.

Damals

MILA

Die Highschool besteht aus nur einem Hauptgebäude und der Sporthalle. Das sagt viel über die Anzahl der Schüler und die Größe der Kleinstadt aus. Es ist ein rotbraunes Flachgebäude mit drei Etagen. Über dem Eingang steht in Großbuchstaben RIVERSIDE HIGH. Ich biege auf den überfüllten Parkplatz ein und suche nach einem Platz, wo ich den Audi abstellen kann, der unter all den Kleinwagen und älteren Modellen hier sofort sämtliche Blicke auf sich zieht. Meinen Bruder Josh habe ich schon unten an der Straße absetzen müssen, er wollte nicht schon am ersten Schultag mit seiner Schwester zusammen gesehen werden, weil ich in seinen Augen uncool bin.

Ich hätte wohl darauf bestehen sollen, dass unsere Eltern uns ein Auto kaufen, das besser zu Riverside passt als ein nur ein Jahr altes Audi A1 Coupé. Ich mag dieses Auto gerne, das Josh und ich uns eigentlich teilen, aber ich hasse es, wenn ich irgendwo im Mittelpunkt stehe. Und in Riverside ziehe ich mit diesem Auto alle Aufmerksamkeit auf mich. Ich möchte am liebsten den Kopf zwischen meinen Beinen verstecken, während ich langsam über den Parkplatz fahre und mich all diese Blicke neugierig und abfällig verfolgen. Das hier ist so weit von meiner alten Schule entfernt, wie es nur sein kann. Wie wunderbar es ist, auf eine Privatschule zu gehen, fällt mir erst jetzt auf, wo ich nicht mehr auf eine gehen werde. Ich weiß schon jetzt, dass ich hier nicht her passe.

Endlich finde ich einen leeren Parkplatz. Den einzigen überhaupt. Aber er ist nicht wirklich leer, denn auf ihm steht eine Gruppe Schüler - Mädchen und Jungen, aber die Mädchen sind in der Überzahl - und alle sehen mich an, als hätte ich irgendeine Krankheit. Habe ich wohl auch, sie heißt Audi A1. Aber ich wusste ja nicht, dass ein Audi auf diesem Parkplatz so herausstechen würde wie ein leuchtend pinkes Kleid auf einem Schwarz-Weiß-Ball. Ich presse die Lippen aufeinander und biege auf den Parkplatz ein, was mir noch mehr entsetzte Blicke einbringt, aber zumindest weicht die Gruppe auf den Parkplatz daneben aus, auf dem nur ein Motorrad steht.

Auf dem Motorrad sitzt ein Junge, wahrscheinlich viel eher ein Mann, denn er ist mindestens schon achtzehn, hat einen sportlichen Körper von etwa 1,80 Metern und ist über und über mit bunten Tattoos übersät. Ausgerechnet der eine Teenager, den ich in Riverside schon kennenlernen durfte und der jetzt ein Flattern in meinem Magen verursacht, als er mich neugierig aus diesen moosgrünen Augen ansieht. Kennengelernt ist auch zu viel des Guten, ich habe ihn angeschmachtet, während er auf einer Bühne stand und eine gefühlvolle Rockballade über das schwere Leben eines Teenagers in einer Kleinstadt gesungen hat.

Ich weiß nicht, wie er heißt, aber dass er es ist, der hier auf seinem Motorrad sitzt, umgeben von etwa sieben Mitschülern, fünf davon Mädchen, beweist, dass nicht nur ich glaube, er hätte ein großes Talent und dazu auch noch gut aussieht mit diesen wilden dunkelbraunen Haaren, die an Schokolade erinnern und ihm fast bis ans Kinn reichen und ihm tief in die Stirn fallen. Ich möchte ein Seufzen ausstoßen, so anziehend sieht er aus, obwohl ich bisher nicht einmal wusste, dass ich Tattoos überhaupt anziehend finde. Oder Jungs. Bisher haben Tattoos mich eher abgestoßen und Jungs mich nicht interessiert, weil ich meine Zukunft schon genau geplant habe und Jungs da erstmal nicht reinpassen. Vielleicht ist es das ganze komplette Rockstar-Bad-Boy-Image, das ein Kribbeln in mir wie in jedem anderen Mädchen ausgelöst hat, das schmachtend vor seiner Bühne stand und ihm am Wochenende zugehört hat.

Als wir am Samstag in Riverside angekommen sind, waren mein Bruder und ich in dieser kleinen Bar an der Hauptstraße, von der unsere neuen Nachbarn behauptet haben, dass es dort das beste Essen in der ganzen Stadt gibt, um etwas für das Dinner zu besorgen, da unser Geschirr noch in irgendwelchen Kartons versteckt war. Schon bevor wir die kleine Bar betreten hatten, habe ich diesen Song gehört, der so etwas Kräftiges und Düsteres hatte. Aber als ich die Tür geöffnet und die Bar betreten habe, hat mich der Klang seiner Stimme sofort eingenommen.

Er stand auf dieser kleinen Bühne, halb vom Dunkel der Bar verschlungen, und er hat mit so viel Leidenschaft gesungen, dass jeder im Raum völlig gebannt von ihm war. Ich auch. Ich habe noch nie zuvor jemanden mit so viel Liebe und Emotion singen gehört wie ihn. Er hat jede einzelne Note gelebt. Seine Stimme war wie Elektrizität auf meiner Haut. Ihn auf dieser Bühne zu sehen, hat etwas mit mir angestellt. Ich glaube, ich war sofort gefangen von dem, was man den *Rockstarzauber* nennen könnte. Dieses Gefühl, das jedes Mädchen überkommt, wenn sie einen Typen mit einer Gitarre, lässigen Klamotten, Tattoos, einer wilden Frisur und einer Megastimme sieht. Ein Gefühl, das sich tief in ihrem Körper in etwas aufregend Unanständiges verwandelt. Zumindest glaube ich, dass es das ist, was Mädchen empfinden, wenn sie Rockstars bekreischen und sich ihnen zu Füßen werfen. Für mich war es das erste Mal, dass mich etwas so überrannt hat wie seine Stimme und sein Song.

Ich stelle den Motor ab und steige unter den Blicken meiner neuen Mitschüler aus dem Auto. Ich versuche mich an einem Lächeln, aber ich glaube, ich versage kläglich, denn sie haben nur Blicke für meine Kleidung, zumindest scheinen sie nicht zu bemerken, dass ich auch ein Gesicht habe. Genervt wende ich mich wieder meinem Auto zu und angle nach meiner Tasche, die auf dem Beifahrersitz liegt.

»Schönes Auto«, meint einer der Jungs, als ich aus dem Auto

wieder auftauche. Er hat sehr struppiges braunes Haar und stellt sich neugierig neben meinen Wagen.

»Danke«, murmle ich und schließe den Audi ab. Ich hänge mir meine Schultasche, die mich fast unter ihrem Gewicht zu Boden reißt, über die Schulter. Mir ist die Aufmerksamkeit unangenehm, ich spüre sie, obwohl sie alle hinter mir stehen und ich nicht sehen kann, wie sie mich anstarren. Mitten im Schuljahr die Schule zu wechseln ist schlimm. Aus vielerlei Gründen. Dass man alles am ersten Tag mitschleppen muss, ist einer davon. Dass einen alle anstarren, ein anderer. Und dass ich die Abfälligkeit der Gruppe in jeder Zelle spüre, noch einer.

»Bibliothekarin oder Sekretärin?«, will ausgerechnet *er* von mir wissen. Ich wende mich ihnen widerwillig zu, jeder Muskel in mir scheint angespannt zu sein. Mir war noch nie etwas so unangenehm wie dieser Augenblick. Ich kann nicht einmal sagen, ob es nur an der Situation selbst liegt, oder aber auch an ihm. Aber als ich ihn ansehe, spüre ich feurige Hitze in meinem Gesicht. Er grinst breit und ein paar der Mädchen kichern hinter vorgehaltenen Händen. Mein Magen krampft sich zusammen. Ich hoffe, sie finden nur seinen Kommentar so lustig und nicht meine Gesichtsfärbung. Ich streiche über mein schwarz-weißes Kostüm und weiß, dass es hier überhaupt nicht her passt, so wenig wie ich. Aber ich habe nicht daran gedacht, dass es vielleicht nötig wäre, mir andere Kleidung zu besorgen. Gott, ich will hier nicht sein! Am liebsten möchte ich Josh und meine Eltern ermorden für diesen Umzug. Schlechteste Idee ever!

Ich mustere die Mädchen, die neben ihm stehen, sie tragen Jeans, kurze Shorts und enge Oberteile, sind auffällig geschminkt. Ich sehe mich auf dem Parkplatz um und stelle frustriert fest, dass hier alle Mädchen so aussehen. Ich habe noch nie weniger irgendwo hingepasst.

»Schüler oder Krimineller?«, frage ich trotzig und mustere provozierend seine löchrigen Jeans und die Tätowierungen an seinen

Unterarmen. An meiner alten Schule waren Tätowierungen verboten. Wer welche hatte, durfte sie nicht offen zeigen. Aber wohl die Wenigsten hatten eine.

»Was denkst du, Seattle?«, hakt er abfällig grinsend nach. Er hat das Nummernschild an meinem Auto erkannt. War ja auch nicht schwer. Wahrscheinlich hassen sie hier automatisch jeden, der aus der Großstadt kommt und dann auch noch mit so einem Auto hier auftaucht. Ich hätte besser laufen sollen, aber das erwähnte ich ja schon. Alle lachen laut und ich versuche schnell hier wegzukommen, stolpere fast, als ich eilig an meinem Auto vorbeigehe.

»Die sieht aus wie aus einem der Filme, die du dir so gerne reinziehst, John«, sagt eins der Mädchen, als ich schon an ihnen vorbei bin. Ich zucke innerlich zusammen und wäre am liebsten sofort wieder in mein Auto gestiegen. Zurück nach Seattle. Zurück auf die Halsten Privatschule, wo die Schüler mehr so sind wie ich.

»Ja, ich mag den strengen Sekretärinnenlook«, ruft dieser John mir hinterher.

»Du hast meine Frage noch nicht beantwortet.« Ich verspanne mich noch mehr, seine Stimme hat sich in mein Gehirn eingebrannt, wahrscheinlich schon, als ich ihn Samstag die ersten Noten habe singen hören, und jetzt hat sie beschlossen, mir jedes Mal einen wohligen Schauer über die Haut zu jagen, wenn er mich anspricht.

Ich wende mich zu ihm um und sehe in sein Gesicht, das so attraktiv und wild gleichzeitig ist, dass ich seinen Anblick am liebsten in mich aufsaugen will, um ihn immer wieder abrufen zu können, wenn mir danach ist. »Krimineller«, sage ich laut, dann lasse ich die Gruppe stehen und sehe zu, dass ich schnell weit weg von ihnen komme. Ich hasse es hier jetzt schon.

Ich umklammere meinen Bleistift und verfolge fassungslos, was dieser Mann dort vorne über ein so vielschichtiges, wundervolles Werk wie *Sturmhöhe* von sich gibt. Er hat völlig unrecht zu behaupten, Emily Brontë wäre es nicht gelungen, dem Leser die Figuren und ihre Belange nahezubringen, und das Buch wäre zu seiner Zeit nicht zu Unrecht hart kritisiert worden.

Ich sehe mich in meiner neuen Klasse um und kann nicht glauben, dass sich in den Gesichtern meiner Mitschüler kein Protest spiegelt. *Sturmhöhe* ist ein wunderbares Meisterwerk, wenn man bedenkt, dass Emily es geschafft hat, einen ganzen Roman über einen so bemerkenswerten Charakter wie Heathcliff zu verfassen, aus der Sicht eines Außenstehenden. Obwohl der Leser nicht in Heathcliff hineinblicken kann, gelingt es ihm, ihn und sein Handeln nachzuvollziehen. Aber anscheinend bin ich in diesem Raum wohl die Einzige, der das gelingt. Ich schnaube frustriert auf, noch bevor es mir gelingt, dieses Schnauben zu unterdrücken.

»Sie sind neu in der Klasse?«, will Mr. Collins wissen. »Sind Sie anderer Meinung? Nach Ihrer Ansicht, was begründet die Veränderung von Heathcliff zu Ende des Buchs?«

Kurz bleibt mir die Luft weg, als alle sich nach mir umsehen und mich mit fragenden oder abfälligen Gesichtern anstarren. Als die Neue sollte man eigentlich so wenig Aufmerksamkeit wie möglich auf sich ziehen. Besonders keine negative, offensichtlich ist Mr. Collins ein in dieser Klasse sehr beliebter Lehrer und meine ungewollte Kritik hat mir den Unmut der gesamten Klasse eingebracht.

Ich habe das Gefühl, mich verteidigen zu müssen, also stehe ich auf, richte meinen Blick nur auf Mr. Collins und versuche, meine Mitschüler zu ignorieren. Dies ist meine erste Stunde an dieser Schule und schon jetzt habe ich das Gefühl, dass Riverside und mich Welten trennen. Ich sehne mich zurück nach Seattle. Hier passe ich nicht her. Aber meine Eltern glauben, dass das Kleinstadtleben meinem Zwillingsbruder Josh und mir mehr Sicherheit geben kann, weil Josh in Seattle Probleme hatte mit Drogen.

Ich hole tief Luft und versuche, mich zu konzentrieren und mich nicht zu sehr von meiner Fassungslosigkeit beeinflussen zu lassen. »Heathcliff ist ein offensichtlich sehr kranker Mann. Er hat sehr viel Leid erfahren müssen und dieses Leid hat seinem Geist Schaden zugefügt. Er kommt mit dem Tod seiner großen Liebe nicht zurecht und über die Zeit verschlechtert sich sein Zustand aufgrund seines Hasses, seiner ständigen Rachepläne und der Sehnsucht nach Cathy. Einer Sehnsucht, die wohl eher darauf beruht, dass er auch von ihr nicht bekommen hat, was er will. Und da sie tot ist, kann er sich nicht einmal mehr an ihr rächen. Sie ist eine ungelöste Aufgabe für ihn, die ihm keine Ruhe lässt. Er sieht sie in seinen Träumen, sieht sie in den Gesichtern anderer Menschen, sie ist immer da.

Als Lockwood ihm erzählt, er hätte sie vor dem Fenster gesehen, fühlt er sich in seinem Glauben bestätigt, sie wäre noch da. Und als er ihr Grab schändet und ihren Körper kaum verwest vorfindet, glaubt er, sie würde auf ihn warten. Das löst die Veränderung aus. Er hat Hoffnung, ist glücklich und ist überzeugt, wenn er im selben Raum wie Lockwood schläft und das Fenster offenlässt, würde sie zu ihm kommen. Durch seine Nahrungsverweigerung verstärken sich seine Visionen und er beginnt, sie wirklich zu sehen. Das verleiht ihm ein Hochgefühl. Er hat die Chance, sie doch noch zu bekommen und sein Ziel zu erreichen.«

»Sie glauben also, er ist geisteskrank?«, will Mr. Collins abfällig wissen.

»Ja, und ich glaube auch, dass die Autorin uns genug mitgibt, um mit den Figuren mitzufühlen und ihre Handlungen zu verstehen. Die Figuren sind sehr komplex, und die meisten sind nicht ausschließlich nur gut, sondern sie alle haben auch etwas Dunkles an sich, was bei manchem Leser vielleicht die Schwierigkeit hervorruft, dass er sich mit ihnen nicht richtig identifizieren kann und er deshalb das Gefühl hat, dass es ihnen und dem Buch an Emotionen fehlt. Die Leser finden keinen Zugang zu den Figuren, die teilweise Handlungen vollziehen, die der Leser abscheulich findet und sich deshalb von diesen Figuren distanziert.«

Ich zucke innerlich zusammen, als ich bemerke, dass ich mit meiner letzten Aussage unter Umständen den Lehrer als unfähig bezichtigt haben könnte.

Ein Schüler zwei Bankreihen weiter vorne räuspert sich. Er! Er sieht mich breit grinsend an und streckt eine Hand nach oben.

»Julian, willst du etwas dazu sagen?«, fragt Mr. Collins, rückt seine dickrandige schwarze Brille zurecht und wirkt fast schon erleichtert, als Julian nickt.

Er steht auf und wirft mir ein arrogantes Lächeln zu, das herabwürdigend und sexy zugleich ist. Er schüttelt sich ein paar lange dunkelbraune Ponysträhnen aus dem Gesicht und schiebt seine Hände in die Taschen seiner ausgewaschenen grauen Jeans. So wie er dasteht und mich mit diesem herablassenden Lächeln ansieht, das er wahrscheinlich besser beherrscht als jeder Mensch, dem ich bisher begegnet bin, wirkt er wie eine Person, die es gut mit jemanden aufnehmen könnte, der seine gesamte Zeit im Gefängnis verbringt. Das kann mich wenig beeindrucken, so jemanden wie ihn gibt es doch überall.

Er hält seinen Blick fest auf mich gerichtet.

»Heathcliff ist nicht geisteskrank. Er ist nicht der Einzige, der Cathy gesehen hat. Die Leute, die glauben, dass er krank ist, das sind Menschen, die in ihrem Inneren leidenschaftslos und eher pragmatisch sind. Menschen, die mit Romantik und wahrer Liebe nichts am Hut haben. Sie betrachten alles aus der Ferne und versuchen überall eine für sie annehmbare Logik hineinzuinterpretieren, nur um nicht akzeptieren zu müssen, dass der Mensch manchmal aus Liebe dumme Dinge tut.« Versucht er gerade, mich zu beleidigen? Ist das seine Rache für seinen Lehrer? Ist man in Riverside etwa nicht dazu in der Lage, andere Meinungen zu akzeptieren? Er sieht mich an, als wolle er fragen: »Leute wie du?«

Ich möchte ihm antworten, dass er mich gar nicht kennt, aber ich weiß, dass er nicht falsch liegt. Ich interessiere mich nicht für Liebe, weil sie mich nicht weiterbringt. Mein Ziel ist Harvard. Ich möchte eine herausragende Anwältin werden und Gefühle würden mir auf dem Weg zu meinem Traum als Seniorpartnerin der Kanzlei, in der auch mein Vater sich von ganz unten nach ganz oben gearbeitet hat, nur im Weg stehen.

Julian fährt sich durch die Haare, aber sie fallen ihm sofort wieder ins Gesicht. Er lächelt mich noch immer auf diese merkwürdige Art an, was mich nervös schlucken lässt. Ich weiche seinem Blick aus und hoffe, dass er sich wieder hinsetzt. Er schafft es, dass alle mich noch immer ansehen, jetzt mit deutlichem Spott im Gesicht.

»Ist es nicht eher so, dass es seine unsterblichen Gefühle sind, die ihn in den Tod treiben? Er will bei ihr sein. Wenn alle sie sehen können, dann muss sie ja da sein. Dann muss sie auf ihn warten. Die Menschen um ihn herum bestärken ihn in seinem Glauben, es könne doch noch Hoffnung für sie beide geben, weil sie Cathy sehen. Es ist einfach seine Liebe, die ihn dazu treibt. Eine leidenschaftliche Liebe. Und dann ist er tot und die Menschen sehen von nun an sie beide am Fenster seines Schlafzimmers. Vereint. Das ist Liebe, keine trockene Geisteskrankheit. Nach deiner Theorie wären sie alle geisteskrank. Emily Brontë erzählt uns aber nicht die Geschichte eines kranken Mannes, sie erzählt uns die Geschichte einer Liebe, die sogar den Tod besiegt.«

Er setzt sich mit einem breiten Grinsen und starrt mich noch einen Moment lang an. Ein paar der Schüler applaudieren ihm - fast alle Mädchen, und Mr. Collins nickt zufrieden. Ja, ein Bad Boy, der eine Rede über die einzig wahre Liebe schwingt, da werden Mädchenherzen weich. Ich verdrehe genervt die Augen und schlucke meine Wut runter. Sogar Josh sitzt hinter seinem Tisch und grinst dümmlich vor sich hin. Und ich weiß auch warum, weil dies heute das erste Mal war, dass mich jemand vor der Klasse bloßgestellt hat. In Halsten war ich die Jahrgangsbeste. Alles scheint sich in diesem neuen Leben zu verändern.

»Zu dem Schluss bin ich auch gekommen, sehr gut Julian«, sagt Mr. Collins in das Stundenklingeln hinein.

»Liebe, die einen in den Tod treibt«, flüstere ich abfällig und packe meine Sachen zusammen. Um eine so vorhersehbare, langweilige Aussage zu treffen, ist das Buch zu vielschichtig. Es will mehr als nur das sagen, es soll einen Menschen zeigen, der an seinem Leben und an seinem Wunsch nach Rache zerbricht, da bin ich mir sicher. Warum sollte immer alles auf Liebe hinauslaufen? Liebe gibt es nicht, meine Eltern schlafen in getrennten Zimmern und wenn sie sich mal begegnen, dann schreien sie sich an und werfen sich gegenseitig ihre Affären vor.

Ich krame mein Handy aus meiner Tasche und stecke mir die Kopfhörer in die Ohren. Die beste Möglichkeit, um allen zu zeigen, dass du kein Interesse an einem Gespräch hast, sind Kopfhörer in den Ohren. Ich gehe meine Playlist durch und suche nach einem lauten Song mit viel Gekreische, einem Song, in dem das Wort Liebe bestimmt nicht vorkommt. Wer hätte gedacht, dass ein so harter Kerl einen so verklärten weichen Kern hat? Aber wahrscheinlich ist diese romantische Seite nur ein Trick, um die Mädchen in seine tätowierten Arme zu locken. Ich gehe auf den Flur hinaus, während ich weiter durch meine Playlist scrolle.

»Bist du wirklich so emotionslos, wie du rüberkommst, oder versteckst du dich nur hinter dieser eisernen Maske? Egal was es ist, es macht dich nur interessanter, Seattle.«

Ich hebe den Kopf und sehe gerade noch, dass Julian an mir vorbeigegangen ist. Er hat den Arm um die Schulter eines Mädchens gelegt und sieht zu mir zurück. »Mila«, sage ich mehr zu mir als zu ihm. Aber eigentlich ist es mir egal, ob er meinen Namen kennt oder auch nicht. Ich werde ein paar Monate auf dieser Schule auch ganz gut ohne Freundschaften überleben.

RUSH

Es ist merkwürdig, dass mein Blick immer wieder von der Neuen angezogen wird. Da ist nichts an ihr, was besonders hübsch wäre. Eigentlich sieht sie eher unscheinbar aus in ihrem Kostüm, der weißen Bluse darunter und den offenen, perfekt glatten Haaren. Welches Mädchen in unserem Alter läuft denn so rum? Sie wirkt so streng und unnahbar. Eigentlich passt ihr Aussehen zu ihrer Meinung über Sturmhöhe. Na ja, eigentlich bin ich auch der Meinung, dass Heathcliff wahnsinnig ist, ein Irrer. Das Geschwafel von Liebe habe ich nur losgelassen, weil es mich gereizt hat, die Kleine aus der Reserve zu locken. Es muss an ihrem ganzen Auftreten liegen, dass ich mich so von ihr provoziert fühle. Das ist so merkwürdig, dass ich am liebsten zu ihr rübergehen würde, um sie zu schütteln und ihr zu sagen, sie soll mich gefälligst in Ruhe lassen. Und gleichzeitig möchte ich diese Neugier stillen, die mich seit Tagen auffrisst. Ich habe das Gefühl, unbedingt wissen zu müssen, was es mit ihr auf sich hat.

Sie sitzt die ganze Zeit in der Klasse mit diesem versnobten Ausdruck im Gesicht. Diese Abweisung. So als würde sie glauben, sie wäre was Besseres als wir Kleinstädter. Wahrscheinlich glaubt sie das auch, und noch wahrscheinlicher hat sie sogar recht damit. Und doch lässt sie mich einfach nicht los. Da ist etwas an ihr: sie ist nicht so blöd wie die anderen Weiber an der Schule, die mir ständig hinterherrennen, weil ich weiß, wie man Gitarre spielt. Vielleicht würde sie mir auch hinterherrennen, wenn sie es wüsste, überlege ich. Aber dann sehe ich sie an und ich weiß, das würde sie nicht. Sie und ich sind völlig verschieden. Und wahrscheinlich macht genau das den Reiz an ihr aus. Das und dass sie unübersehbar ganz anders ist als die Chicks an der Schule hier. Nicht so oberflächlich. Sie scheint jemand zu sein, der gerne und alles hinterfragt. Und jemand, der immer alles selbst in die Hand nimmt. Steve ist einer der besten in unserer Jahrgangsstufe, aber sie hat ihm heute im Chemieunterricht sämtliche Aufgaben aus der Hand genommen und ihn fassungslos daneben stehenlassen. Nicht, dass mich das nicht auf irgendeine Art angemacht hat.

»Wen starrst du an? Die Neue schon wieder?« Tristan setzt sich neben mich auf den Tisch im Park der Schule und saugt laut am Strohhalm seines Getränkepäckchens. Ich verziehe angewidert das Gesicht und reiße ihm den Strohhalm aus dem Mund.

»Sie liest das Buch noch einmal«, sage ich mit all der Überraschung in der Stimme, die ich schon die ganze Zeit empfinde, seit ich gesehen habe, dass sie sich Mittag für Mittag unter einen der Bäume setzt und Sturmhöhe wieder und wieder liest und sich Notizen macht. »Was glaubst du, warum sie es nochmal liest?«

»Weil sie rausfinden will, ob du recht hast?« Tristan lacht grunzend auf. »Dieses Geschwafel von Liebe war doch wohl nicht dein Ernst?«

Ich falle in sein Lachen ein. »Bist du wahnsinnig?«

»Gut so, wir haben schon befürchtet, deine nächsten Songtexte werden klebrig wie Zucker.«

»Niemals!«

»Hätte ich auch nicht mitgemacht.«

»Mann, auf was für einer Schule war die denn bis jetzt? Eine Klosterschule?«

»Möglich.«

»Fehlt nur noch eine Brille«, wirft John ein und setzt sich zu uns. Er hält mir ein Sandwich hin. Obwohl ich keinen Hunger mehr habe, greife ich zu und esse es. »Vielleicht hat sie ja keine anderen Klamotten. Oder sie steht drauf, sich wie eine Geschäftsfrau anzuziehen«, überlege ich laut. Die ganze letzte Woche hat sie verschiedene Kostüme, Hosenanzüge und Kleider getragen.

»Was glaubst du, warum sind sie hergezogen?«

Ich stoße Tristan mit der Schulter an und lache. »Keine Ahnung, wer weiß schon, warum die Reichen und Mächtigen tun, was sie tun?«

Keiner hier an der Schule hat besonders viel Geld. Meine Mutter besitzt die renovierungsbedürftige Bar an der Hauptstraße mit dem umwerfenden Namen: *Riverside Bar*. Deswegen gelten wir hier schon als wohlhabender als alle anderen. Dabei wirft die Bar kaum was ab. In Riverside kann sich ja kaum einer leisten, viel Geld in eine Bar zu schleppen. Hier versuchen alle einfach nur über die Runden zu kommen. Einen nagelneuen Audi bekommen wir nicht jeden Tag zu sehen. In den letzten Tagen ist sie zur Schule gelaufen und ihr Bruder hat den Wagen genommen. Wir haben uns alle darüber lustig gemacht, dass sie sich vielleicht nicht leiden können. Soll ja bei Zwillingen eher selten sein. Aber Josh scheint nicht so zu sein wie sie. Er ist viel lockerer, eher so wie wir. Er nennt seine Schwester einen Kontrollfreak. Und das scheint sie auch zu sein. Jedes Mal, wenn Josh etwas tut oder sagt, das ihr nicht gefällt, spitzt sie die Lippen auf eine abfällige Weise, dabei bleibt ihre Gesichtsmimik aber völlig ungerührt. Man kann ihr ihre Gefühle nie ablesen, was ich beeindruckend finde. Was mich aber auch bis ins Mark wurmt, denn ich weiß nie, wie ich bei ihr dran bin. Wahrscheinlich ist es das, was mich so irre macht, dass sie mich einfach nicht loslässt. Andere Mädchen kann ich gut einschätzen, ich weiß genau, was sie von mir wollen. Bei ihr weiß ich gar nichts. Sie ignoriert mich einfach, bleibt völlig kalt.

»Dann sollten wir langsam anfangen, das herauszubekommen. Wenn wir erstmal mit der Band durchstarten, gehören wir auch bald zu den Reichen«, meint John. Er nickt mit dem Kinn zum Parkplatz runter. »Dann kauf ich mir auch so einen Schlitten, nur nicht unbedingt in weiß.«

»Schwarz wäre cool«, stimmt Tristan ein.

»Ich bleib lieber bei meiner Suzuki«, sage ich. Das Motorrad hat meinem Vater gehört. Er hat es stehenlassen, als er uns damals verlassen hat. Da war ich zwölf. Mit vierzehn habe ich angefangen, die Maschine wieder flott zu machen.

»Wie läuft denn unser Song auf iTunes an?«, frage ich ohne große Hoffnung.

Vor zwei Wochen kam Tristan mit einem etwas älteren, aber kompletten Equipment für Aufnahmen. Tristan hat auf seinem Macbook Garageband angeworfen und wir haben tatsächlich unseren ersten Song aufgenommen in der *Riverside Bar*, während unserer Probezeit, wenn alles ruhig ist, weil die Bar geschlossen hat. Keiner von uns hat sich dabei viel ausgerechnet, aber der Spaß ist es allemal wert. Und es klingt ganz okay für eine Heimproduktion.

»Mit ein paar mehr Klicks auf unseren Youtubekanal würde es wohl besser laufen«, meint John.

Ich esse das Sandwich auf und springe vom Tisch, als die Schulklingel ertönt. John und Tristan gehen schon vor, aber ich warte, bis Seattle an mir vorbeigekommen ist. Ich kann nicht anders. Ich schleiche mich von hinten an sie ran und beuge mich über ihre Schulter. Sie erschrickt, als sie mich bemerkt und bleibt mit verwundertem Gesicht stehen.

»Gibt es was?«, fragt sie harsch. Dieser Tonfall und das Blitzen in den Augen lösen ein merkwürdiges Kribbeln in mir aus, das ich mir nicht erklären kann, aber ich fühle mich dazu gedrängt, zurückzufeuern. Ich will sie unbedingt verärgern, damit ich dieses Blitzen noch einmal sehen kann.

»Ja, dein Kleidergeschmack. Den solltest du nochmal überdenken.« Ich zwinkere ihr zu, genieße die Hitze in ihrem Gesicht, das Flackern in ihren Augen, und lasse sie dann einfach stehen. Jetzt fühle ich mich irgendwie, als würde ich schweben. Was es ausmacht, wenn man ein Mädchen einfach so ein wenig hochnehmen kann, auch wenn ihre einzige Reaktion diese kurze Unsicherheit in ihren Augen war. Zumindest war da was. Vielleicht muss ich nur genauer hinsehen.

3. Kapitel

MILA

In einer Woche habe ich es geschafft, nicht einen einzigen Mitschüler zu finden, der mit mir spricht. Nicht einmal mein Bruder spricht in der Schule mit mir. Weil ich ihm peinlich bin, denn alle nennen mich nur Seattle. Was daran peinlich ist, weiß ich nicht. Seattle ist eine sehr schöne Stadt, also kann ich damit leben. Irgendwie kann ich auch damit leben, dass mein Bruder die Mittagspausen mit seinen neuen Freunden immer in der Nähe von Julian und seinen Groupies verbringt und ihn anhimmelt. Bis jetzt hatte ich keine Ahnung, dass Josh auf Musik steht. Früher hatte er es eher mit Alkohol, Ladendiebstahl und allem, was man sonst so tun kann, um die Aufmerksamkeit seiner Eltern auf sich zu ziehen.

Ich schlage *Sturmhöhe* auf - seit dem ersten Schultag habe ich es schon zweimal gelesen und bin noch immer der Meinung, dass Heathcliff viel mehr von Hass als von Liebe gesteuert wird - und möchte mich gerade in das Buch vertiefen, als sich jemand neben mich unter meinen Stammbaum setzt.

»Du schon wieder«, stoße ich genervt hervor.

»Wie oft haben wir uns in letzter Zeit unterhalten?«, will Julian wissen. »Lass mich nachdenken. Gar nicht.«

Ich ignoriere ihn und mein klopfendes Herz und konzentriere mich einfach wieder auf das Buch. Die meiste Zeit ignoriert er mich auch, bis auf die wenigen Gelegenheiten, bei denen er mich mit irgendwelchen abfälligen Kommentaren belästigt. Wie gestern, als er nach meinem Vortrag über die Wichtigkeit von erneuerbaren Energien, und warum auch die USA wie andere Länder mehr für den Umweltschutz tun sollten, wissen wollte, ob ich deswegen nicht mehr mit dem Auto zur Schule kommen würde.

»Hast du deine Meinung über Sturmhöhe schon geändert, Seattle?«

»Nein, Riverside«, knurre ich ihn an.

»Rush«, verbessert er mich. Alle benutzen nur seinen Nachnamen.

»Habt ihr ein Problem mit Vornamen?« Ich schlage das Buch zu und sehe ihn fragend an. Er hat mich in den letzten Tagen wie alle anderen ignoriert, weswegen es mich wundert, vielmehr neugierig macht, warum er ausgerechnet jetzt mit mir spricht, aber das lasse ich mir natürlich nicht anmerken. Stattdessen gebe ich mir Mühe, weiterhin genervt zu wirken.

»Nein.«

»Warum nennst du mich dann Seattle?«

Er lehnt sich dichter an mich heran, schnappt sich die eine Ponysträhne, die ich immer aus meinem Zopf herausfallen lasse, damit ich sie im Unterricht immer wieder um meinen Finger wickeln kann, und zieht daran. »Weil ich dir diesen Spitznamen gegeben habe.«

Es verlangt mir alles ab, um ihn nicht entsetzt anzustarren. Was er gesagt hat, hat sich so intim angefühlt, dass mein Puls jetzt viel zu schnell rast. Hat es etwas zu bedeuten oder verspottet er mich wieder nur? Natürlich verspottet er mich wieder nur. Und warum interessiert es mich überhaupt, was seine Worte zu bedeuten haben? Ob sie etwas zu bedeuten haben? Ich sollte es besser wissen, Julian Rush flirtet ständig mit irgendwelchen Mädchen. Es gibt kaum eine Mittagspause, in der er nicht mit einem Mädchen rummacht. Er scheint dabei nicht sehr wählerisch zu sein.

Er springt auf und bleibt stehen, schaut von oben auf mich herab. »Ich glaub auch nicht daran, dass er aus Liebe handelt.«

»Was?«, fahre ich ihn verwirrt an. »Warum hast du es dann gesagt?«

»Ich hab das nur gesagt, weil es das ist, was Collins hören wollte.

Der Mann ist Sportlehrer. Mit Literatur hat der nichts am Hut.«

»Aber er unterrichtet Literatur.«

»Nur Vertretung. Wenn du willst, dass er dir glaubt, musst du ihm die Sachen nur so verpacken, wie er sie gerne hören möchte.«

»Aha«, mache ich gedehnt. Aber ich will mich mit seiner Behauptung nicht zufriedengeben. »Du willst mir also erklären, dass all dein Geschwafel von Liebe nur eine Lüge war, um Mr. Collins um den Finger zu wickeln? Und was ist dann mit den Geistern, die alle immer wieder sehen?«

Julian schiebt seine Hände in die Taschen seiner Jeans und grinst nachdenklich auf mich runter, dann sieht er nach oben in die Baumkrone. Er blinzelt in die Sonne, ein paar seiner Strähnen hängen ihm in die Augen, aber das scheint er gar nicht zu bemerken. Ich weiß es sogar sicher, denn sie hängen ihm immer ins Gesicht und er streicht sie nie heraus. Außer er flirtet mit einem Mädchen. Dann macht er es auf eine so lässige Weise, fährt sich mit den Fingern durch die Haare, dass die Mädchen immer einen ganz verträumten Blick bekommen. Er nutzt diese Geste ganz bewusst. So wie jetzt bei mir. Aber ich kenne sein Geheimnis, weil ich Menschen gerne studiere, weswegen es mir leichtfällt, so zu tun, als würde mich diese Handbewegung völlig unberührt lassen.

»Zu dieser Zeit haben die Menschen doch überall Geister gesehen, wenn jemand gestorben ist, Seattle. Nichts an Sturmhöhe ist Fantasy. Die Geister gibt es nicht. Brontë unterstreicht damit nur das Unbehagen, das beide in den Menschen ihrer Umgebung ausgelöst haben.«

»Komisch, Lockwood kannte Cathy gar nicht, wie konnte er sie dann trotzdem sehen?«

»Wegen all der Geschichten, die er gehört hat.«

Ich ärgere mich darüber, dass er auf alles eine Antwort zu kennen scheint und überlege verzweifelt, wie ich ihn verunsichern könnte. Nur eine winzige Kleinigkeit, auf die er keine Antwort weiß, aber mir fällt nichts mehr ein. Und er weiß es, denn er lächelt zufrieden, als er weggeht und ich ihm ungläubig hinterher starre. Das alles war also wirklich nur eine Show. Eigentlich hätte es mir gleich klar sein müssen. Wer glaubt schon an die große Liebe und wechselt so oft seine Anhängsel wie er? Statt nichts auf sein Geschwafel zu geben, habe ich mich dazu hinreißen lassen das Buch nochmal und nochmal zu lesen, weil ich sichergehen wollte, nichts übersehen zu haben. Ich hasse es, wenn sich etwas nicht in die Vorstellung einfügt, die ich davon habe. Alles muss für mich seine Ordnung haben, sonst treibt es mich in den Wahnsinn. Und ich kann es nicht leiden, unrecht zu haben. Schon gar nicht, wenn jemand wie er dann vielleicht recht hat.

»Also, bis dann, Seattle«, sagt er und schaut zwinkernd über die Schulter zurück.

»Mila«, schreie ich ihm wütend hinterher. Er lacht nur.

4. Kapitel

MILA

»Kann ich nicht bei Mel wohnen?«, frage ich meine Mutter zornig. Sie sitzt hinter ihrem Schreibtisch, auf den Monitor ihres Computers konzentriert, und runzelt ebenso zornig die Stirn. Aufgebracht bläst sie ihre Atemluft nach oben unter ihren blonden Fransenpony und sieht mich wütend an. Mel wäre wirklich die perfekte Lösung. Sie ist die beste Freundin meiner Mutter und ich verstehe mich prima mit ihr. Ich könnte weiter auf die Halsten gehen. Ich habe das Thema natürlich immer wieder vor unserem Umzug angesprochen, aber jetzt ist es mir noch ernster damit. Nach einer Woche habe ich mich noch immer nicht hier eingelebt. Ich bin ein Außenseiter, noch viel mehr als auf der Halsten.

»Kannst du nicht.«

Ich verschränke die Arme vor der Brust und bin kein bisschen bereit, mich geschlagen zu geben. »Du hast ja keine Ahnung, wie sie mich ansehen, als wäre ich von einem anderen Planeten.«

»Dann ignorier sie, das kannst du doch sonst auch so gut.« Sie meint sich selbst, denn die meiste Zeit sind meine Mutter und ich keine Freundinnen, was daran liegt, dass ich nicht verstehe, weswegen meine Eltern an einer Ehe festhalten, die keine mehr ist und uns alle damit quälen. Und der Umzug ist auch schuld. Die vielen Gelegenheiten, bei denen sie mir versprochen haben, eine meiner Schulaufführungen zu besuchen und dann doch nie gekommen sind, weil die Arbeit wichtiger war. Dass sie nicht einmal für mich da waren, als meine beste Freundin gestorben ist. Dass sie mir mein Leben lang das Gefühl gegeben haben, dass ich ihnen nicht vertrauen kann. Weswegen ich niemandem mehr vertraue und immer alles selbst erledigen muss. Weswegen ich zu der kontrollsüchtigen Person geworden bin, die ich jetzt bin.

»So wie du einfach alles?«, entrüste ich mich.

Sie sieht zu mir auf. »Es würde dir bestimmt nicht schaden, wenn du dich mehr bemühen würdest, Freunde zu finden.«

Ich ignoriere, was sie gesagt hat, weil sie genauso gut wie ich weiß, dass ich niemand bin, der einfach Freundschaften schließt. Auch wenn ich mir oft wünsche, dass ich Freunde hätte. Aber dazu muss man die Menschen an sich heranlassen. Und das fällt mir schwer, seit ich die einzige Person verloren habe, die mir jemals etwas bedeutet hat, meine Freundin Alessa. »Es gibt hier nur eine einzige Kanzlei, wusstet ihr das? Ich kann also im letzten Jahr kein Praktikum machen. Das sieht nicht gut aus in meiner Akte«, werfe ich ihr vor.

Meine Mutter verengt die Augen zu Schlitzen. »Du weißt, dass wir das tun mussten, um deinen Bruder aus noch mehr Ärger rauszuhalten.«

Ich bin so frustriert, dass ich ihr am liebsten an den Kopf werfen möchte, dass das schwierig werden könnte, wenn er sich mit Leuten wie Julian Rush herumdrückt. Aber ein Teil von mir - nennen wir es Gewissen - hält mich davon zurück, eine solche Anschuldigung gegen Julian vorzubringen. Er ist vielleicht nicht besonders nett, aber bisher habe ich keinen Grund zu glauben, er wäre auch nur annähernd wie mein Bruder. Josh hat nicht nur Drogen genommen, er hat sie auch verkauft.

»Ich will einfach nicht mehr so hervorstechen«, sage ich jetzt leiser. Natürlich bin ich wütend auf meinen Bruder, aber er ist mein Bruder. Auf keinen Fall will ich, dass er noch weiter abrutscht. Für ihn war die Entscheidung unserer Eltern die richtige Entscheidung. Auch wenn ich manchmal glaube, dass dieser Umzug viel weniger mit Josh als mit der Ehe meiner Eltern zu tun hat. Besonders meine Mutter wollte weg aus Seattle, bevor eine ihrer High Society-Freundinnen mitbekommt, wie es um ihre Ehe steht. Ich glaube, sie schämt sich für Vaters Affären und dafür, dass sie sich dazu getrieben gefühlt hat, den Schmerz auf dieselbe Weise abzuschütteln, indem sie etwas mit ihrem Assistenten angefangen hat.

»Darf ich am Wochenende zu Mel?«

»Nein«, dröhnt die dunkle Stimme meines Vaters hinter meinem Rücken. Ich drehe mich um und mein Herz macht tatsächlich einen Satz. Macht es immer, wenn ich unerwartet meinem Vater gegenüberstehe. Er ist streng, herrschsüchtig, ein Tyrann und trotzdem bewundere ich ihn. Ihn umgibt diese furchteinflößende Aura, die mir schon als kleines Kind so viel Angst eingejagt hat, dass ich ihm immer aus dem Weg gegangen bin. Heute weiß ich, dass diese Aura ihn zu dem gefürchteten Anwalt macht, der er ist.

Ich straffe die Schultern und sehe den großen, breitschultrigen Mann Ende vierzig an, der immer hart und unnachgiebig aussieht.

»Dann such ich mir einen Job.«

Hier zu Hause halte ich es einfach nicht länger als nötig aus, was an meiner Mutter liegt. Ich kann sie einfach nicht um mich herum ertragen, weil ihre plötzliche Sorge um Josh nichts weiter als eine Lüge ist. Sie hat gedacht, meinen Vater aus Seattle raus zu bekommen, würde ihn davon abhalten, sie weiter zu betrügen. Das tut es nicht.

Außerdem möchte ich bis zum College genug Geld beiseite gelegt haben, um mir ein Apartment leisten zu können. Meine Eltern zahlen das College, aber für alles andere soll ich allein aufkommen. Womit ich kein Problem habe, weil ich weiß, mein

Vater will nur, dass ich lerne, auf eigenen Beinen zu stehen. Er mag streng sein und manchmal furchteinflößend, aber er weiß, was wichtig ist.

Ich schiebe mich ohne einen weiteren Blick an ihm vorbei. Ich weiß, dass es das ist, was er hören wollte und dass er jetzt zufrieden ist. Ich bin es nicht. Ein Job bedeutet weniger Zeit zum Lernen. Und es darf nichts schiefgehen, wenn ich es nach Harvard schaffen will. Und das muss ich, denn ich will es meinem Vater beweisen, will ihm zeigen, dass ich genauso gut bin wie er. Und noch besser als sein Sohn, den er trotz all seiner Fehler so sehr liebt.

In einer Stadt wie Riverside einen Job zu finden, ist ein schwieriges Unterfangen. Die einzige Anwaltskanzlei hat beim Namen meines Vaters kalte Füße bekommen und mich höflich vor die Tür gesetzt. Der einzige Aushang befand sich ausgerechnet im dunklen Fenster der Riverside Bar.

Mit gemischten Gefühlen wickle ich mir die Schürze um die Taille und nehme mein Haar in einem Zopf zurück. Ich trage die einzige Jeans, die ich in meinem Schrank gefunden habe, weil ich keins meiner Kleider ruinieren will. Die Businesskleidung habe ich für meine Nachmittagsstelle in der Kanzlei meines Vaters getragen. Und im Laufe der Zeit habe ich mich so sehr daran gewöhnt, dass mir selbst nicht mehr aufgefallen ist, dass sie nicht zu jemanden meines Alters passt. Und tagsüber habe ich die Uniform der *Halsten Private School* getragen. Ich habe also gar keine andere Kleidung gebraucht. Ich werde wohl auch ein wenig Geld in Jeanshosen investieren müssen, wenn ich nicht mehr so auffallen will.

»Alkohol gibt es erst ab 21. Lass dir die Ausweise zeigen«, sagt Mrs. Rush und sieht mich ernst an. »Sie werden versuchen, dich hereinzulegen oder zu überreden. Sei streng, nötigenfalls erteile ihnen Hausverbot für den Abend.«

Ich nicke und ziehe die Schleife der Schürze auf meinem Bauch fest. »Da ich noch keine 21 bin, darf ich ohnehin keinen Alkohol ausschenken«, setze ich sie über die Gesetzeslage in Kenntnis.

»Mädchen, wenn du hier arbeiten willst, wirst du es tun müssen. Darauf kann ich keine Rücksicht nehmen, sonst kann ich gleich jemand anderen einstellen. Ich kann nicht jedes Mal übernehmen, wenn jemand nach einem Bier fragt.«

»Aber …«, setze ich an.

Die kleine, sehr zierliche Frau schüttelt den Kopf mit den dunklen Locken. Sie hat kaum Ähnlichkeit mit Julian, der viel größer ist als sie. »Ich übernehme die volle Verantwortung. Wenn du den Job willst, dann hast du ihn. Wenn nicht, dann verschwende meine Zeit nicht länger. Die ersten Gäste kommen jeden Moment. Wir haben Samstag, da wird es hier immer voll, weil die Kids wissen, dass die Band hier auftritt.«

Wahrscheinlich kommen sie nicht nur wegen der Band, werfe ich in Gedanken ein. Es gibt außer dieser kleinen Bar nichts anderes in der Stadt.

Ich habe ein mulmiges Gefühl, als ich das Geschirrtuch nehme, das Mrs. Rush mir hinhält. Wenn ich eine Vorstrafe bekomme, weil ich hier beim Ausschenken von Alkohol erwischt werde, kann ich Harvard vergessen, ohne Harvard-Abschluss werde ich keine Chance haben, von der Kanzlei meines Vaters angenommen zu werden. Andererseits brauche ich das Geld. Aber wie groß ist schon die Chance, dass in einer Stadt wie dieser der Sheriff nicht der beste Freund der Barbesitzerin ist? Wahrscheinlich waren sie zusammen auf der Schule. Die Vorstellung beruhigt mich etwas und ich nicke. »Also gut. Womit fange ich an?«

»Trockne die Gläser, danach putz die Toilette. In der Umkleide stehen Gummistiefel. Ich mag es nicht, wenn jemand die Toiletten putzt und dann mit den gleichen Sachen hinter meiner Theke herumrennt.« Sie wischt über die Stahloberfläche der Spüle. »Nicht, dass die Toiletten dreckig wären«, murmelt sie abwesend.

Ein paar Minuten später scheint die halbe Schule in der Bar

zu sitzen. Da niemand 21 ist, muss ich auch keinen Alkohol ausschenken, worüber mein Gewissen wirklich erleichtert ist. Ich eile von Tisch zu Tisch, nehme Bestellungen auf, meide möglichst den Blickkontakt - ich will hier keine Freundschaften schließen, ich weiß sowieso, dass meine Mitschüler und ich nie Freunde sein werden - und trage Getränke und kleine Snacks herum. Hin und wieder lässt jemand einen blöden Kommentar fallen, aber damit kann ich gut leben.

Gegen 19:00 Uhr kommt die Band in die Bar, wie immer umgeben von ein paar ihrer ewigen Anhängsel, zu denen jetzt auch Josh zählt. Ich werfe Josh einen missgünstigen Blick zu, aber er kneift nur die Augen verärgert zu, dann ignoriert er mich, bis ich an den Tisch gleich neben der kleinen Bühne komme, um die Bestellung aufzunehmen.

»Seattle, welch eine Überraschung.« Julian grinst breit, er sitzt auf der Bank und hat einen Arm um eins der Mädchen gelegt. Heute sonnt sich Nancy in seinem Licht. Gestern während der Mittagspause war es noch Sina. Sie sitzt jetzt neben Tristan und scheint kein wenig traurig zu sein, dass Julians Arm heute nicht um ihren Körper geschlungen ist. Wahrscheinlich, weil sie weiß, dass er morgen schon wieder Interesse an ihr haben könnte.

»Julian«, sage ich trocken. Ich weiß, dass er es nicht mag, wenn man ihn bei seinem Vornamen nennt. Ihm ist Rush aus irgendeinem Grund lieber. Vielleicht, weil es cooler klingt und besser zu dem Image passt, das er sich selbst verpasst hat. Aber genau weil ich weiß, dass er Julian hasst und er sich jedes Mal versteift, wenn ich ihn so nenne, benutze ich seinen Vornamen. Ich könnte ihn auch Riverside nennen, weil er mich immer Seattle nennt, aber damit würde ich ihm zeigen, wie sehr ich mich über Seattle als Spitznamen ärgere. Deswegen heißt er für mich Julian. »Was darf ich euch bringen?«

»Vier Corona für mich und meine Freunde, die Mädchen nehmen Wein«, sagt er grinsend und sieht mich dabei an, als gäbe es in diesem Augenblick nur mich und ihn. Dieser Blick lässt meinen Magen immer kribbeln, aber es hat nichts zu bedeuten, weil er ihn bei jedem Mädchen benutzt.

»Also sieben Mal Wasser, kommt sofort«, sage ich und wende mich zum Gehen ab.

»Wir bekommen hier immer, was wir bestellen«, wirft John ein.

Ich sehe über die Schulter zurück. »Alkohol erst ab 21, meine Anweisung.« Als ich Minuten später mit sieben Gläsern Wasser an ihren Tisch zurückkomme, sagt keiner von ihnen etwas. Nur mein Bruder sieht mich grimmig an.

RUSH

Auf der Bühne zu stehen und die Musik zu fühlen, hilft mir immer dabei, nicht denken zu müssen. Es ist, als wäre ich plötzlich eine andere Person. Jemand, dessen Vater ihn nicht im Stich gelassen hat, als wäre er nicht wichtig für ihn. Jemand, der nicht hat zusehen müssen, wie der eigene Vater seine Frau immer und immer wieder zum Sandsack herabstuft. Jemand, der seinem eigenen Vater nicht die bedeutungslosen Fäuste in den Magen gerammt hat, um ihn davon abzuhalten, die Mutter umzubringen.

Aber heute ist alles anders. Heute sind da diese Gedanken in meinem Kopf, die mich von meiner Musik ablenken. Mila beherrscht meinen Kopf. Mich hat noch nie interessiert, ob ein Chick meine Musik gut findet, doch von ihr will ich es wissen. Vielleicht liegt es daran, dass sie von Tisch zu Tisch geht, meine Freunde bedient und nicht einmal ein Lächeln auf ihr Gesicht tritt. Oder daran, dass es ist, als wäre ich gar nicht hier oben. Sie schaut keine Sekunde zu mir, bleibt stehen, hört mir zu. Da spiegelt sich keine Regung in ihrem Gesicht. Und das macht mich ganz wahnsinnig. Und es fasziniert mich. Weil es sie so anders macht als die anderen Chicks, die mich mit ihren immer künstlichen Lächeln und Schmeicheleien umgeben. *Was geht in ihr vor?* Diese Frage stelle ich mir immer öfters. Und dann gleich darauf: *Warum sollte mich das interessieren?*

Sie geht zu unserem Tisch rüber, an dem noch immer die Mädchen sitzen, mit denen wir heute gekommen sind, und sie tut es völlig desinteressiert, obwohl sie weiß, dass keins der Weiber sie leiden kann. Sie verzieht kein Gesicht, während ich über die Kraft von Männern singe, die Frauen zerstören kann. Frauen wie meine Mutter, die jedem weismacht, sie wäre stark und längst über ihre Ehe hinweg, die dann aber Nacht für Nacht weint, bis sie endlich eingeschlafen ist. Hört Seattle überhaupt, was ich singe?

Ich beobachte, wie Nancy die Nase rümpft und dann irgendetwas sagt. Wahrscheinlich wieder etwas Abfälliges. Irgendwelcher Mist, der Seattle beleidigen soll. Aber sie reagiert überhaupt nicht, dreht sich einfach weg und geht zum nächsten Tisch, um das Geschirr abzuräumen. Entweder hat sie einen hervorragend funktionierenden Schutzwall um sich errichtet, oder sie ist wirklich so gefühlskalt.

Sie hat heute Jeans an. Ich dachte schon, sie würde keine normalen Sachen besitzen. Sie beugt sich über den Tisch und sammelt Gläser ein, aber die Schürze, die sie trägt, öffnet sich nur einen winzigen Spalt um die Unterschenkel herum. Es ist Glück, dass ich überhaupt gesehen habe, dass sie Jeans anhat. Meine Mutter könnte ruhig kürzere Schürzen an die Bedienungen rausgeben. Ich hätte zu gern gewusst, was für eine Figur sie in Jeans macht. In ihren zugeknöpften Businesskleidern kann man zumindest sehen, dass sie Kurven hat. Rundungen, die meine Blicke regelrecht anziehen. Bis ich sie das erste Mal gesehen habe, hatte ich keine Ahnung, dass etwas *mehr* mir gefallen könnte.

Ich brülle die letzten Worte in das Mikrofon und hämmere die letzten Noten in die Gitarrensaiten. Mit einem langgezogenen Quietschen lasse ich die Fender ausklingen. Dass nur die Mädchen bemerken, dass wir einen Song beendet haben, bin ich gewohnt. Die meisten achten kaum noch auf uns, wenn wir hier vorne stehen. Aber das stört mich nicht. Wir spielen nicht für sie, wir spielen für uns. Obwohl es mir heute vorkommt, als würde ich für *sie* spielen. Damit *sie* mich bemerkt. Dabei ist mir klar, dass sie mich nicht bemerkt, weil sie sich überhaupt nicht für mich interessiert. Was mich nur noch wahnsinniger macht. Ihr absolutes Desinteresse frisst sich wie ein Wurm durch meine Eingeweide und sorgt dafür, dass ich dieses Mädchen unbedingt will. Dabei weiß ich noch nicht einmal, was genau ich von ihr will.

Sie geht mit einem Tablett voll Gläsern zur Theke, stellt es ab und dann sieht sie doch flüchtig zu mir auf, bevor sie den Kopf wieder wegdreht und beginnt, die Gläser zu spülen. Tristan spielt die ersten Takte des nächsten Songs. Er handelt von den Freitagspartys draußen am See. Jeden dritten Freitag im Monat ist die Bar zu, weil meine Mutter da nach Seattle fährt, Großmutter besuchen, die in einem Heim vor sich hin vegetiert. Ich war schon eine Weile nicht mehr bei ihr. Kann nicht zusehen, wie sie verfällt. Und sie weiß ohnehin nicht, wer ich bin. In ihrem Kopf lebt sie in einer Zeit, in der ich noch nicht einmal auf der Welt war.

Josh geht rüber zur Bar und sagt etwas zu ihr. Er ist so anders als sie, nicht so unnahbar. Kaum zu glauben, dass sie Geschwister sind. Ohne das Gesicht zu verziehen, schiebt sie ihm eine kleine Flasche Cola rüber und steckt einen Strohhalm oben rein, der wieder ein Stück nach oben hüpft, als sie ihn loslässt. Sie nimmt das Geschirrtuch, nachdem Josh wortlos gegangen ist und wischt über die Stelle, auf der die Flasche stand, dann spült sie weiter Gläser. Meine Mutter beobachtet sie und wirkt zufrieden. Sie passen gut zusammen, sie sind beide schweigsam, beachten einander kaum und übertrieben genau bei allem, was sie tun.

Nach dem letzten Song gehe ich nach draußen, um eine Zigarette zu rauchen. Das mache ich immer so. Ich brauche ein paar Minuten, um allein zu sein und das kann ich nur hier hinter der Bar, wo nur das Personal hinkommt. Eigentlich nutze ich diese Minuten, um die Gefühle, die mich beim Singen meiner Songs überwältigen, wieder unter Kontrolle zu bringen. Heute denke ich an sie. Und das kotzt mich an. Es ärgert mich so sehr, dass ich sie am liebsten schütteln würde, als sie auch noch die Frechheit besitzt, meine Pause zu stören.

5. Kapitel

MILA

»Seattle, was machst du hier draußen?«

Julian schnipst den Stummel seiner Zigarette gegen die Hauswand gegenüber. Die Gasse zwischen diesem Haus und dem nächsten ist nicht besonders groß. Es gibt hier gerade genug Platz für die Treppe vor dem Hintereingang zur Bar, auf der Julian gerade sitzt, und die Mülltonnen.

»Ich bringe *nicht* den Müll raus«, sage ich schlecht gelaunt. Ich wollte nur ein paar Minuten frische Luft und Ruhe, schließlich ist das hier meine Pause.

»Es gibt einen Pausenraum für Angestellte«, sagt er fast schon knurrend.

Trotzig setze ich mich neben ihn auf die untere Stufe und lege die zusammengefaltete Schürze, die ich eben abgenommen habe, neben mich. »Zu stickig. Irgendjemand qualmt den voll.«

»Das ist dann wohl John.«

»Ich hatte keine Ahnung, dass er hier angestellt ist.« Ich rutsche ganz an den Rand der Stufe, damit ich nicht so nah neben Julian sitzen muss. Nicht dass jemand vorbeikommt und glaubt, wir wären ein Paar. Oder noch schlimmer, ich wäre sein neuestes Groupie.

»Irgendwie ist er das. Meine Mom gibt uns immer ein paar Prozent der Einnahmen samstags.« Er setzt sich schräg und starrt auf meine Beine. »Heute Hosen?«, will er breit grinsend wissen.

Ich werfe einen Blick auf ihn. »Du auch.«

»Ja, und sie stehen mir mindestens so gut wie deine dir. Wie hat dir der Auftritt gefallen?«

Ich wusste, ich hätte die Schürze nicht ausziehen sollen. Aber konnte ich ahnen, dass Julian hier draußen sitzen würde? Wie kommt es, dass ich ihm scheinbar immer einen Grund liefere für irgendeinen blöden Kommentar? Seine Augen funkeln, vielleicht liegt es auch nur am Licht über der Tür, trotzdem habe ich den Eindruck, dass er sich lustig macht über mich. Meine Meinung interessiert ihn wahrscheinlich gar nicht.

»Ziemlich gewaltlastig«, sage ich desinteressiert, obwohl gerade diese düsteren Texte und seine dunkle Stimme mich so faszinieren. Ich wüsste gerne, ob sie eine Bedeutung haben. Ob es einen Grund für seine Texte gibt, oder ob es einfach nur Songtexte sind. Aber die Gefühle in seiner Stimme und in seiner Körpersprache, wenn er singt, lassen mich glauben, dass er das Leid, das er besingt, erlebt hat.

»Du hörst also doch zu.«

Ich sehe ihn erstaunt an. »Was hat dich glauben lassen, ich würde es nicht tun?«

»Niemand tut es.«

»Nun ja, ich tue es«, sage ich. Ich tue es immer, weil Texte mich interessieren. Ob Liedtexte oder Bücher, ich will sie analysieren, ihre tiefere Bedeutung entdecken und zwischen den Zeilen lesen. Denn die meisten Texte sagen viel mehr, als man auf den ersten Blick glaubt. Deswegen liebe ich das Lesen von klassischer Literatur so sehr, weil ich ihr ihre Geheimnisse entlocken will.

»Vielleicht bist du doch nicht so, wie ich dachte.« Er beugt sich etwas vor und sieht mir neugierig ins Gesicht. »Was macht jemand aus Seattle hier in diesem Kaff?«

»Willst du nicht viel eher wissen, warum jemand wie ich in einer Bar arbeitet?«, frage ich trotzig, weil ich mich über diesen abschätzigen Ausdruck in seinem Gesicht ärgere.

»Das auch.«

»Nun, es geht dich nichts an«, sage ich und stehe auf. Ich wende mich zur Tür und ziehe am schweren Stahl. Eine Feuerschutztür, die sich kaum öffnen lässt.

»Hübscher Arsch, Seattle. Solltest öfters Hosen tragen.«

»Deine Meinung interessiert mich nicht, aber danke«, sage ich trocken, bevor ich mich nach innen zwänge. Im engen Gang vor den Toiletten bleibe ich kurz stehen und atme tief ein. Ich sehe an mir runter und wische meine Hände an der Röhrenjeans ab, dann gehe ich eilig in den Personalraum und wickle meine Schürze wieder um mich. Ich wollte alles andere, als dass Julian Rush meinen Riesenarsch bemerkt.

Ich hänge die feuchten Geschirrtücher in der Garderobe auf die Leinen, dann löse ich die Schleife der Schürze um meinen Körper und falte die Schürze zusammen. Im Büro des eigenen Vaters zu arbeiten ist weniger stressig. Und viel weniger schmerzhaft für die Füße. Mein erster Tag in der Riverside Bar war anstrengend. Nicht nur wegen der vielen Mitschüler, die heute sämtliche Tische belagert haben, sondern auch wegen Julian, der mir das Gefühl gegeben hat, als säße er direkt auf meiner Schulter und würde jeden meiner Schritte beobachten. Dabei hat er nicht einmal zu mir hergesehen. Immer wenn ich den Blick gehoben und nach ihm gesehen habe, war er mit einem Mädchen beschäftigt oder hat mit seiner Band auf der Bühne gestanden.

»Das lief ganz gut«, sagt Mrs. Rush und nimmt mir die Schürze ab. »Kommst du morgen wieder?«

Ich ziehe das Haarband aus meinem Haar und öffne den Zopf, um meine Haare auszuschütteln. Meine Kopfhaut schmerzt, als die Haare sich langsam um meinen Kopf legen. Ich habe den Zopf viel zu straff getragen, weil ich unbedingt vermeiden wollte, dass sich während des Abends Strähnen daraus lösen und dann vielleicht Haare von mir auf der glänzenden Theke oder in

Getränken von Gästen landen. Meine Haare knistern leise, bevor sie dann endlich still liegen bleiben. Ich reibe mit meinen Fingerkuppen über die schmerzende Kopfhaut. »Ich komme«, sage ich.

»Dann hat es dir gefallen? Ich weiß, die Kids können manchmal anstrengend sein.« Sie mustert mich entschuldigend.

»Ich komme zurecht«, antworte ich mit einem Lächeln, das mehr sie als mich selbst beruhigen soll.

»Dann bis morgen.« Sie reicht mir die Hand, dann drückt sie mir einen Briefumschlag in die Hand. »Dein Anteil an den Trinkgeldern heute Abend.«

Die Trinkgelder kommen mit in die Kasse und werden am Ende des Abends auf alle Angestellten aufgeteilt. Ein System, das ich mag, weil so auch der Koch und die Küchenhilfe ihren Dank für ihre Arbeit erhalten.

Ich bedanke mich, verabschiede mich bei Mrs. Rush, öffne die Tür und erstarre.

»Dein Auto steht nicht auf dem Parkplatz«, sagt Julian und hält mir einen Motorradhelm entgegen. Mit hochgezogenen Augenbrauen mustere ich den schwarzen, recht zerkratzten Helm und schüttle verwirrt den Kopf.

»Nein, danke. Ich laufe lieber.«

»Und ich dachte, wir wären jetzt Freunde, immerhin hatten wir mehrere tiefsinnige Gespräche«, sagt er und steigt von seinem Motorrad ab, das er so vor der Bar abgestellt hat, dass ich ihm nicht entkommen konnte, wenn ich die Bar verlassen würde. Er bleibt nah vor mir stehen und hält mir den Helm wieder auffordernd vor die Brust. »Wo ist dein heißer Audi?«

»Ich habe ihn verkauft«, sage ich knapp. Es gibt keinen Grund, ihm die Wahrheit zu sagen, und »Ich habe ihn verkauft« ist eine klare Antwort, die keine weiteren Fragen nach sich ziehen sollte. Er muss nicht wissen, dass ich mich einfach nicht wohl fühle mit dem Audi in Riverside, er kommt mir hier so fehl am Platz vor wie ich mir auch.

»Warum?«

»Wie bitte? Das geht dich nichts an.«

»Wahrscheinlich geht mich das genauso wenig an, wie der Grund, weswegen du hier arbeitest. Aber ich will es trotzdem wissen.«

»Du hast recht, das geht dich auch nichts an«, sage ich und schiebe den Helm von mir, damit ich mich an Julian vorbeidrängen kann. Ich bin erschöpft, meine Füße schmerzen und ich möchte nur noch nach Hause. Und duschen. Unbedingt duschen, denn obwohl in der Bar Rauchverbot ist, habe ich das Gefühl, ich rieche aus jeder Pore nach Bar.

»Also gut«, sagt er, dann setzt er sich wieder auf sein Motorrad. »Aber ich lasse dich trotzdem nicht laufen. Steig auf!«

Ich sehe ihn schockiert an bei dem Tonfall, mit dem er mir fast knurrend befiehlt, hinter ihm Platz zu nehmen. »Das musst du wirklich nicht tun, ich komme zurecht«, sage ich leise. Aber eigentlich ist sein Angebot wirklich verlockend, und wenn es nicht gerade er wäre, der auf dem Motorrad sitzt, dann würde ich nicht zögern. Aber es ist er. Und die Vorstellung, mich so eng an seinen Körper zu drängen, lässt mein Herz rasen.

»Wir haben denselben Weg«, sagt er genervt. »Es macht mir also keine Umstände, wenn es darum geht. Und versprochen, ich werde ganz bestimmt nicht von dir verlangen, in mir deswegen so etwas wie einen Freund zu sehen.«

»Danke«, sage ich wütend, steige aber hinter Julian auf das Motorrad. »Ich glaube auch nicht, dass wir jemals so etwas wie Freunde werden.«

Er lacht, als er mir den Helm gibt und ich dann meine Arme um seinen Körper lege. Das scheint er wirklich witzig zu finden. Mir geht es da anders, obwohl wir in nicht einmal zehn Minuten vor meinem neuen Zuhause halten, rast mein Herz so heftig, dass ich befürchte, er könnte es durch seine schwarze Lederjacke hindurch gespürt haben. Und meine Oberschenkelmuskeln vibrieren ganz heftig. Ich kann kaum richtig stehen, als ich von der Maschine steige. Seinen Körper an meinem zu spüren, fühlt sich wirklich kein bisschen gut an. Es verwirrt mich und macht mir Angst. Ich bin völlig verspannt.

Ich stelle mich neben ihn und nehme den Helm ab. Ich weiß, mein Gesicht ist wahrscheinlich signalrot, aber vielleicht denkt er ja, es liegt an seinem wirklich rasanten Fahrstil. »Danke«, sage ich diesmal ernst, dann sehe ich verlegen die Straße nach unten. Unser Haus ist das letzte vor dem Ortsschild.

»Du hast gesagt, es wäre derselbe Weg«, sage ich verlegen.

Julian zieht einen Mundwinkel zu einem Lächeln nach oben, dann schaut er über die Schulter zurück und zeigt auf das kleine hellblau gestrichene Haus schräg gegenüber auf der anderen Straßenseite. Ich kann es von hier aus nicht ganz sehen, was an dem großen Kirschbaum in seinem Vorgarten liegt, der es fast komplett verdeckt. »Ich bin jederzeit da, wenn du eine Mitfahrgelegenheit brauchst, jetzt wo du kein Auto mehr hast.«

Er sieht zur Garage hinter mir, in der der weiße Audi steht. »Du solltest es fahren, ist doch egal, was die anderen über dich denken. Josh stört es auch nicht, er liebt die Aufmerksamkeit, die ihm das Auto bei den Mädels bringt.«

»Es liegt nicht an dem, was sie über mich denken«, sage ich knapp. »Es liegt daran, wie ich mich dabei fühle, wenn alle dieses Auto anstarren und mich sofort in eine Schublade stecken.« Ich verabschiede mich von ihm, indem ich die Hand kurz hebe und dann auf unsere Tür zugehe. Hinter mir kann ich hören, wie der Motor seiner Maschine aufröhrt. Ich drehe mich nicht um.

Liebes Tagebuch,

Julian war heute nicht in der Bar. Komisch, es hat sich angefühlt, als würde etwas fehlen. Als würde ich hoffen, dass die Tür sich öffnet und er doch noch kommt. Sowas habe ich noch nie empfunden. Warum ausgerechnet jetzt?

Ich versteife mich ganz automatisch, als ich hinter mir das laute Röhren eines Motorrads höre, das sich mir langsam nähert. Diese Stadt ist klein und bisher habe ich nur ein Motorrad kennenlernen dürfen. Und wahrscheinlich ist es das einzige, das den gleichen Heimweg hat wie ich.

Ich versuche mir nichts anmerken zu lassen, weder beschleunige ich meine Schritte, noch verlangsame ich sie. Ich laufe einfach weiter, als hätte ich nichts mitbekommen. Aber es fällt mir schwer, mich nicht umzusehen, als die Maschine langsam neben mich rollt. Ich laufe weiter am Straßenrand entlang, ohne zur Seite zu sehen.

»Du hast dein Auto schon wieder vergessen? Ich frage mich, wie man ein solches Auto vergessen kann.« Als ich nicht reagiere, fährt Julian mir fast vor die Füße und blockiert mit seiner Maschine meinen Weg.

Ich sehe ihn wütend an. »Ich laufe gern«, sage ich.

Er hält mir seinen Helm entgegen. »Ich nehm dich gern mit.«

Hin und her gerissen starre ich auf den Helm. Da ich Samstag schon mit ihm mitgefahren bin, wäre es komisch, mich heute zu weigern. Aber ich bin auch nicht glücklich mit der Vorstellung, ihm schon wieder körperlich so nahe zu kommen. Dass wir hier zusammen am Straßenrand stehen, macht mich schon ganz nervös und ich möchte mich wirklich nicht noch mehr diesen verwirrenden Gefühlen ausliefern. Aber der Gedanke, mich nicht hinter ihn zu setzen und noch einmal seinen Körper an meinem zu spüren, fühlt sich auch beängstigend an. Und ich weiß nicht einmal warum. Ich war wegen eines Jungen noch nie so verwirrt.

Ich nehme den Helm und setze ihn auf, dann steige ich hinter Julian auf das Motorrad. Ich versuche nicht darüber nachzudenken, dass ich ihm die Arme um die Taille lege und wie wunderbar anziehend ich den würzigen Geruch seiner Lederjacke finde. *Alles ausblenden*, befehle ich mir. Lass es nur nicht zu sehr an dich ran, wie sehr du offensichtlich auf einen Kerl mit Gitarre und Wahnsinnsstimme abfährst. Er weckt Gefühle in mir, die völlig unlogisch sind, weil ich ihn nicht einmal besonders mag.

Als ich die Augen öffne, bemerke ich, dass wir das Haus, in dem ich lebe, längst hinter uns gelassen haben und Julian das Motorrad aus der Stadt heraus gesteuert hat. »Wo fahren wir hin?«, brülle ich gegen Wind und Motorengeräusch an.

»Morgen ist Citizenship Day. Ich weiß nicht, wie das in Seattle ist, aber hier bei uns ist Party angesagt, wenn am nächsten Tag keine Schule ist. Und du arbeitest nur an den Wochenenden in der Bar. Also keine Chance, dich herauszureden.«

»Nein«, protestiere ich, aber Julian ignoriert mich.

Er biegt in einen schmalen Weg ein, der zwischen Bäumen hindurch auf einen See zuführt, an dessen Ufer Teenager herumlaufen und Autos stehen. Auf einem Pick-up steht ein großer Lautsprecher, der das Ufer, den gesamten See und mit Sicherheit auch den Wald auf der anderen Seite beschallt. Ich kann das Gelächter hören, obwohl unter mir noch immer das Motorrad röhrt. Ich versteife mich so sehr, dass ich nicht einmal mitbekomme, als Julian den Motor ausschaltet und darauf wartet, dass ich absteige.

»Willst du nicht absteigen?«, fragt er.

»Nein.« Ich umklammere seinen Körper fester, als könne nur er mich davor bewahren, mich den neugierigen Blicken der anderen auszuliefern. Dabei sind wir ihnen längst ausgeliefert, denn ganz plötzlich ist das Gelächter verstummt, niemand hüpft mehr aufgeregt umher, alle starren sie nur zu uns rüber. Ich fühle mich genau so, wie ich angenommen hätte, mich zu fühlen, wenn ich auch nur eine Sekunde daran gedacht hätte, auf eine Party mit den Teenagern von Riverside zu gehen: als wäre ich ein Schimpanse hinter der Scheibe in einem Zoo.

»Ja, schaut nur her, heute trage ich Jeans. Kein Sekretärinnen-

Kostüm«, murmle ich sarkastisch. Dank Internet und der Kreditkarte meines Vaters konnte ich mir ein paar in Riverside weniger auffällige Sachen bestellen. Richtig wohl fühle ich mich in der ungewohnten Kleidung aber nicht. Bisher habe ich solche Art Kleidung nie gebraucht. In der Schule trugen wir Uniformen und nach der Schule bestand mein Alltag aus der Arbeit als Assistentin im Büro einer der renommiertesten Kanzleien Seattles. In der waren Jeans ein absolutes No-Go. Wozu also hätte ich Jeanshosen im Kleiderschrank haben sollen?

Ich verziehe das Gesicht und steige unwillig vom Motorrad, dann bleibe ich daneben stehen, denn ich weiß nicht, was ich jetzt tun soll. Ich war auch noch nie auf einer Party.

»Mach einfach, was ich mache«, sagt Julian grinsend und setzt sich in Bewegung.

»Ich möchte noch einmal betonen, dass ich nicht freiwillig hier bin«, sage ich.

Er blickt zurück und grinst. »Zur Kenntnis genommen. So schlimm wird es schon nicht werden. Jetzt komm mal raus aus deinem Spießeralltag.«

Ich stolpere hinter ihm her über die unebene Rasenfläche. »Ich hätte mir auch gleich noch ein paar andere Schuhe bestellen sollen«, brabble ich vor mich hin und möchte heulen, jedes Mal, wenn meine dünnen Absätze im weichen Boden versinken. »Warum tust du das?«, will ich von Julian wissen.

Er bleibt stehen, dreht sich zu mir um und sieht mich nachdenklich an. »Warum tue ich was?«

»Mich auf deinem Motorrad mitnehmen, mich auf eine Party mitnehmen, mich überhaupt beachten?«

Er seufzt laut und legt seine Hände um meine Oberarme, dann legt er den Kopf schief und grinst so sexy, dass ein Schauer sich über jeden Zentimeter meines Körpers ausbreitet. »Ich habe keine Ahnung.« Er wendet sich ab, nimmt meine Hand und zieht mich hinter sich her auf die anderen zu.

Wenn er es selbst nicht weiß, warum lässt er mich dann nicht einfach in Ruhe. Aber dann werfe ich einen Blick auf meine Mitschüler, wie sie Spaß haben, lachen und einfach zusammen sind und plötzlich sagt ein wehmütiger Teil in meiner Brust, dass ich das auch will. Einfach mal normal sein und nicht immer nur an Hausaufgaben machen, Lernen und Harvard denken.

»Rush, komm hier rüber. Hier wartet schon ein Bier auf dich!«, ruft Tristan, der in einer Hand eine Flasche Bier hält und in der anderen den Hintern eines Mädchens. Ich glaube, sie heißt Sally. Sie ist eins der ruhigeren Mädchen in unserem Jahrgang. Sie sitzt trotzdem immer am Tisch der angesagten, hübschen Mädchen. Wahrscheinlich ist sie eine Mitläuferin.

So wie ich im Moment. Ich folge Julian brav bis zu der Gruppe, in der sich überraschenderweise auch mein Bruder Josh befindet. Ich verenge die Augen zu Schlitzen und möchte ihn fragen, was er hier zu suchen hat. Aber warum wundere ich mich, Josh war schon immer anders als ich. Er war schon immer da, wo auch die Leute waren, die das Sagen hatten. Und er trinkt gerade Bier, dabei gibt es für ihn doch klare Auflagen. Ich möchte ihn am liebsten schlagen, so wütend und enttäuscht bin ich.

Julian lässt sich von Tristan ein Bier geben. Als er es an mich weiterreichen möchte, schüttle ich den Kopf.

»Seattle, wir sind erfreut, dass du uns die Ehre gibst«, sagt John übertrieben gestelzt, dann heftet sich sein Blick auf mein Shirt, auf dem ein Zitat von Jane Austen steht: *Vielleicht ist es unsere Unvollkommenheit, die uns für andere so vollkommen macht.*

Ich verziehe mein Gesicht zu einem Grinsen, als er mich betreten mustert. Vielleicht war es die perfekteste Kleiderwahl, die ich je getroffen habe, denn er verstummt und weicht meinem Blick aus. Wenn dieses Shirt sie alle verstummen lässt, werde ich es ab heute jeden Tag tragen. Vielleicht hören sie dann auf, mich immer mit ihren neugierigen und abfälligen Blicken zu verfolgen. Ganz bestimmt werde ich es ab sofort immer in der Bar tragen.

Als Julian mir jetzt sein Bier hinhält, nehme ich die Flasche und trinke daraus. Und erst als ich sie wieder von meinen Lippen nehme, wird mir klar, dass mein Mund genau dort war, wo auch seiner war. Das lässt mein Herz einen Satz machen und ich drehe verlegen den Blick zur Seite, als ich Julian die Flasche zurückgebe. Ich habe noch nie zuvor Bier getrunken und ich denke, es schmeckt mir nicht. Wenn es so bitter ist, wieso trinkt es dann jeder?

»Sag bloß, das war dein erstes Bier?«, fragt die wasserstoffblonde Sina kichernd, klettert von der Ladefläche des Pick-ups, auf der sie bis eben mit einem Jungen herumgemacht hat - direkt neben dem Lautsprecher - und stellt sich jetzt zwischen Julian und mich, als müsste sie mir klarmachen, dass auch er ihr gehört. Und offensichtlich scheint er zumindest im Moment nichts dagegen zu haben, denn als sie sich an seine Seite schmiegt, legt er einen Arm um sie.

»War es nicht«, sage ich, nehme die Flasche aus Julians Hand und trinke einen großen Schluck. Diesmal versuche ich, mich nicht zu schütteln. »In Seattle gibt es auch Bier.«

Als Josh anfängt zu lachen, werfe ich ihm einen bösen Blick zu und bringe ihn zum Schweigen. Bestimmt weiß ich ein oder zwei Dinge, von denen er nicht will, dass sie jemand in Riverside erfährt. Zum Beispiel, dass er dank unseres Vaters gerade nochmal mit einer Bewährungsstrafe davongekommen ist. Wegen des Handels mit Rauschmitteln. Und er deswegen von der besten Schule geflogen ist, die es in Seattle gibt.

»Habt ihr die Klickzahlen von *Perhaps it is life* auf *Youtube* gesehen?«, will John wissen. »Der Wahnsinn, die Chicks lieben den Song.«

Julian zuckt lässig mit den Schultern. »Die paar Klicks. Solange wir keine Millionen haben, schaffen wir es nie aus Riverside raus.«

»Das werden wir«, meint Tristan mit einem zuversichtlichen

Grinsen. »Wir müssen nur fleißig weiter unsere Gigs mitschneiden lassen und hochladen.«

»Auf iTunes tut sich auch ein bisschen was. Mit Glück können wir uns in drei Monaten einen Kasten Bier leisten«, sagt John grinsend.

»Was denkst du, Seattle? Sind wir gut genug, um ein paar Gigs in der großen Stadt zu bekommen?«, will John wissen, legt seinen Kopf in den Nacken und leert seine Flasche, ohne dass das Glas seine Lippen berührt.

»Klar«, sagt Josh aufgeregt. Er hat seine Hände in die Taschen geschoben und lehnt an der Ladefläche. Ich habe den Eindruck, in den letzten Tagen ist er immer mehr zu einer Kopie von Julian geworden.

Aus dem Augenwinkel werfe ich einen Blick auf Julian, der die Frage wahrscheinlich nicht einmal mitbekommen hat. Seine Zunge steckt im Hals von Sina. Ich hätte nicht gedacht, dass er auf diese künstlichen Barbies steht. Aber jedes Mal, wenn ich ihn mit einem Mädchen gesehen habe, war es eins, das mehr Make-up in ihrem Gesicht hatte, als auf die Ladefläche dieses Pick-ups passen würde. Komischerweise hat es mich nie so gestört wie jetzt in diesem Moment. Liegt es daran, dass er mich mit hierher genommen hat und ich mir vielleicht dummerweise eingeredet habe, es könnte so etwas wie ein Date sein? Habe ich mir das wirklich eingeredet?

»Jeder kann doch in einer Karaokebar spielen, ob er nun Talent hat oder nicht«, sage ich, dann trete ich aus der Gruppe heraus und nicke mit dem Kinn zum See runter. »Ich schau mich mal um.«

»Gibt es keine Seen in Seattle, Seattle?«, ruft mir John hinterher.

»Weiß doch jeder, dass es in der Stadt nur Autos und Smog gibt«, meint Sina. Ich verkneife mir einen Kommentar und laufe einfach auf das Ufer des Sees zu, der nicht besonders groß ist. Wahrscheinlich hätte man ihn in nicht einmal einer halben Stunde umrundet.

»Halt's Maul«, höre ich Julian gerade so noch sagen. Wie lange werde ich wohl von hier bis nach Hause laufen? Einfach hier abzuhauen, wäre genau das, was ich jetzt gerne tun möchte. Aber ich bin nicht jemand, der so schnell den Schwanz einzieht und einfach wegläuft. Ich weiß nicht, woher dieser Wunsch kommt, aber ich würde gerne zumindest ein wenig dazugehören. Diesen Wunsch hatte ich in meiner alten Schule nie. Warum jetzt? Was treibt mich dazu, neidisch auf Mädchen wie Sina zu sein?

Am Ufer liegt ein Baumstamm, ich setze mich darauf und blicke auf den See. Hier in Riverside scheint alles so kompliziert zu sein. In Seattle gab es nur die Schule und dieses eine Ziel: es auf die Uni meiner Träume zu schaffen. Und jetzt denke ich darüber nach, wie es wohl gewesen wäre, mehr wie die Kids in meinem Alter zu sein: Bier zu trinken - auch wenn es nicht schmeckt - zu feiern, Spaß zu haben, vielleicht einen Freund. Ich habe mir bisher nie über einen Freund Gedanken gemacht. Aber immer wenn ich in den letzten Wochen gesehen habe, wie normale Teenager leben und Spaß haben, habe ich mich gefragt, ob ich nicht etwas verpasse, wenn ich es nicht zumindest versuche. Wahrscheinlich habe ich nur einfach keine Lust mehr, mich wie jemand von einem anderen Stern zu fühlen. Ich glaube, ich möchte dem hier gerne eine Chance geben. Ich weiß nur noch nicht, wie ich das machen soll. Und warum, denn offensichtlich hat niemand hier vor, mir eine Chance zu geben. Was wahrscheinlich auch an mir liegt. Ich seufze schwer. Warum fallen mir die Dinge, die eigentlich für jemanden meines Alters normal sein sollten, so schwer? Und die Dinge, die nicht normal sind, so leicht? Ich bin eine bessere Anwaltsgehilfin als ein Teenager.

»So einsam?«

Mir wird eine Flasche Bier vor die Nase gehalten. Ich nehme sie, ohne zu überlegen. Wahrscheinlich sollte ich es nicht tun. Ich stand mit Alkohol schon immer auf Kriegsfuß. Seit, als ich zehn war, der Vater meiner einzigen Freundin, die ich damals hatte, mit der Familie nach einer Feier betrunken nach Hause gefahren ist. Weder seine Frau noch Alessa haben den Zusammenstoß mit dem Laster überlebt, der in ihren Wagen gefahren ist, als Alessas Vater eine rote Ampel überfahren hat. Nur Alessas Vater.

Ich sehe über die Schulter zurück auf Julian, der noch immer oder schon wieder eine Flasche in seiner Hand hält und gerade über etwas lacht, den Arm noch immer um Sina gelegt. Dann sehe ich zu dem Jungen mit den kastanienbraunen Locken auf, der in der Schule die meiste Zeit irgendwo allein herumsteht und alles und jeden aus der Ferne betrachtet. Fast so wie ich. Wahrscheinlich war es deswegen vorprogrammiert, dass wir auf einer Party, auf der wir beide zusammen mit den anderen sein würden, unweigerlich zusammentreffen würden.

»Jetzt nicht mehr«, sage ich und klopfe neben mich auf den Stamm, der an manchen Stellen mit Moos bewachsen ist. Wahrscheinlich liegt er schon eine Weile hier. Es wundert mich fast, dass er nicht viel mehr Namen, Herzen oder Beleidigungen in seiner Rinde trägt. Direkt neben mir hat jemand ein Herz eingeritzt, in dem *Riverside Dingos* steht. Und darunter kann man »fuck all bitches« lesen.

»Ich bin Sam«, sagt er und setzt sich auf das Riverside Dingos-Herz. »Und du bist wohl Seattle, schon viel von dir gehört.«

»Wahrscheinlich wenig Interessantes. Ich heiße Mila.«

»Mila also. Nein, nichts wirklich Interessantes. Die meisten reden über euren Audi und darüber, dass dein Vater irgendein Staranwalt in Seattle ist.«

Ich verziehe das Gesicht. Ich mag die Bezeichnung Staranwalt nicht, weil viele damit einen Anwalt implizieren, der mit unfairen Kniffen zu seinem Erfolg gekommen ist und Kriminelle mit dubiosen Tricks vor ihren gerechten Strafen gerettet hat. Aber so jemand ist mein Vater nicht. Er betrügt vielleicht seine Frau, aber das ist wohl sein Weg, um dem Desinteresse zu entkommen, das meine Mutter für uns alle übrighat. Wir alle haben irgendeinen Weg gefunden, um damit umzugehen. Josh Alkohol und Drogen. Ich die Flucht in die Verwirklichung meiner Ziele, um meinen Traum zu erreichen, wie mein Vater zu werden, um nicht wie meine Mutter zu werden. Mein Vater seine Affären.

»Warum trinkst du nicht dein Bier?«, fragt Sam und stößt mit seiner Flasche gegen meine. Ich mustere meine Flasche, dann trinke ich einen Schluck. Hinter uns ist noch immer Gelächter zu hören. Alle scheinen ihren Spaß zu haben. Vielleicht sollte ich mich wirklich langsam mehr öffnen und mich weniger abkapseln.

»Warum verbringst du deine Mittagspausen allein?«, frage ich Sam, um irgendeine Art Gespräch in Gang zu bringen. Er weicht meinem Blick aus und nimmt einen kräftigen Schluck von seinem Bier.

»Reden wir über was anderes.«

»Über was denn?«

»Darüber, warum du ein Zitat von Jane Austen auf deiner Brust spazieren trägst.«

»Eigentlich hat das keinen besonderen Grund, ich bin ein Fan ihrer Bücher.«

Sam zieht beide Augenbrauen hoch und sieht dabei nicht nur lustig, sondern auch ganz niedlich mit den Sommersprossen auf seinem Gesicht aus. »Du bist also eins dieser Austen-Fan-Girls? Ist es Mr. Darcy?«

»Nein, nicht die Männer, die Frauen. Sie widerstreben dem, was Männer damals gern in Frauen sehen wollten.«

Sam lacht leise auf, dann versinkt sein Blick in meinem und er beugt sich mit seinem Gesicht etwas näher zu mir. »Ich habe immer geglaubt, Jane Austen wäre was für verträumte kleine Mädchen«, sagt er flüsternd, dann verengen sich seine Augen. »Aber du bist nicht verträumt, eher kühl. Oder vielleicht doch?«

6. Kapitel

RUSH

Ich schiebe Sina auf Abstand. Eigentlich bin ich für jedes Chick gern zu haben. Noch lieber, wenn wir nach der öffentlichen Kuschelei noch ein bisschen mehr Spaß haben irgendwo, wo wir allein sein können. Aber heute habe ich keine Lust darauf, mir von Sina einen blasen zu lassen oder sie zu vögeln. Ich stelle mein Bier zur Seite, ich habe höchstens die Hälfte getrunken, aber es schmeckt mir einfach nicht. Wahrscheinlich, weil ich bemerkt habe, wie Seattle das Gesicht verzogen hat, als sie gesehen hat, dass ich davon trinke.

Ich verstehe sie nicht, sie ist perfekt und kühl im einen Moment und dann im nächsten hat sie wenige Minuten, in denen sie mir ganz normal erscheint. Ihr Bruder dagegen ist so normal wie wir, er trinkt, hat Spaß, hört Musik mit uns, flirtet mit den Weibern und urteilt über niemanden.

»Rush, du trinkst ja gar nichts«, brüllt John mich an.

»Ja, dafür hattest du schon mehr als genug«, sage ich und halte ihn auf Armlänge von mir weg. Er stolpert, fängt sich wieder und dreht sich dann zu Sina.

»Wenn du sie nicht willst, ich nehm sie«, nuschelt er und geht auf Sina zu, die entsetzt den Kopf schüttelt. Das macht sie nur wegen mir. Ich weiß genau, dass sie sonst so gut wie keinem Angebot gegenüber abgeneigt ist, aber noch macht sie sich Hoffnung, dass heute was zwischen uns laufen könnte.

»Du kannst sie haben, ich will sie nicht«, sage ich deswegen und verziehe das Gesicht zu einem fiesen Grinsen, als Sina mich schockiert anschaut. Ich zucke nur mit den Schultern, mir doch egal, was sie denkt. Nur drei Sekunden, dann wird sie ihren Schock überwunden haben und sich an John hängen. Zwei. Eins. Bingo!

Sina lässt sich von John um den Truck rumführen. Er wird mit ihr einsteigen und dann auf der Sitzbank das mit ihr tun, was sie eben noch mit mir tun wollte.

»Sam hat sich deine Kleine geangelt«, sagt Tristan lachend und zeigt zum Ufer des Sees runter. Auch er hatte schon etwas mehr heute als gut ist, aber er übertreibt es nie so wie John.

Ich schnaube, dann spucke ich ins Gras vor meinen Schuhen. »Sie ist nicht meine Kleine.«

»Wer's glaubt«, wirft Daniel ein und grinst, als hätte er eben Minnie Mélange die Pornoqueen gesehen. »So wie du sie immer anstarrst, könnte man glatt glauben, sie trägt schon längst deinen Namen als Tattoo auf ihrer Muschi.«

»Halt die Klappe!«, keife ich ihn an. Innerlich verhärtet sich jeder Muskel in meinem Körper. Auch wenn ich es mir nicht eingestehen will, mein Interesse an diesem Mädchen kann nicht einmal mehr ich mir weglügen. Sie hat irgendwas mit mir gemacht, irgendwie spukt sie ständig in meinem Kopf rum. »Sie sieht ganz okay aus, das ist alles.«

»Ganz okay?«, fährt Tristan auf. »Seattle hat einen Körper, den man unmöglich ignorieren kann. Seit ich sie letzte Woche in ihren Sportsachen gesehen habe, wache ich ständig mit einem Ständer auf.«

»Das wollte ich nicht wissen«, stöhne ich, greife wieder nach meinem Bier und versuche, die Vorstellung von Tristans Ständer und wie der zwischen den Schenkeln von Mila verschwindet, wegzuspülen. »Verdammt, wann hast du sie in Sportkleidung gesehen?«

»Ich sollte Trainerin Coster was von Coach Hammond bringen, also war ich in der Sporthalle, als die Mädchen gerade Yoga mit Kegeln gemacht haben.«

»Das nennt sich Bodenturnen«, sagt Lin kichernd.

»Mir doch egal, wie das heißt. Es war sexy. Warum macht ihr sowas nicht, wenn ihr draußen auf dem Platz seid?«

»Weil man sowas in der Halle macht.« Lin lacht gackernd auf, dann schmiegt sie sich an Tristan. Ich versteh die Weiber einfach nicht mehr in letzter Zeit. Vielleicht liegt es aber auch nur daran, dass ich früher nie über sie nachgedacht habe. Jetzt schon. Wieso hängt sie sich noch immer an Tristan, obwohl der gerade bekanntgegeben hat, dass er in seinen Träumen jede Nacht Mila vögelt?

Ich reiße mich von den beiden los und sehe zum See runter, wo Mila noch immer mit Sam sitzt. Auf diesem Baumstamm stehen ein paar echt dreckige Sachen über mich. Manchmal glaube ich, dass nicht nur die Band, sondern auch er daran schuld ist, dass die Mädchen so hinter mir her sind. Irgendjemand hat ihn mit Sprüchen über mein grandioses Können im Bett verziert. Die Mädchen glauben den Scheiß oder wollen nur rausfinden, ob stimmt, was da steht. Vielleicht habe ich die Eine oder Andere schon gewaltig enttäuscht, wenn ich betrunken mit ihr rumgemacht habe und nichts von all dem gemacht habe.

»Okay, jetzt brech ich ihm die Nase«, brülle ich, als ich sehe, wie er seine dreckigen Lippen gegen ihr Gesicht drückt und sie sich von ihm weg lehnt. Sieht doch ein Blinder, dass sie nicht mit ihm rummachen will.

Ich schubse Tristan und Lin zur Seite und stapfe mit hämmerndem Herzen und verzehrender Wut über die Wiese. Dieses Arschloch fasst sie nicht gegen ihren Willen an. Ich balle die Fäuste so fest ich kann zusammen und steigere mich mit jedem Schritt in eine blinde Wut hinein, dabei hat Dreckspfote sich schon lange wieder von ihr zurückgezogen. Aber in meinem Kopf spielt sich noch immer die Szene von eben ab: ihr erschrockenes Gesicht, dann der Versuch, sich weit zurückzubeugen, und ihre Hände, die sich gegen seine Brust drücken. In meinem Kopf vermischt sich dieses Bild mit einem anderen.

»Steh auf, Arschloch!« Ich packe ihn an seinem Oberarm, zerre ihn vom Baumstamm und sobald er auf beiden Füßen steht, hole ich aus und krache meine Faust in sein Gesicht. »Was hab ich dir gesagt?«, brülle ich ihn an. Wenn ich einmal in Fahrt bin, kann ich nicht anders, obwohl ich weiß, dass ich nicht tun sollte, was ich eben getan habe. Jeder Ausraster könnte mich in den Knast bringen. Ich wäre schon fast drin gewesen, als ich genau diesem Arschloch hier das letzte Mal die Nase gebrochen habe. Und er hatte es verdient. So wie jetzt auch.

»Hör auf, Julian«, ruft Mila, die Augen weit aufgerissen vor Schreck. Ihr Gesicht ist total verängstigt, aber es dringt nicht durch den roten Schleier. Ich schlage noch einmal zu. Sam Lewis, das Arschloch, geht auf die Knie, hält sich die Nase und sieht lachend zu mir auf.

»Hast du noch immer nicht gelernt, dich unter Kontrolle zu halten?«, sagt er feixend. Er weiß auch, was für mich dranhängt.

Jemand packt mich von hinten. »Bist du irre?«, schreit Tristan mich an. »Was machst du da?«

»Er hat es verdient«, stoße ich keuchend hervor und versuche, mich von Tristan zu befreien, aber jetzt hält auch Daniel mich fest.

»Das wissen wir, aber der Richter weiß es nicht.«

Lewis steht auf und wischt seine Hosen ab. »Ihr wisst gar nichts«, sagt er, dann winkt er ab und geht.

»Hast du dich wieder beruhigt?«, will Tristan wissen. Mila sieht mich noch immer erschrocken an, dann schüttelt sie den Kopf und wendet sich ab. Ich atme mehrfach durch, um mich zu beruhigen. Verdammt, ich habe überreagiert. Eigentlich ist gar nichts passiert. Aber bei Lewis geht es einfach mit mir durch.

»Okay, mir reicht es. Ich geh jetzt nach Hause«, murmelt Mila.

Ich atme tief ein und versuche, meine Gefühle wieder unter Kontrolle zu bekommen, dann reiße ich mich von Tristan los. »Es geht mir gut«, sage ich.

MILA

Ich schnappe nach Luft, als Julians wutverzerrter Blick mich trifft. In ihm kann ich deutlich erkennen, dass er mir eine Mitschuld an dem gibt, was eben geschehen ist. Aber wieso? Ich habe ihm nicht gesagt, er soll wie ein Wahnsinniger auf Sam einschlagen. Ich weiß nicht einmal, warum er das getan haben könnte. Sam und ich haben uns unterhalten, er hat nichts getan, weswegen Julian so plötzlich wütend geworden sein könnte.

Wahrscheinlich hätte ich sofort gehen sollen, nachdem er das Motorrad am See angehalten hat. Ich habe gleich gewusst, dass das hier nichts für mich ist. Ich drehe mich einfach um und beginne loszulaufen. So weit außerhalb der Stadt sind wir nicht. Ein paar Schritte laufen wird mir außerdem dabei helfen, den Kopf wieder klarzubekommen und nicht weiter eine Antwort auf etwas zu suchen, auf das ich ohnehin keine Antwort kenne. Ich habe noch nie gesehen, wie jemand auf jemand eingeprügelt hat. Das eben war das erste Mal. Und ich muss gestehen, ich kann damit nicht umgehen.

Ohne mich noch einmal umzusehen, laufe ich über die unebene Wiese auf den schmalen Weg zu, auf den Julian vorhin eingebogen ist. Da es mittlerweile dunkler geworden ist, kann ich ihn nur noch erahnen. Ich sehe mich nicht einmal mehr nach Josh um. Er ist alt genug, allein klarzukommen. Er interessiert sich sowieso schon lange nicht mehr für das, was wir ihm sagen, egal wie gut wir es meinen. Nichts ist ihm wichtiger als das Bild, das er auf andere wirft. Nicht auf seine Familie, aber auf seine restliche Umgebung. Ich muss zugeben, in letzter Zeit bin ich immer wieder wütend auf ihn: weil er mir das hier eingebrockt hat, weil er so viel besser mit allem zurechtkommt, weil alle ihn mögen.

Als ich fast auf der Hauptstraße ankomme, stolpere ich über einen Stein. Ich schimpfe laut vor mich hin, fange mich aber recht schnell wieder. Bis ich das knackende Geräusch von Kieseln hinter mir wahrnehme und ein Lichtkegel mich trifft. Mit genervt verdrehten Augen sehe ich mich um.

»Nicht du schon wieder!«, keuche ich entrüstet auf.

Julian schiebt sein Motorrad keine zwei Schritte hinter mir über den Asphalt, die Lampe leuchtet die Straße vor uns aus. Auch wenn ich es ungern zugebe, aber irgendwie bin ich erleichtert, denn gerade fing die Dunkelheit an, mir Angst zu machen. »Natürlich ich. Steig schon auf«, sagt er.

»Ganz bestimmt nicht. Erstens will ich allein sein und zweitens hast du getrunken.«

»Nicht einmal eine halbe Flasche.« Er runzelt die Stirn, noch immer scheint er wütend zu sein. Langsam schiebt er sein Motorrad neben mich, dann läuft er neben mir her.

»Trotzdem«, sage ich. »Ich würde niemals mit jemandem fahren, der getrunken hat.«

Er schnaubt, mustert mich aber aus dem Augenwinkel. »Ist das wieder typisch du oder gibt es einen Grund?«

Ich sehe zur Seite, wo wir gerade am Ortsschild vorbeilaufen, und hole tief Luft. »Ich hab jemanden verloren«, antworte ich knapp, weil ich auch heute noch ungern darüber spreche.

»Verstehe«, sagt er. »Das eben tut mir leid.«

Ich schnaube, dann lache ich theatralisch auf. »Du meinst, als du grundlos jemanden verletzt hast?«

»Es war nicht grundlos.«

Wir bleiben vor unserem Haus stehen, ich starre auf die Fenster, die wie der Rest des Hauses schneeweiß gestrichen sind, auch wenn man es jetzt nicht sehen kann. Aber das Licht über der Tür brennt, so kann man zumindest sehen, dass sie dunkelrot ist. »Er hat nichts getan, natürlich war es grundlos.«

Julian starrt mich sekundenlang an, die Lippen fest zusammengepresst. »Ich will dir nichts vormachen, ich neige zu unkontrollierten Gewaltausbrüchen, aber bei Sam hat es einen Grund. Er hat sich über Johns Schwester hergemacht, als sie so betrunken war, dass sie nicht einmal mehr ansprechbar war. Ich weiß nicht, wie weit er gegangen wäre, aber was ich gesehen habe, war genug, um ihm seine Nase zu brechen. Leider hatte ich keine Zeugen dafür. Aber seine gebrochene Nase war genug Beweis für den Richter, um der Klage von Lewis' Eltern recht zu geben. Ich bin sozusagen auf Bewährung«, sagt er scharf. »Sam ist eine Natter.«

Ich bin erschrocken und ich bin mir sicher, dass Julian mir das ansehen kann, also weiche ich seinem Blick schnell aus. Dass Sam so etwas getan haben soll? Ich mag es fast nicht glauben, aber warum sollte Julian lügen. Er hat mir mehr erzählt, als er musste.

»Wie alt war sie?«, frage ich heiser, weil ich so aufgewühlt bin.

Julian kommt auf mich zu und greift nach meiner Hand. »Tut mir leid, ich hab es nicht so mit Rücksicht und so. Ich wollte dich nicht erschrecken. Ich war nur … Als ich gesehen habe, wie er mit dir da saß, hab ich rot gesehen. Lil ist fünfzehn, drei Jahre jünger als wir, und manchmal hängt sie mit uns ab und das ist nicht okay. Wir hätten besser auf sie achtgeben müssen, stattdessen haben wir sie einfach machen lassen.«

»Aber sie ist doch okay, oder?«, frage ich und versuche, nicht zu sehr zu bemerken, dass er noch immer meine Hand hält und wie sehr mir das Kribbeln in meinem Arm gefällt, das seine Berührung auslöst.

»Ist sie.« Er lächelt und zieht an meinem Arm, so dass ich auf ihn zu stolpere und mich gerade so noch davon abhalten kann, gegen seinen Körper zu stoßen. Er grinst, als ich eine Hand gegen seine Brust drücke, damit er mich nicht noch näher ziehen kann.

»Warum wehrst du dich?«, fragt er flüsternd.

»Weil du eben noch mit einem anderen Mädchen rumgemacht hast.« Mein Herz rast und meine Kehle ist ganz trocken. Mir ist ganz schwindlig, von seiner Nähe und der Intensität seines Blicks.

Er lacht leise. »Wenn es weiter nichts ist. Das ist nichts Besonderes.«

»Richtig«, sage ich und befreie meine Hand mit einem Ruck. »Weil es für dich nichts Besonderes ist. Es bedeutet dir gar nichts. Eben noch sie, jetzt mich und morgen wieder eine andere. Aber so funktioniert das nicht für mich.«

Er lehnt sich gegen den Sitz seines Motorrads, dann schnellt seine Hand nach vorn und schnappt sich wieder meine. »Aber ich sehe daran, wie heftig du atmest, dass es dir gefällt, wenn ich dich berühre.«

Ich schnappe nach Luft. »Das heißt gar nichts. Ich bin nicht interessiert.« Was eine glatte Lüge ist. Ich bin nur nicht interessiert, weil er mir solche Angst macht. Und weil die Vorstellung, dass er eben noch mit einem anderen Mädchen rumgemacht hat, mich anekelt.

Er zieht schief grinsend eine Augenbraue hoch und lässt mich los.

»Ich weiß, wie das ist, wenn man jemanden verliert«, sagt er und wirkt plötzlich müde und verstört. Mein Magen zieht sich nervös zusammen, als ich die Traurigkeit in seiner Stimme höre.

»Das tut mir auch leid«, sage ich und sehe ihn aufmerksam an. Ich habe das Gefühl, dass er darüber reden will, also warte ich einfach.

»Tristans jüngerer Bruder Mathew war einer meiner besten Freunde. Ich war mit ihm befreundet, noch bevor ich es mit Tristan und John war. Es ist jetzt fünf Jahre her, da hat Tristans beschissene Junkie-Mutter ihm eine Überdosis gespritzt.« Er sieht lachend zu mir auf. »Einem elfjährigen Jungen.«

»Sie hat hoffentlich ihre Strafe bekommen.«

Er lacht wieder düster. »Hat sie. Ich weiß gar nicht, warum ich dir das erzähle.«

Ich lege eine Hand auf seinen Unterarm, um ihm stumm Trost zu spenden. »Weil es manchmal einfacher ist mit Fremden darüber zu sprechen.«

»Also dann, gute Nacht, Seattle.«

Ich gehe zwei Schritte rückwärts, bevor ich mich abwende und den Weg zu unserer Haustür hochlaufe. Hinter mir röhrt der Motor auf, dann wird er nur ein wenig leiser, tuckert vor sich hin und zwingt mich, mich noch einmal nach ihm umzusehen, weil ich neugierig wie ich bin wissen will, warum er noch immer nicht losgefahren ist.

»Bis morgen, Seattle«, sagt er und fährt dann los.

Ich schüttle den Kopf, weil er jetzt doch gefahren ist, aber er fährt nur zu seinem Haus und stellt das Motorrad dann vor der Garage ab. Damit er nicht sieht, dass ich ihm nachgesehen habe, schließe ich schnell die Tür auf und verschwinde im Haus. Und erst als ich die Tür wieder schließe, fällt mir auf, was er gesagt hat: »Bis morgen, Seattle«.

Warum bis morgen? Morgen ist kein Schultag. Auch wenn mich ein nervöses Flattern im Magen durchzuckt, beruhige ich mich sofort wieder. Wahrscheinlich hat er nur nicht daran gedacht, dass morgen keine Schule ist.

7. Kapitel

RUSH

»Was ist los mit dir, Rush?«, fährt mich Tristan an, weil ich den Text zum neuen Song noch immer nicht draufhabe. Und ich habe diesen Song geschrieben. Aber ich fühle mich heute unkonzentriert und verhasple mich immer wieder, während Tristan und John wirklich alles geben.

»Kann ich nicht auch mal schlecht drauf sein, Harper?«, fahre ich ihn an, greife zum Corona und spüle die raue Trockenheit in meiner Kehle runter. Wenn meine Mutter nicht da ist, gönnen wir uns auch mal ein Bier, sie sieht es nicht gern, aber sie sagt nichts dazu, solange wir nichts trinken, wenn die Bar offen ist. Ich stelle die leere Flasche mit frustrierter Betonung auf den Verstärker von Johns Bassgitarre und trete wieder hinter das Mikrofon. Wir proben jetzt schon den halben Nachmittag, in einer Stunde öffnet meine Mutter die Bar. Wir haben heute keinen Auftritt, zumindest muss ich da heute nicht durch. Zum Glück kein Wochenende. Ich liebe unsere Auftritte, aber heute ist einfach nicht mein Tag.

»Du bist untervögelt, Alter. Sieh zu, dass du Seattle klarmachst, bevor dir noch die Eier platzen«, meint Tristan lachend und schlägt mir mit seinen Drumsticks gegen die Schulter.

»Scheiß auf Seattle, du kannst jede haben, um dein Problem in den Griff zu bekommen.«

Tristan wirft John eine leere Colabüchse gegen den Kopf. »Du bist eine Blindbirne. Dieses Problem kann nur Seattle lösen.«

»Was soll der Scheiß?«, fahre ich aus der Haut und löse mit meiner Faust ein dumpfes, hallendes Klopfen aus, als ich gegen das Mikro schlage. »Ich bin einfach nur schlecht drauf.«

»Ja, in letzter Zeit öfters und immer dann, wenn sie in der Nähe ist«, wirft Tristan ein und schlägt mit seinen Sticks auf die Drums ein.

»Ist sie jetzt in der Nähe?«, weise ich ihn hin und wedele mit einer Hand herum.

»Nein, im Moment nicht, aber ich hab das Gefühl, dass da irgendwas zwischen euch läuft, das du nicht auf die Reihe bekommst«, meint John.

»Bullshit. Sind wir hier, um über Mädchen zu reden oder zum Proben?«

»Wir reden über nur ein Mädchen, und das hat unserem Ass den Kopf verdreht«, wirft Tristan grinsend ein. Er mustert mich neugierig. »Sie lässt dich nicht kalt.«

Das weiß ich auch, ich weiß nur nicht warum. Klar, sie ist heiß, ich liebe ihren Hintern. Er ist voll und ich brauche sicher mehr als eine große Hand, um eine ihrer Backen zu umfassen. Und die Farbe ihrer eisblauen Augen, sie leuchten und sehen mich immer mit dieser überlegenen Kälte an, die mich ganz wahnsinnig macht. Und ich rede gern mit ihr. Es ist anders als bei anderen Mädchen. Mit ihr kann man richtig reden. Die anderen Chicks wollen doch nur das Eine von mir, aber bei ihr fühle ich mich ernst genommen. Sie hört mir zu. Und sie scheint sich nicht nur wegen der Band für mich zu interessieren. In ihrer Nähe fühle ich mich anders, irgendwie normaler.

»Schwachsinn«, sage ich und deute John, er soll anfangen. Ich werfe einen Blick durch das Fenster nach draußen, wo Sina an meiner Suzuki lehnt, als würde ich ihr gehören. Am liebsten würde ich ihr deutlich machen, dass das niemals der Fall sein wird. Aber im Augenblick kommt sie mir gerade richtig. »Ich hab heute noch was mit Sina vor«, säusle ich in das Mikro, mir wohl bewusst, dass sie es draußen hören kann. Tristan zieht ungläubig eine Augenbraue hoch. Aber genau das ist es, was ich heute noch tun werde. Ich werde mir Mila aus dem Kopf vögeln.

MILA

»Warum starrst du die ganze Zeit aus dem Fenster?

Ich drehe mich um, hinter mir steht meine Mutter mit einem Korb Bügelwäsche in der Hand. Meine Mutter und Bügeln sind keine Freunde, sie schiebt diese Aufgabe immer lange vor sich her, bis der Berg so hoch ist, dass sie schon von seinem Anblick schlechte Laune bekommt. Ich habe ihr schon vor Jahren angeboten, ihr das Bügeln abzunehmen, aber das will sie auch nicht, denn sie glaubt, nur sie könne Dads Hemden und Anzüge perfekt genug bügeln, um seinen hohen Ansprüchen gerecht zu werden.

Mit verkrampften Schultern greife ich nach meinem Gedicht für Literatur, das vor mir auf der Fensterbank liegt, und wappne mich gegen ihre schlechte Laune. Ihr Blick wirkt so verärgert, dass ich sofort weiß, etwas stößt ihr ganz übel auf.

»Nichts, ich habe nur meine Hausaufgaben gemacht und ein wenig die Sonne genossen«, sage ich.

»Es hat also nichts mit dem Jungen zu tun, mit dem du gestern auf der Straße standst?«, will sie jetzt wissen und ich schwöre, ich höre ihre Zähne knirschen. Sie stellt den Wäschekorb auf dem Esstisch ab und beobachtet genau jede Regung in meinem Gesicht.

»Nein, hat es nicht.« Ich gebe mir Mühe, so locker wie möglich zu sein. Ich lüge nicht gern, aber ich weiß, sie wird mir sonst wieder eine Standpauke darüber halten, wie wichtig es ist, dass ich mich nicht ablenken lasse. Besonders von Jungs. Denn sie hat sich ablenken lassen und fast hätte es sie ihre Karriere gekostet. Ihre Ablenkung waren Josh und ich gewesen. Eine Schwangerschaft und College passen nicht so gut zusammen. Da Julian mir nichts bedeutet, muss ich mir ihre Standpauke nicht antun. Wir passen nicht zusammen und er spielt ohnehin nur mit mir. Ich habe nicht vor, darauf hereinzufallen, die Nächste auf seiner Opferliste zu sein.

»Dann ist ja gut. Ich hatte sowieso nicht den Eindruck, dass er jemand ist, mit dem du zusammen sein solltest.«

Schockiert klappe ich den Mund auf. Was sagt sie da? »Du kennst ihn doch gar nicht, warum verurteilst du ihn also?«, frage ich, weil es mich wütend macht, dass meine Mutter immer glaubt, wir wären besser als andere Menschen. Menschen, die nicht so viel Geld verdienen wie wir, nicht in angesehenen Jobs arbeiten und sich in teure Designerfummel kleiden.

Ich schnappe noch einmal nach Luft, als mir klar wird, dass ich genauso bin. Ich habe doch auch mit keinem Gedanken etwas Gutes über meine Mitschüler gedacht. Ich verabscheue mich selbst, als ich darüber nachdenke, dass ich die meisten von ihnen schon am ersten Tag in Schubladen gesteckt habe. Aber das haben sie ja mit mir auch gemacht. Machen sie noch immer. Trotzdem, das ist keine Entschuldigung. Julian mag vielleicht nicht reich sein und auch nicht in teuren Klamotten herumlaufen, er hatte auch keine teure Ausbildung auf einer Privatschule und ganz bestimmt wird er niemals auf ein Elitecollege gehen, aber er ist talentiert. Er ist etwas Besonderes. Nicht, weil ich auf ihn stehen würde, auch nicht, weil er mich anzieht und neugierig macht, sondern weil er für etwas eine Begabung hat. Das macht ihn für mich besonders. Niemand kann solche Songs schreiben, ohne besonders zu sein. Er hat es nicht verdient, herabgewertet zu werden. Schon gar nicht von meiner Mutter, die alles und jeden nur schlechtmacht, um sich selbst in einem besseren Licht zu sehen. Ich bin erschrocken über mich selbst, weil es erst diese abfällige Bemerkung über jemanden, den ich bewundere, gebraucht hat, um zu merken, zu was für einer Person ich mich unbemerkt entwickelt habe. Eine Kopie meiner Mutter. So wollte ich nie sein.

Meine Mutter verzieht das Gesicht. »Dieser Kerl ist nichts für dich, Gott bewahre!«, sagt sie und beendet das Gespräch. Sie nimmt den Wäschekorb und geht damit in das Bügelzimmer.

Wahrscheinlich würden meine neuen Mitschüler unverständlich die Nasen rümpfen, wenn sie wüssten, dass wir nur zum Bügeln ein eigenes Zimmer haben. Sobald Georginas Mutter wieder gesund ist, werden wir sogar wieder eine Haushälterin haben, eine, die nicht bügeln darf, weil auch sie nicht perfekt genug für meine Mutter ist. Es kommt mir so absurd vor, wenn ich sehe, was wir alles brauchen, um glücklich zu sein, und mit wie wenig die Menschen hier in Riverside glücklich sind. Ihnen reicht es vollkommen aus, am Wochenende in der einzigen Bar zu sitzen und den Riverside Dingos bei ihren Auftritten zuzuhören.

Ich laufe die Stufen zu meinem Zimmer hoch, das sogar ein eigenes Bad hat, werfe den Hefter auf mein Bett und lasse mich danebenfallen. Dann starre ich an die Decke, stehe wieder auf, laufe in meinem Zimmer umher, werfe einen Blick auf die Uhr und schaue aus dem Fenster. Rüber zu dem Haus, das sich hinter dem Baum versteckt. Es ist fast acht am Abend und ich habe ihn noch nicht gesehen. Dabei kreisen mir seine Worte immer wieder im Kopf herum. Wenn er gesagt hat, er würde heute kommen, warum tut er es dann nicht? Im Moment will ich nichts sehnsüchtiger, als hier rauskommen. Aber wo soll ich hingehen? Einfach in die Bar und so tun, als würde ich zu ihnen gehören? Es ist leichter mit ihnen in der Bar zu sein, wenn ich Schicht habe. Aber heute muss ich nicht arbeiten. Und eigentlich will ich auch gar nicht zu ihnen. Trotzdem zieht es mich zu ihm hin, obwohl ich weiß, dass ich nur eine von vielen bin. Wie dumm von mir!

Ich denke darüber nach, wie Julian und ich uns auf der Treppe hinter der Bar unterhalten haben. Oder unter dem Baum auf dem Schulhof. Oder gestern Abend. Er ist so anders, wenn er mit mir spricht. Anders als die vielen Male, während derer ich ihn mit seinen Freunden beobachtet habe. Dann spielt er mit den Mädchen. Ständig mit einer anderen. Enttäuscht und verletzt sie. Er trinkt viel und fängt gern Streit an.

Er wird nicht kommen. Was hat mich auch dazu gebracht zu glauben, dass er das tun würde? Ich ärgere mich über mich selbst, weil ich gewartet und gehofft habe. Habe ich wirklich geglaubt, er würde in mir mehr sehen als in seinen Groupies? Er hat mich wahrscheinlich nicht eine Sekunde ernst genommen und mich sofort vergessen, als er mich nicht mehr gesehen hat. Wahrscheinlich schon in dem Moment, in dem er sein Motorrad vor seinem Haus abgestellt hat. Dem Haus, das so klein und unscheinbar ist wie alle anderen hier in der Straße. Nur unseres ist groß und strahlend und hat ein Bügelzimmer.

8. Kapitel

MILA

In der Auswahl seiner Frauen scheint Julian zumindest nicht auf einen bestimmten Typ fixiert. Heute sitzt Maja auf seinem Schoß, sie hat rabenschwarzes Haar und scheint asiatische Gene in sich zu tragen. Aber eines haben sie alle gemeinsam, sie sind schlank und hübsch. Einem Vergleich mit ihnen kann ich unmöglich standhalten. Sie sind deutlich schlanker als ich. In meinen Kostümen konnte ich meinen etwas zu runden Hintern gut in Szene setzen und ihn trotz seiner Größe sexy erscheinen lassen. In Jeans ist er einfach nur fett, was ich mit langen Shirts zu kaschieren versuche. Besonders seit es mich wirklich interessiert, nicht allzu schlecht neben allen anderen Mädchen in Julians Nähe wegzukommen. Ich möchte mich am liebsten selbst dafür auslachen, dass es mich überhaupt stört. Hat es bisher noch nie. Aber ich kann mich kaum dagegen wehren. Es kommt einfach über mich und ich bin machtlos. Ich kann mich nicht davon abhalten, immer mehr so sein zu wollen, wie alle anderen Mädchen in Riverside auch.

Ich nehme die Bestellung an Julians Tisch besonders schnell auf und versuche, mich nicht umzusehen. Ich starre auf meinen Notizblock, nur um ihn und Dana nicht ansehen zu müssen. Aber ich kann seine Stimme hören, als er bei mir ein Glas Cola für sich und Dana bestellt. Und ich kann sie wieder hören, als er zu Dana sagt: »Ich zweifle keinen Augenblick daran, dass du dich danach sehnst, von mir beachtet zu werden.«

Als ich höre, wie er das sagt, huscht mein Blick ganz von allein zu den beiden. Er hat seine Wange an ihre gedrückt und einen Arm um ihre Mitte geschlungen. Aber er sieht mich an. Und er zwinkert, denn er weiß genau, ich habe den Satz erkannt. Dana hat es offensichtlich nicht, denn sie kichert kindisch vor sich hin und schmiegt sich noch fester an Julian.

Aber er hat gar nicht sie gemeint, er hat mich gemeint. Seine Worte waren an mich gerichtet, weil er sich sicher war, ich würde sie erkennen und wüsste, dass er mit mir gesprochen hat, nicht mit ihr.

»Ich zweifelte keinen Augenblick daran, dass du dich danach sehntest, von mir beachtet zu werden.« Darcy zu Elisabeth Bennet in *Stolz und Vorurteil.*

Ich wende mich so schnell ich kann ab und hoffe, dass er nicht gesehen hat, wie rot ich geworden bin, als ich begriffen habe, was er mir damit sagen will. Er weiß, dass ich mich zu ihm hingezogen fühle. Er hat die Blicke bemerkt, die ich ihm heimlich zuwerfe, er hat gesehen, wie weich meine Knie werden, wie meine Hände zittern, wenn er auf der Bühne steht. Und er macht sich darüber lustig. Ich fühle mich erniedrigt und kann es kaum erwarten, dass der Abend endlich vorbei ist.

Aber das ist er nicht, als ich nach dem Gig der Band den Müll nach draußen bringe, steht Julian dort. So wie immer nach den Auftritten. Er hält eine Zigarette in der Hand und hat den Kopf in den Nacken gelegt. Seine Augen sind verschlossen und seine schweißnassen Haare kleben in seinem Gesicht. Er hat mich nicht gehört, denn er regt sich nicht, deswegen kann ich ihn ein paar Sekunden betrachten und seine wilde Schönheit auf mich wirken lassen. Ich mustere das Tattoo eines Totenschädels mit Rosen in den Augen, das er auf seinem Hals trägt und beobachte, wie seine Brust sich unter entspannten Atemzügen hebt und senkt. Er hat ein markantes Kinn, einen ausdrucksstarken Unterkiefer, eine gerade Nase und sehr kräftige Augenbrauen. In seinem Gesicht regt sich gar nichts, nicht einmal die winzigen Grübchen in seinen Wangen sind zu sehen, weil man sie nur sehen kann, wenn er lächelt oder die Kiefer fest aufeinanderpresst. Ich habe fast den Eindruck, dass er schläft. Und ich bin so versunken in seinen Anblick, dass ich zusammenfahre, als er seine Hand von seinem Knie hebt und die Zigarette zu seinen Lippen führt.

»Willst du mich noch lange anstarren?«, fragt er plötzlich mit rauer Stimme und bläst den Rauch zwischen seinen Lippen hervor.

Ich lasse fast den Müllsack fallen und suche verlegen nach einer Antwort. »Ich wollte dich nur nicht stören«, presse ich nervös hervor, dränge mich dann an ihm vorbei und füge an: »Wenn du nicht mitten auf der Treppe sitzen würdest, hätte ich dich nicht stören müssen.«

Ich werfe den Müll weg, als ich wieder an ihm vorbeigehe, schnellt seine Hand zu mir und legt sich auf meinen Oberschenkel. Seine Finger drücken leicht zu und er sieht mit dunklem Blick zu mir auf. »Ich weiß jetzt, an wen du mich erinnerst.«

»Ach so?«, frage ich schnippisch, aber ich bin nicht dazu in der Lage, mich zu bewegen. Dabei möchte ich mich dringend von ihm befreien, denn ich kann das Zittern, das aus mir heraus will, nicht mehr lange zurückhalten. Seine Hand liegt noch immer auf meinem Schenkel und ich fühle mich schwach und verletzlich nur durch diese Berührung.

»Setz dich hin, dann verrate ich es dir.«

Ich schnaube. »Ich denke, Dana wartet drinnen. Oder Sina? Vielleicht auch Lisa? Jenny?«

»Mir egal«, sagt er kalt. Seine Hand gleitet weiter nach oben an meinem Schenkel und ich spüre überall Hitze in mir. Ich fühle mich verloren. Bevor ich unkontrolliert anfange zu zittern, setze ich mich neben ihn. »Gut so.« Er lächelt, dann legt er seine Hand wieder auf meinen Schenkel. Er hat genau gespürt, was er damit in mir auslöst.

»An wen?«, frage ich.

»Elizabeth Bennet.«

Ich lache laut auf. »Wie kommst du darauf?«

»Du bist genauso stoisch, manchmal schnippisch, sehr schnell eingeschnappt. Und du glaubst, die Welt dreht sich um dich.«

»Glaube ich das?«

»Ja, du bist beleidigt, wenn sie dich nicht akzeptiert, wie du bist. Damit kommst du nicht gut zurecht. Es liegt nicht an uns, dass du keine Freunde hier findest, es liegt an dir und deiner verschlossenen Art. Ich hab dich beobachtet und ich denke, du hast ein Problem damit, anderen Menschen zu vertrauen.«

»Wie kommst du darauf?«, frage ich und schlucke die Unsicherheit, die sich um meine Kehle geschlungen hat, einfach runter.

»Wenn wir mit Partnern arbeiten sollen, übernimmst du grundsätzlich die ganze Arbeit. Und als ich dir von Mathew erzählt habe, hast du mir nicht von deiner Freundin erzählt. Außerdem hat Josh erzählt, dass du dieser Kontrollfreak bist und immer für alles die Verantwortung an dich reißt. Und ich glaube ihm.«

Ich schnappe nach Luft, will irgendetwas Verletzendes erwidern, aber mir wird schaudernd klar, dass er recht hat.

»Und du bist wie Darcy. Du hast keine Ahnung, wann es besser ist, nichts zu sagen«, entgegne ich ihm.

»Ich sehe besser aus als er. Und ich bin kein bisschen versnobt«, sagt er lachend.

»Ein bisschen schon«, entgegne ich. »Du liest Frauenromane.«

Julian schüttelt lachend den Kopf. »Aus einem absolut männlichen Grund. Ms. Kenner, unsere Literaturlehrerin. Mehr als die Hälfte aller Jungs hat sämtliche Klassiker auf ihrer Leseliste vorbildlich gelesen, nur um ihr zu gefallen.«

»Wie habe ich auch nur eine Sekunde lang glauben können,

du liest diese Bücher, weil sie dir was bedeuten. Wie dumm von mir«, sage ich gespielt entrüstet und habe ganz vergessen, dass er seine Hand noch immer auf meinem Bein liegen hat.

Es fällt mir erst wieder auf, als sie weiter nach oben rutscht und er sich mir mit seinem Gesicht nähert. Mein Atem stockt und mein Herz rutscht mir panisch in den Magen. Er will mich küssen! Schnell springe ich auf und gehe auf die Tür zu.

»Du hast eben erst mit Dana rumgemacht und jetzt versuchst du es bei mir? Das passiert ganz bestimmt nicht. Hatte ich dir das nicht schon mal gesagt?«

Statt zu antworten, lacht er nur auf und ich verschwinde so schnell wie möglich nach drinnen. Als wir später schließen, rechne ich schon fest damit, dass er wieder auf mich wartet. Aber er tut es nicht. Er hat sich den restlichen Abend wieder Dana gewidmet und mich vollkommen ignoriert. So wie ich ihn, weil ich nicht länger zusehen konnte, wie er seine herrlichen vollen Lippen über ihren Körper gleiten lässt.

»Er ist kein schlechter Junge, Mila«, hatte seine Mutter gesagt, weil sie gemerkt hatte, wie verkrampft ich versucht habe, nicht zu ihm hinzusehen.

»Er hat seine Sternstunden«, habe ich geantwortet.

»Ich wünschte, die hätte er öfters.«

Ich weiß nicht, was ich mir wünsche. Dazu herrscht immer dann zu viel Chaos in mir, wenn er in der Nähe ist. Oder auch nur, wenn ich an ihn denke. Meine Mutter hat recht, er lenkt mich ab. Und ich weiß, ich sollte es nicht zulassen. Aber was, wenn ich nicht stark genug bin?

Genau wie ich es mir ausgemalt habe, als ich meine Suzuki vor ihrem Haus am Straßenrand geparkt habe, verzieht sie zornig das Gesicht, als sie mich hier warten sieht. Sie trägt heute ein Kleid, aber nicht eins dieser Dinger, die sie noch vor kurzem getragen hat, die sie so streng haben aussehen lassen. So unnahbar. Mila selbst ist noch immer unnahbar, auch wenn sie mittlerweile andere Kleidung trägt. Manchmal habe ich für einen winzigen Moment das Gefühl, dass sie auftaut und dann, wenn ich schon glaube, sie lässt mich an sich ran, blockiert sie und flieht.

Der Rock ihres Kleides schwingt um ihre Oberschenkel, als sie den Weg vor dem Haus runterläuft und mich dabei keine Sekunde lang ansieht. Er ist nicht so kurz, wie er hätte sein dürfen. Obwohl ihre Spießerkleider jede Kurve ihres Körpers betont haben, scheint sie bei ihren neuen Klamotten Wert darauf zu legen, nicht zu viel von ihrem Körper zu zeigen. Sie versteckt ihre Kurven, was ich schade finde.

»Darf ich dich mitnehmen?«, frage ich sie lächelnd, aber sie läuft einfach an mir vorbei.

»Ich nehme den Audi, danke«, sagt sie höflich und geht zur Garage. Obwohl ich mich über ihre Abfuhr ärgere, muss ich lächeln. Langsam wird es zum heißen Spiel für mich, mir immer wieder Abfuhren von ihr einzuhandeln. Es reizt mich und weckt meinen Jagdtrieb erst recht. Ich will sie unbedingt umstimmen. Es ist, als hätte sie mir den Kampf angesagt. Und ich will unbedingt gewinnen.

Ich werfe den Motor an und beobachte sie dabei, wie sie den Code für das Garagentor in ein Bedienfeld eingibt, dann fährt das Tor nach oben und gibt den Blick auf einen schwarzen BMW frei.

»Ist dir dein Audi abhandengekommen?«, rufe ich.

Sie dreht sich zu mir um und ich warte darauf, dass sie wieder irgendetwas Schnippisches sagt. Stattdessen kommt sie mit stoischer Miene und zusammengepressten Lippen auf mich zu. »Deinen Helm«, sagt sie knapp.

»Wo ist denn dein Audi?«

»Nicht da.«

Ich gebe ihr meinen Helm, sie setzt ihn auf und steigt dann hinter mich, dabei rutscht ihr Rock hoch und entblößt ihre nackten Oberschenkel. Und sie sind voll und weich und genau so, wie sie sich unter dem Stoff ihrer Jeans angefühlt haben. Ich schließe innerlich stöhnend die Augen. Ob sie auch nur die geringste Ahnung hat, wie heiß sie ist? Ich bin wirklich versucht, meine Hand auf ihren Schenkel zu legen. Aber ich lasse es, denn hinter einem der Fenster ist eine ziemlich ernst blickende ältere Version von ihr aufgetaucht, deren Augen Blitze auf mich abzufeuern scheinen.

»Deine Mutter mag mich nicht«, stelle ich grinsend fest.

»Ja, aber sie mag Kilian.«

Ich wollte gerade losfahren, als sie das sagt. »Kilian? Woher kennt sie den Nerd?«, sage ich abfällig. Eifersüchtig, weil ich natürlich weiß, wieso ihre Mutter ausgerechnet ihn mag und mich nicht. Er passt genau in das Bild, das reiche Mütter wohl von ihren Traumschwiegersöhnen haben. Und so ungern ich es zugeben mag, er passt auch zu Mila. Er ist genauso schlau wie sie, genauso brav und vollkommen. Und genau wie sie, wird er mal was aus seinem Leben machen, wovor die Menschen überall großen Respekt haben werden. So werde ich nie sein.

»Der Nerd arbeitet mit mir zusammen an einer Hausaufgabe«, sagt sie. Sie legt ihre Arme um mich. Und wie jedes Mal, wenn sie das tut, muss ich kurz die Luft anhalten, um die Gefühle, die mich durchfahren, wenn sie mich berührt, unter Kontrolle zu bekommen.

Ich lache, um meine Eifersucht zu überspielen. »Zusammen? Du lässt ihn also wirklich mitarbeiten?« Sie antwortet nicht, aber ich spüre, dass sie sich an meinem Rücken versteift. Ich atme tief durch und versuche, das Hämmern meines Herzens unter Kontrolle zu bringen, dann lege ich den Gang ein und lasse die Suzuki langsam losfahren. Langsamer, als ich ohne Mila fahren würde. Nicht, weil sie meinen Helm trägt und ich keinen habe, sondern weil ich auf keinen Fall will, dass ihr etwas passiert. Deswegen habe ich sie auch vor Sam beschützen wollen. Ich will sie vor allem beschützen, aber nicht vor dem, was ihr am gefährlichsten werden kann. Vor mir.

Und ich fahre auch langsam, um den Moment hinauszuzögern. Weil es sich so wahnsinnig gut anfühlt, dass sich ihre Schenkel an meine schmiegen, dass ihr Kinn auf meiner Schulter liegt. Ich wünschte, das könnte ewig so bleiben. Es macht mir Angst, denn das bin ich nicht. Es lässt mich hilflos fühlen, weil das neu für mich ist. Ich glaube, die Jungs haben recht, wenn sie sagen, dass da mehr ist zwischen ihr und mir. Ich weiß nur nicht, ob mir das gefällt. Eine Beziehung zu einem Mädchen war für mich nie wichtig. Ich habe nicht einmal darüber nachgedacht. Bis jetzt. Jetzt habe ich Lust darauf, meine Neugier auf Mila vollkommen zu befriedigen. Das, was da zwischen uns passiert, zu erforschen.

Ich parke das Motorrad direkt neben Tristans Truck. Die Jungs stehen mit offenen Mündern da, als sie Mila sehen. Sie steigt hinter mir ab und versucht verzweifelt es so zu tun, dass niemand ihr Höschen sehen kann, was John zum Lachen bringt.

»Seattle, wie heiß!«, sagt er laut lachend und leckt sich über die Lippen. Ich kenne diesen Blick. Er sagt mir deutlich, dass ich ihm die Fresse polieren muss, wenn er weiter solche Gedanken hat.

Ich stelle mich neben Mila und lege ihr besitzergreifend einen Arm um den Rücken. »John, wie geht es dir?«

»Gut.«

»Dann hoffen wir mal, dass das so bleibt«, sage ich knurrend.

Mila verkrampft sich und versucht, mir zu entkommen, aber

ich lasse es nicht zu. Ich halte sie stattdessen noch fester an meine Seite gedrückt.

Sie befreit sich trotzdem und sieht mich mit gerunzelter Stirn an. »Also danke«, sagt sie knapp, dann geht sie einfach weg. Direkt auf Kilian zu, der ein paar Meter weiter breit grinsend auf sie wartet.

»Was glaubst du? Wann steigst du von ihrem persönlichen Taxi in das nächsthöhere Level auf?«, will Tristan wissen. Er zieht irgendein Chick an sich, dessen Namen mir gerade nicht einfallen will und das dümmlich über Tristans Kommentar grinst.

»Was wäre das nächste Level?«, fahre ich ihn an.

Er legt nachdenklich den Kopf schief. »Persönlicher Assistent?«

»Wenn das heißt, man darf in ihr Höschen, wo soll ich meine Bewerbung abgeben?«, will John grinsend wissen.

Ich verpasse ihm einen Kinnhaken. Ich weiß, die beiden ziehen mich nur auf, aber das kotzt mich an, weil ich mir dabei vorkomme wie ein Idiot, nur weil ich auf ein Mädchen stehe, das mir unter die Haut geht. Warum auch immer. »Halt die Klappe!«

John reibt sich sein Kinn und lacht. Er zieht die Augenbrauen hoch und weist mit dem Kinn zur Seite. »Ich glaube, sie mag Gewalt nicht.«

»Klar mag sie Gewalt nicht, sie will Anwältin werden«, meint Tristans Chick abfällig.

Das bringt John und Tristan wieder dazu zu lachen. »Du bist absolut nicht die Schraube, die in diese Mutter passt«, meint John grinsend.

»Er schon eher«, sagt das Chick mit Blick auf Kilian, der Mila mit großen Augen anschmachtet.

Das weiß ich auch und deswegen mag ich den Typen nicht. Aber das würde ich nie zugeben. Lieber sollte ich versuchen, meine Freunde von mir und Mila abzulenken. »Ihr liegt falsch, wenn ihr glaubt, das würde mich interessieren.« Ich greife nach der Hand von Tristans Chick und zerre sie gegen meine Brust. »Ich weiß, dass meine Schraube in ihre Mutter passt.« Ich schiebe meine Hand in ihren Nacken und küsse sie einfach unter dem Gelächter der Jungs.

9. Kapitel

MILA

»Bereit?«, will Julian wissen, als ich an meinem Spind ankomme, um meine Sachen zu verstauen.

»Für was?«, frage ich ihn und lasse es mit Absicht so klingen, als wäre ich nicht sonderlich interessiert. Ich lege meine Schulsachen zurück und packe in meine Tasche nur, was ich für die Hausaufgaben benötige, dann schließe ich den Spind und sehe Julian, der am Spind nebenan lehnt, fragend an.

»Um loszufahren«, sagt er grinsend.

»Ich fahre mit Josh«, sage ich und laufe an ihm vorbei in Richtung Ausgang.

»Josh ist beim Footballtraining.«

Ich bleibe erstaunt stehen. Habe ich mich verhört? »Beim Training? Was will er da?«

»Footballspielen.« Julian sieht mich an, als wäre ich schwer von Begriff. Die Schüler der Riverside High strömen an uns vorbei aus dem Gebäude und mein erstauntes Aufkeuchen geht zum Glück in ihrem Geschnatter unter.

»Er kann gar nicht spielen«, sage ich.

»Wenn er nicht könnte, hätte der Coach ihn nicht gebeten, zum Probetraining zu kommen.« Julian nimmt meine Hand und zieht mich hinter sich her. »Können wir?«

»Josh spielt Football?«, frage ich noch immer unter Schock. Josh hat sich noch nie für Sport interessiert. Warum jetzt? Für

Josh gibt es doch nur Josh. Und in einem Team geht es um das Team. Das passt nicht zu ihm. Wie betäubt von dieser Neuigkeit laufe ich hinter Julian her. Dabei wollte ich ihn ignorieren. Das hatte ich mir fest vorgenommen, nachdem ich ihn heute Morgen auf dem Parkplatz mit diesem Mädchen gesehen habe, das vorher an Tristan hing. Ich wollte Schluss machen mit dem, was auch immer zwischen uns läuft. Weil es mich zu sehr ablenkt. Von allem, was wichtig ist.

Stattdessen folge ich Julian zu seiner Suzuki, steige auf, schlinge meine Arme um ihn und lasse sogar zu, dass er sich umständlich zu mir herumdreht, um mir seinen Helm aufzusetzen. Und dann lehne ich mich an seinen Rücken und lausche dem lauten Trommeln meines Herzens, nur weil ich ihm schon wieder so nahe bin. Ich fühle mich dumm, weil ich das hier einfach zulasse. Ihm gebe ich keine Schuld, denn er ist wie er ist und ich wusste es von Anfang an. Trotzdem habe ich zugelassen, dass er sich immer tiefer in mich schleicht. Erst mit seiner Stimme, dann mit seiner wilden Bad Boy-Art und dann mit seinem Körper, seiner Nähe, der Art, wie er mich ansieht und mich glauben lässt, dass er nur mich so ansieht, sich nur für mich so interessiert. Dabei weiß ich es besser.

Ja, ich bin so dumm.

Und rettungslos verloren.

Er fährt mit mir die Straße runter, an seinem Haus vorbei, an meinem auch, raus aus Riverside und runter zum See, wo der Parkplatz so früh nach der Schule noch leer ist.

»Gibt es wieder eine Party?«, will ich frustriert wissen, nachdem ich abgestiegen bin und ihm seinen Helm gegeben habe.

»Nein, wir sind allein.«

»Was machen wir dann hier?«

Er antwortet nicht, nimmt einfach wieder meine Hand. Langsam tut er das, als wäre es normal für uns beide, Hand in Hand zu gehen. Als wären wir ein Paar. Der Gedanke widerstrebt mir, schnürt mir vor Angst die Kehle zu. *Ich bin nicht die Einzige*, schreie ich mich selbst in Gedanken an. Als müsste ich mich daran erinnern.

Er geht mit mir runter zum Ufer und setzt sich auf den Baumstamm. Ich setze mich neben ihn und starre auf das Wasser. Ich bin so nervös, dass ich mich nicht traue, etwas zu sagen.

»Seattle, du verwirrst mich.«

»Sagst du mir gerade auf diesem Weg, dass ich nicht ganz normal bin?«

Er hebt ein Bein über den Baumstamm und setzt sich breitbeinig hin.

»Was machen wir hier?«, will ich wissen und mache es ihm nach. Ich drapiere mein Kleid so, dass es zwischen meinen Beinen zusammengerafft ist, damit es alles verdeckt, was wichtig ist. Jetzt sitzen wir uns gegenüber und ich kann sehen, wie er mich mustert, während er über eine Antwort nachdenkt.

»Wieso willst du Anwältin werden?«

Ich bin erstaunt über die Frage, weil ich gar nicht damit gerechnet habe. Vielmehr habe ich damit gerechnet, dass er wieder irgendeinen seiner Sprüche ausspuckt, aus denen ich nicht schlau werde. Trotzdem will ich ihm antworten, obwohl ich nicht einmal weiß, ob es ihn wirklich interessiert. »Ich bin jetzt schon eine Weile Assistentin meines Vaters und es macht mir Spaß. Ich sehe meinem Dad gern vor Gericht zu und es macht mich stolz, wie er Menschen hilft oder große Firmen rettet. Warum interessiert dich das?«

»Vielleicht weil ich glaube, dass du versuchst jemand zu sein, der du nicht bist.«

»Wie kommst du darauf?«, frage ich neugierig. Ich bin nicht einmal erschrocken darüber, dass er das glaubt, eher verwundert, dass er sich offensichtlich Gedanken über mich gemacht hat.

»Weil ich beobachtet habe, mit wie viel Liebe du über große

Schriftsteller sprichst, wie sehr du sie und ihre Werke bewunderst. Der einzige Unterricht, der dich dazu bringt, aus dir herauszukommen und dich wirklich zu zeigen, ist Literatur. Es gibt sonst niemanden, der sich so über Collins Fehltritte aufregt.« Er lacht.

Ich sehe ihn schweigend an, weil ich dazu nichts sagen kann. Er hat recht, ich liebe Literatur, aber nicht einen anerkannten Beruf zu erlernen, würden meine Eltern niemals akzeptieren. Von mir erwarten sie mehr als von Josh. Ich sehe auf den See.

»Warum machst du Musik und ist es das, was du später auch machen willst?«

»Weil ich gut darin bin. Und weil sie mir hilft, die Dinge zu verarbeiten, die mich beschäftigen. Musik berührt mich und lässt mich fühlen und zugleich verdrängt sie den Schmerz. Und ja, ich will auch nach unserem Abschluss Musik machen.«

»Das ist gut«, sage ich. »Denn du bist begabt.«

Er sieht mich nachdenklich an und um seine Lippen spielt ein versonnenes Lächeln. »Lass es uns versuchen.«

»Ich verstehe nicht. Was willst du versuchen?«

Er weicht meinem Blick aus und verzieht frustriert das Gesicht. »Ich will mit dir zusammen sein.«

Ich schnappe nach Luft und schlucke trocken, mein Herz hämmert. Ich bin absolut erschrocken. Wie kommt er darauf, dass das eine gute Idee wäre? »Das kannst du vergessen«, platzt es aus mir heraus.

»Du stehst auf mich, ich steh auf dich. Wo ist das Problem?«

»Ich werde nicht eins deiner Spielzeuge.«

»Und wenn du das nicht bist?«

Ich lache bitter auf und schüttle den Kopf. »Julian, so bist du nun mal. Und das ist für mich auch okay. Aber ich kann das nicht. Vielleicht können das die Mädchen, mit denen du sonst zu tun hast. Jetzt sitzt du noch hier vor mir und in zehn Minuten ... Bei wem bist du dann?«

»Bei dir.«

»Und morgen?«, frage ich ihn ernst. Aber ich kann mich kaum konzentrieren, weil mein Puls überall in meinem Körper klopft und das Blut in meinen Ohren rauscht. Und wenn mein Magen sich noch schlimmer verkrampft, werde ich ihm jeden Moment vor die Füße spucken. Ich werde mich schrecklich vor Julian blamieren, und das alles nur, weil ich so panische Angst habe. Und ich platze vor Verlangen, einfach meine Zweifel wegwischen zu können und ihm nachzugeben. Wenn da nicht die anderen Mädchen wären. Ich weiß einfach, dass ich das nicht schaffe. Ich kann nicht damit leben, dass ich ihn teilen muss. Ich wünschte, ich könnte es, dann würde mein Herz vielleicht weniger brennen, als es das seit Tagen tut. Warum empfinde ich nur so für ihn? Er ist so völlig anders als ich.

»Dann bin ich noch immer bei dir.«

Ich sehe ihn zweifelnd an. Ich will ihn, das weiß er genauso sehr wie ich. Weil ich hier sitze und zittere, mein Gesicht wahrscheinlich so erhitzt ist, dass es aussieht, als wäre ich in der Sauna gewesen. Mein Körper ihm deutlich signalisiert, dass ich ihn will. Und meine Augen ihn anflehen, mich endlich zu küssen.

»Ich kann dir nur beweisen, dass ich es ernst meine, wenn du es mich beweisen lässt«, sagt er leise und legt seine warme Hand auf meinen nackten Schenkel. Sein Daumen streicht über die Innenseite und er sieht mich dabei abwartend an. »Versuch einfach, mir zu vertrauen, wenn ich dir sage, dass du mir wichtig genug bist, um was Ernsthaftes aus uns zu machen.«

RUSH

Ich hole mein Handy aus meiner Tasche, suche den Song raus, den ich heute Nacht aufgenommen habe, und drücke auf Play. Sie erkennt das Gedicht, das sie vor ein paar Tagen im Unterricht vorgetragen hat, sofort wieder. Es hat mich nicht mehr losgelassen, seit ich es aus ihrem Mund gehört habe. Nicht, weil es besonders schön ist, sondern weil die Art, wie sie es vorgetragen hat, besonders schön war. Es hat mich berührt, die Worte über ihre Lippen kommen zu hören. Und es hat mich verwirrt, dass sie dieses Gedicht mit so starken Emotionen in ihrer Stimme vorgetragen hat, während sich keine dieser Emotionen auf ihrem Gesicht widergespiegelt hat.

Manchmal frage ich mich, ob ihr Gesicht versteinert ist. Ob sie diese unnahbare Maske so verinnerlicht hat, dass sie jetzt nicht mehr dazu in der Lage ist, Emotionen nach außen dringen zu lassen. Sei es nur durch ein Lächeln.

Und dann gibt es wieder Augenblicke wie diesen, in denen sie alle Schutzbarrieren fallenlässt, weil ich sie mit etwas, das ich getan oder gesagt habe, überrascht habe. Nach diesen wenigen Momenten bin ich süchtig geworden. Rasend schnell, es hat mich regelrecht überrannt. Ich will ihr immer und immer wieder ein Lächeln abringen, ein entrüstetes Stirnrunzeln, ein Lachen oder sogar Zorn auf mich.

Deswegen möchte ich diesen Moment so gerne für immer festhalten, denn sie sieht mich aus überraschten großen Augen an, in denen Tränen schwimmen. Ihre Unterlippe zittert so sehr, dass ich mich kaum noch zurückhalten kann. In diesem Augenblick ist sie wunderschön und zum ersten Mal möchte ich ein Mädchen wirklich küssen. Weil ich sie küssen will, einfach nur küssen. Nicht wie sonst, wenn ich Mädchen küsse, weil ich mir zumindest einen Blowjob als Belohnung erhoffe.

Nein, ich habe einfach dieses unbändige Verlangen danach, herausfinden zu wollen, wie sich ihre Lippen anfühlen, wie sie schmecken, ob sie auf mich reagieren wird wie ich auf sie. Ich will, dass sie mir gehört. Und ich bin erschrocken über diesen Gedanken, weil ich noch niemals ein Mädchen besitzen wollte. Und zum ersten Mal traue ich mich nicht, ein Mädchen zu küssen. Weil ich das Gefühl habe, dass ich nicht gut genug für sie bin. Also starre ich sie nur an, überwältigt von den Emotionen, die ich bei ihr ausgelöst habe, indem ich ihr Gedicht zu meinem Song gemacht habe. Unseren Song.

Eine Träne rollt über ihre Wange, als sie sich vorbeugt, eine Hand in meinen Nacken legt und mein Gesicht zu sich herunterzieht.

»Wehe, du reißt mich auseinander«, flüstert sie an meinen Lippen. Ich drücke sanft meine Lippen auf ihre, obwohl ich weiß, dass ich das tun werde. Denn ich bin Julian Rush und ich mache immer alles kaputt, was mir wichtig ist. So wie ich meinen Vater vertrieben habe, weil ich nicht der Sohn geworden bin, den er sich gewünscht hat, sondern nicht länger dabei zugesehen habe, wie er meine Mutter verprügelt. So wie ich nicht genug auf Mathew aufgepasst habe, obwohl ich wusste, wie seine Mutter drauf war.

Ihr Kuss ist zärtlich und weich. Vorsichtig erkundet sie meine Lippen. Und ich überlasse ihr die Führung, weil ich Angst habe, sie zu erschrecken, wenn ich das Chaos, das in mir verrücktspielt, auf sie zurollen lasse. In mir tobt ein Sturm aus den verschiedensten Gefühlen, die alle sie in mir auslöst.

Sie schiebt sich näher an mich heran und legt ihre Oberschenkel über meine, so dass wir uns jetzt ganz nah gegenübersitzen. Ich umschlinge ihren Körper mit meinen Armen und drücke sie an mich. Sie öffnet ihre Lippen und ich lasse meine Zunge in ihren Mund gleiten. Sie schmeckt nach Zitrone, das kommt von diesen kleinen Pastillen, die sie scheinbar so gerne sogar während des Unterrichts lutscht.

Als ich unseren Kuss vertiefe, stößt sie einen leisen Seufzer aus, der mir sofort in die Lenden schießt. Ich knabbere an ihrer Unterlippe, sauge sie zwischen meine Zähne und ziehe sanft daran. Als Reaktion darauf drückt sie stöhnend ihren Oberkörper gegen mich. Die ganze Zeit über kann ich nur denken: endlich!

Endlich darf ich sie schmecken, sie nah bei mir fühlen. Und es ist genau so, wie ich es mir vorgestellt habe. Noch viel besser.

Keuchend löse ich mich von ihr. Wenn ich es jetzt nicht tue, werde ich sie hier auf den Boden werfen. Ich bin kurz davor, die Kontrolle zu verlieren. Das darf mir mit ihr nicht passieren, denn sie ist nicht so wie die anderen Mädchen. Tief in mir weiß ich das. Wäre sie so wie die anderen, würde ich jetzt nicht aufhören. Aber sie bedeutet mir etwas. Und der Gedanke, das hier könnte nur ein unwichtiger Kuss gewesen sein, macht mir Angst. Ich will, dass dieser Kuss uns beiden wichtig ist.

Ich lege beide Hände an ihre Wangen, dabei rutscht mein Handy zwischen uns herunter und fällt auf den Boden. Ich ignoriere es und lasse es einfach liegen und weiter den Song spielen. Meinetwegen in Dauerschleife, wenn das bedeutet, dass sie mir gehört. »Ich hab keine Ahnung, was du mit mir machst, aber ich schwöre, es gefällt mir.«

Ihre Augen weiten sich und ihr Brustkorb hebt sich unter einem heftigen Atemzug, dann senkt sie den Blick und löst sich von mir. »Julian, du musst das nicht tun. Jedes Mädchen an der Schule würde für viel weniger mit dir schlafen. Ich mag dich wirklich gern, aber ich kann das nicht. Tut mir leid.«

Ich blinzle verwirrt. Was? »Eben hattest du noch Angst, ich würde dich zerreißen. Dann küsst du mich. Und jetzt ziehst du dich wieder zurück?«

Ich bin völlig durcheinander. Was ist passiert? Was hab ich falsch gemacht?

Sie rückt noch weiter von mir ab, dann steht sie auf. »Das mit dem Gedicht war echt lieb von dir und für einen Moment hab ich vergessen, wer du bist.«

Sie weicht meinem Blick aus.

»Wer ich bin?«

»Ein Player. Das ist nichts für mich.«

»Hab ich dir nicht eben bewiesen, dass du alles andere als ein Spielzeug für mich bist?«

»Das war wirklich toll, lass mir Zeit, darüber nachzudenken. Ich bin gerade durcheinander.«

Ich stelle mich vor sie und lege die Arme um sie. »Seattle, das hier ist kein Spiel.«

Sie sieht mich an und legt ihre Hände auf meine Schultern. »Vielleicht möchtest du das sogar wirklich glauben.« Noch bevor ich etwas entgegnen kann, löst sie sich von mir. »Fahren wir nach Hause?«

Liebes Tagebuch,

Julian hat mich heute geküsst
und es war wunderbar, aber auch
beängstigend, weil ich ihm nicht
vertrauen kann. Ich kann nicht
glauben, dass er sich ausgerech-
net wegen mir geändert haben soll.
Und doch, was ich fühle, wenn er
bei mir ist, ist so intensiv, dass
ich glauben möchte, es ist wahr.

10. Kapitel

MILA

Als ich am Morgen aus dem Haus gehe, steht Julian davor und wartet auf mich. Mein Magen zieht sich sofort flatternd zusammen und ich gehe mit zitternden Knien auf ihn zu. Ich kann den Kuss, und wie er sich angefühlt hat, nicht vergessen. Fast die ganze Nacht lag ich mit Schmetterlingen im Bauch wach und habe diesen Kuss und seine Worte wieder und wieder durchgespielt in Gedanken. Und je länger ich darüber nachgedacht habe, desto mehr Angst habe ich bekommen. Jetzt weiß ich nicht einmal mehr: Habe ich Angst ihm mein Vertrauen zu schenken, oder habe ich Angst, dass er mein Vertrauen schon längst hat, weil er gestern selbst alle Zweifel und alle Gründe, die ich gegen ihn vorbringen konnte, restlos gelöscht hat?

Wortlos gehe ich auf ihn zu, nehme den Helm und steige hinter ihm auf das Motorrad. Ich lege meine Arme um ihn und denke nicht darüber nach, dass nur diese Berührung allein meinen Körper kribbeln lässt, als hätte ich Brausepulver unter der Haut. Obwohl ich ihn gestern nach unserem Kuss abgewiesen habe und er mich mit enttäuschtem Gesichtsausdruck nach Hause gefahren hat, hat er mich heute wieder abgeholt. Ich hatte damit gerechnet, dass er aufgeben würde, wenn er bemerkt, dass er es mit mir nicht so leicht hat wie mit anderen Mädchen. Will er mir mit seiner Hartnäckigkeit zeigen, dass er es ernst meint? Oder habe ich nur seinen Jagdinstinkt geweckt?

Wir halten auf seinem gewohnten Parkplatz, wo ich unter dem belustigten Gelächter seiner Freunde vom Motorrad absteige und versuche, so schnell wie möglich zu verschwinden.

»Ihr führt euch auf wie die letzten Idioten«, höre ich Julian hinter mir schimpfen.

»Ach wirklich?«, antwortet jemand.

Ich laufe so schnell ich kann über den Parkplatz. Wenn ich mir das antun muss, dann kann ich in Zukunft auch wieder den Audi nehmen. Mit großen Schritten steuere ich direkt auf Kilian zu, der schon auf mich wartet.

»Du siehst aus, als wärst du auf Rush getroffen.«

»In etwa, ich bin auf seine Freunde getroffen.«

Als ich mich umdrehe, hält Julian mit wild entschlossenem Blick auf uns zu. Wie eine Dampfwalze schiebt er sich zwischen parkenden Autos und quatschenden Schülergruppen hindurch und sein Blick weicht keine Sekunde von mir ab. Ich versteife mich innerlich.

»Er kommt her.«

Ich sehe Kilian mit hochgezogener Augenbraue an. »Meinst du?«, frage ich sarkastisch.

Keinen Schritt von uns entfernt wird Julian von Sina aufgehalten. Ich weiß nicht, ob ich Sina dankbar sein oder ob ich sie nervig finden soll. Sie drängt sich direkt zwischen mich und Julian und bleibt mit dem Rücken zu mir stehen. Julian sieht mich zornig über ihre Schulter hinweg an. Ich wende mich von ihm ab und konzentriere mich auf Kilian, der sichtlich verspannt vor mir steht. Er mag Julian und seine Freunde nicht besonders. Er mag auch keine Sportler. Eigentlich sind wir beide uns sehr ähnlich. Aber ich höre ihm kaum zu, weil ich auf das lausche, was direkt neben mir passiert.

»Vergisst du auch die Party am Samstag nicht?«, will Sina wissen.

»Du weißt, ich komme samstags auf keine Party, da sind wir in der Bar.«

»Kannst du nicht einen Auftritt ausfallen lassen?«

»Kann ich nicht. Meine Mutter braucht jeden Cent, den ihr die Auftritte einbringen, um den Laden über Wasser zu halten.«

»Dann machen wir die Party am Freitag. Du musst unbedingt kommen.« Sina legt ihren Kopf schief, dann dreht sie mir ihr Gesicht zu, als wäre sie eine dieser Puppen aus Horrorfilmen. Ich ignoriere sie einfach, trotzdem bekomme ich mit, was sie flüsternd, aber kaum leiser zu Julian sagt: »Sonst erfährst du nicht, was ich für uns beide geplant habe.«

Als mir Julian jetzt einen flüchtigen Blick zuwirft, reicht es mir, ich hake mich bei Kilian ein und ziehe ihn mit mir zum Haupteingang. Auf gar keinen Fall möchte ich wissen, was sie geplant hat. Und ich möchte auch Julians Antwort nicht wissen. Dass er sie nicht sofort hat stehenlassen, war Antwort genug für mich. Trotz der Enttäuschung, die mich auffrisst, und des Schmerzes, der mich zerreißt, fühle ich mich auch bestätigt. Ich hatte Recht, was Julian betraf. Er kann nicht einmal was dafür, weil er einfach so ist. Er ist Julian Rush und die Mädchen stehen auf ihn. Selbst ich, obwohl ich es besser wissen müsste.

RUSH

»Du siehst aus, als würdest du gleich jemanden aufmischen«, knurrt Tristan mir leise entgegen, während wir in der Schlange der Cafeteria stehen.

Ich sehe zum Tisch, an dem Mila mit Kilian sitzt, und mein Magen krampft sich mit jeder Sekunde mehr zusammen. Sie unterhalten sich, als wären sie schon ewig Freunde. Sie hört ihm augenscheinlich interessiert zu, nickt dann und wann und wirft etwas ein. Wenn er sie jetzt noch zum Lächeln bringt, bin ich mit einem Bein schon im Knast. Sie zum Lächeln bringen, das sehe ich irgendwie als meine Aufgabe an. Ich bin ein totaler Trottel.

»Du bist ein totaler Trottel«, sagt Tristan.

Ich sehe ihn an und verziehe das Gesicht. »Ich weiß gar nicht, was dein Problem ist«, fahre ich ihn an.

»Du solltest zusehen, dass du das hinbekommst. Auch wenn ich glaube, dass ihr zwei nicht zusammenpasst, aber ich kann es nicht mehr ertragen, wie du sie die ganze Zeit anschmachtest. Ehrlich, das ist ekelhaft.«

»Ich schmachte sie nicht an.«

John drängelt sich vor uns in die Reihe. Wie immer kommt er reichlich spät. So wie er grinst, hat er eben in irgendeiner Abstellkammer ein Chick flachgelegt. »Tust du«, sagt er. »Und ich verstehe es auch nicht.«

»Na ja, sie sieht heiß aus«, sagt Tristan jetzt.

John nimmt sein Essen entgegen, dann dreht er sich zu uns um. »Vielleicht sollte ich es mal versuchen, offensichtlich steht sie ja nicht auf dich.« Er grinst, aber als ich ihn ansehe, vergeht ihm das Grinsen. Er dreht sich um und geht auf unseren Stammtisch zu, an dem schon ein paar unserer ständigen Anhängsel sitzen.

Ich nehme mein Tablett und gehe damit geradewegs auf Mila zu. Ich setze mich neben sie und schiebe ihr meinen Apfel rüber, weil sie die gerne isst. »Kilian«, begrüße ich ihn, bemüht mich freundlich zu geben.

Kilian sieht mich unzufrieden an. Ich hatte mir schon gedacht, dass das hier mehr als nur Freundschaft ist. Und es stört mich. Sehr sogar. Ich lege demonstrativ meinen Arm um Mila und ziehe sie näher an meine Seite.

»Du bist heute Morgen weggewesen, bevor ich dich küssen konnte«, sage ich und konzentriere mich dabei ganz und gar auf Mila. »Das hat mich enttäuscht, Seattle«, flüstere ich rau. Aus dem Augenwinkel kann ich sehen, dass Kilian uns beobachtet.

Milas Gesicht überzieht sich mit Farbe und ihre Augen weiten sich. Sie weiß nicht, wie sie reagieren soll. Sie hat noch immer Angst vor mir und das stört mich. Ich hebe eine Hand und streiche damit ihre Haare auf einer Seite hinter ihr Ohr. Dann lege ich meine Wange an ihre und flüstere: »Du bist wunderschön, wenn du so nervös bist, nur weil ich neben dir sitze.« Ich höre, wie sie nach Luft schnappt, und genieße diese Reaktion. Dann löst sie sich abrupt von mir.

»Kilian und ich haben gerade über Integralrechnungen geredet«, sagt sie mit dieser trockenen Lässigkeit, von der ich mittlerweile weiß, dass sie sie davor schützen soll, zu viel von ihren wirklichen Gefühlen preiszugeben.

Ich wende mich zufrieden lächelnd meinem Essen zu. »Und Kilian, was hast du dazu zu sagen?«

»Wahrscheinlich mehr als du«, antwortet er knurrend.

Obwohl ich ziemlich wütend bin, bleibe ich ruhig und esse einfach weiter. Dieser Kerl steht wirklich auf Mila. Eigentlich verstehe ich es sogar. Ich stehe auch auf sie. Aber er kann sie nicht haben, weil sie mir gehört, und das muss er verstehen. Auch wenn er mir deswegen sogar ein bisschen leidtut. Aber mich frisst die Vorstellung von innen heraus auf, dass er sie auch mag, dass er sich genauso nach ihr sehnt wie ich. Deswegen hebe ich den Blick und sehe ihn warnend an. Das reicht, um ihn erstarren zu lassen, weil jeder hier an der Schule weiß, dass ich meine Wut manchmal schlecht unter Kontrolle habe. Die wenigsten wissen, dass ich daran arbeite, nicht mehr unkontrolliert wie ein Vulkan zu explodieren, weil ich sonst beim nächsten Mal im Knast lande.

»Ich hab gehört, du gehst auf eine Party am Freitag«, sagt Mila jetzt. Die Stimmung am Tisch wirkt reichlich verkrampft, habe ich das Gefühl. Und sie scheint das auch zu denken. Warum sonst würde sie jetzt von einer Party anfangen, auf die ich bestimmt nicht gehen werde.

»Ich gehe nicht hin«, sage ich knapp, dann schiebe ich meinen Teller weg, hebe ein Bein über die Bank und ziehe Mila zwischen meine Schenkel. Ich lege beide Arme um sie und grinse. »Außer du willst mich begleiten.«

Sie sieht sich nervös um, weil alle uns anstarren, dann versteift sie sich und versucht, sich aus meinen Armen zu winden. Sie mag es offensichtlich nicht, wenn sie im Mittelpunkt der Aufmerksamkeit steht. Mich stört das kein bisschen. Ich liebe es sogar, wenn sie mich alle anstarren. Sonst würde ich es wahrscheinlich nicht aushalten, auf der Bühne zu stehen und zu singen. Ich erlöse sie und lasse sie los, auch wenn es mir schwerfällt, weil ich jeden Körperkontakt mit ihr regelrecht in mich aufsauge.

»Ich hab am Freitag schon was vor«, sagt sie, steht auf und nimmt ihr Tablett.

Ich stehe auch auf und folge ihr. »Was hast du denn vor?«

»Ich arbeite für deine Mutter«, sagt sie knapp.

Verdammt, das hatte ich vergessen.

11. Kapitel

MILA

Ich benutze einen der Seitenausgänge, als ich die Schule verlasse, um Julian nicht zu begegnen, weil ich mir sicher bin, dass er wieder auf mich warten wird. Heute Mittag habe ich kein Wort rausgebracht, als Kilian mit uns am Tisch saß. Kilian und ich haben noch nicht wirklich über Julian und mich gesprochen. Er weiß, dass Julian sich für mich interessiert und das findet er »beunruhigend«, besonders, da ich offensichtlich auch eine Schwäche für ihn habe. Er macht sich Sorgen um mich, weil er Julian jetzt schon viel länger kennt als ich und weiß, wie das bei ihm und den Mädchen läuft.

Genau deswegen mache ich mir auch Sorgen um mich. Was heute Morgen mit Sina passiert ist, hat mir die Augen wieder geöffnet. Er hat ihr zugehört, sie angelächelt und sie nicht einmal aufgehalten, als sie eine Hand nach seinem Gesicht ausgestreckt hat. Dieses Bild ist mir stundenlang nicht mehr aus dem Kopf gegangen.

Ich laufe die Straße entlang und bin froh, dass ich Julian entkommen bin. Ich kann mich jetzt nicht mit ihm auseinandersetzen. Nicht solange meine Brust so sehr schmerzt. Ich bin wütend auf ihn und auf mich. Was habe ich mir auch gedacht?

»Ich warte schon eine Weile auf dich.« Julian lehnt grinsend neben seinem Motorrad vor unserem Haus. Er hat die Arme vor der Brust verschränkt und sieht einfach umwerfend aus. Mein

Magen zieht sich heftig zusammen und ich stolpere fast über meine eigenen Füße, als ich auf ihn zugehe.

»Wie bist du an mir vorbeigekommen?«, will ich erstaunt wissen.

»Du bist nicht mit den anderen aus der Schule gekommen, also bin ich losgefahren, weil ich dachte, dass ich dich vielleicht verpasst habe.«

Hat er nicht, ich habe mir nur extraviel Zeit gelassen. Ich umklammere mit beiden Händen den Tragegurt meiner Schultasche und trete nervös von einem Fuß auf den anderen, während er mich nachdenklich mustert.

»Ich hab nochmal über das, was gestern Abend passiert ist, nachgedacht, und ich denke, wir sollten es lassen«, platze ich heraus und ignoriere dabei die Sehnsucht in mir, mich einfach an ihn zu drängen und ihn ganz festzuhalten. Irgendwo tief in mir drin schreit ein leises Stimmchen, dass ich unrecht habe und dass es ein Fehler ist, ihm nicht zu vertrauen. Aber ich kann nicht anders.

Er runzelt die Stirn, löst sich von seinem Motorrad und kommt auf mich zu, dabei schiebt er beide Hände in die Taschen seiner Jeans. »Und ich habe darüber nachgedacht, und ich denke, das sollten wir auf keinen Fall tun. Eigentlich solltest du sogar herkommen, deine Arme um mich legen und mich küssen. Im Moment stehst du einfach viel zu weit weg.«

Ich beiße mir nervös auf die Unterlippe und trete sogar noch einen Schritt zurück. »Ich hab dich heute früh mit Sina gesehen.«

Julian zieht beide Augenbrauen fragend hoch, als wüsste er nicht, was ich sagen will. Vielleicht weiß er das auch nicht, weil es für ihn ganz normal ist, dass er ständig ein anderes Mädchen neben sich hat.

»Ich weiß, ich hab dich auch gesehen«, sagt er. »Du bist eifersüchtig gewesen.« Er grinst mich breit an und mir schießt Hitze ins Gesicht.

»Ich muss jetzt reingehen, ich hab zu tun«, sage ich ausweichend und wende mich ab. Bevor ich gehen kann, hält er mich am Arm zurück und zieht mich gegen seine Brust. Er legt eine Hand in meinen Nacken und presst seine Lippen auf meine, bevor ich auch nur die Chance bekomme zu protestieren.

Ich gebe mich viel zu schnell geschlagen, das spürt er und vertieft den Kuss. Seufzend lehne ich mich gegen ihn und schiebe die Zweifel beiseite. Ich fühle mich einfach machtlos, sobald er mich berührt.

»Es hat mir gefallen, dass du eifersüchtig warst. Sina ist mir total egal«, sagt er leise. »Ich wünschte nur, du würdest mir vertrauen.«

Ich umklammere den Stoff seines Shirts mit meinen Fäusten und sehe ihm schüchtern in die Augen. »Vielleicht werde ich immer Zweifel haben, weil ich eben so bin.«

»Und vielleicht werde ich enttäuscht sein, wenn du keine Zweifel mehr hast, weil das bedeutet, dass du nicht mehr genug für mich empfindest, um eifersüchtig zu sein. Ich will, dass du mir vertraust, hörst du, weil ich dir vertraue, dass du es zumindest versuchst? Keine anderen Mädchen, weil die mich gar nicht interessieren. Aber du. Da passiert etwas zwischen uns.«

»Ich habe nicht gesagt, dass ich etwas für dich empfinde.«

Er haucht mir einen Kuss auf die Lippen. »Das musst du nicht, ich weiß es auch so.« Er tritt einen Schritt zurück, setzt wieder dieses schiefe Grinsen auf und zwinkert mir zu. »Bis morgen früh.«

»Ist das ein Versprechen?«, frage ich lachend mit klopfendem Herzen. Ich kann einfach nicht stark bleiben und mich schützen, wenn es um Julian geht. Also sollte ich gleich aufhören, gegen ihn zu kämpfen. Er wird mich nicht gehen lassen. Und wenn er es dann doch tut, dann muss ich lernen, nicht daran zu zerbrechen.

12. Kapitel

MILA

Ich atme tief ein, nachdem ich die Tür hinter mir geschlossen habe, bevor ich nach oben in mein Zimmer gehe. Ich bin die Treppe noch nicht einmal halb nach oben gestiegen, als ich meine Mutter aus dem Wohnzimmer meinen Namen rufen höre. Genervt lasse ich die Tasche von meiner Schulter gleiten und stelle sie auf einer der Stufen ab, dann gehe ich zurück nach unten. Ich wünschte wirklich, meine Mutter würde weniger von Zuhause aus arbeiten und mehr Zeit im Büro verbringen bei ihrem Assistenten. Es ist schwierig, sich im selben Haus aus dem Weg zu gehen. Aber ich verstehe auch, dass sie nur versucht, mehr für Josh da zu sein, als sie es früher war.

Ich bleibe vor ihr stehen und sehe sie abwartend, aber herausfordernd an. Sie steht vor dem Fenster, den Blick kühl wie immer. »Ich war der Meinung, wir hatten das besprochen.«

Ich tue so, als wüsste ich nicht, wovon sie spricht.

»Was besprochen?«

Sie zeigt aus dem Fenster. »Du und dieser Junge. Wie willst du Anwältin werden, wenn du dich von ihm in was auch immer ziehen lässt?«

Ich verschränke die Arme vor der Brust und ziehe fragend eine Augenbraue hoch. »In was ziehen lässt?«

»Na sieh ihn dir doch an, bestimmt hat er ein Vorstrafenregister, das so lang ist wie dieses Kaff.«

Ich schnaube. »Du wolltest in dieses Kaff ziehen, und jetzt verurteilst du Menschen aufgrund ihres Aussehens und weil sie hier leben?« Ich stoppe, schüttle den Kopf. »Nein, das tust du ja schon immer.«

Meine Mutter verzieht nicht einmal das Gesicht, als ich ihr die Wahrheit an den Kopf werfe. Wenn sie wüsste, dass Julian wirklich eine Vorstrafe hat, würde sie sich nur bestätigt fühlen, deswegen verkneife ich es mir, mehr zu sagen. Und es würde sie auch nicht interessieren, dass er nur versucht hat, einem Mädchen zu helfen. Ich erschauere bei dem Gedanken, dass ich manchmal so wie sie bin und Menschen auch viel zu schnell verurteile. Ich habe es bei Julian getan und auch bei seinen Groupies. Ich tue es noch immer bei Julian, immer dann, wenn ich zulasse, dass meine Ängste mich auffressen. Er hat recht, ich sollte ihm vertrauen.

»Ich möchte nicht, dass du dich weiter mit ihm triffst. Schon allein wegen Josh nicht.«

»Du kannst Josh nicht in Watte packen«, sage ich trocken zu ihr und wende mich ab. Ganz bestimmt werde ich ihr nicht sagen, dass Josh längst mit Julian befreundet ist. Josh tut die Dinge, die er tun will, und Julian hat damit nichts zu tun. Und meine Mutter kann daran auch nichts ändern, nicht einmal, wenn sie so klammert, wie sie es tut, seit Josh verhaftet wurde. Sie ist regelrecht darauf fixiert, dass wir beide uns nur auf die Schule, die Zensuren und das College konzentrieren. Selbst mein Vater lässt mir mehr Luft, weil er weiß, dass ich meine Arbeit gut mache, auch ohne Druck.

»Das kann ich nicht, aber ich kann es versuchen«, sagt sie. »Und das werde ich auch bei dir. Deswegen verbiete ich dir den Umgang mit diesem Jungen.«

Ich drehe mich einfach um und gehe, weil ich nicht vorhabe, mir etwas verbieten zu lassen. Meine Mutter und ich müssen wohl beide etwas lernen: Vertrauen.

»Du bist spät dran, Rush«, meint Tristan, als ich die Bar betrete. Tristan und John sehen kaum auf, sie sind über das MacBook gebeugt und grinsen wegen irgendwas.

»Sieht auch nicht so aus als würdet ihr proben.« Ich lege den Motorradhelm auf einem der Tische im vorderen Bereich ab. Ich mag es in der Bar, wenn sie leer ist. Wenn nur Tristan, John und ich hier sind. Selbst mit ihren dunklen, sehr abgewetzten Möbeln, der unmodernen Theke und den verschmutzten, dunklen Wänden ist sie gemütlich, irgendwie mein zweites Zuhause.

Diese Bar ist jetzt schon seit langer Zeit in unserer Familie, mein Großvater hat sie eröffnet und sie hat gute und schlechte Zeiten durch. Derzeit befinden wir uns in einer eher schlechten Zeit, weil die Bar kaum etwas abwirft. Was auch an meiner Mutter liegt. Sie hält die Preise für Getränke so niedrig wie möglich, um den Kids nicht unnötig Geld aus der Tasche zu ziehen. Manchmal ärgere ich mich darüber, wenn das Geld bei uns mal wieder nicht reicht für ein paar neue Jeans oder so. Aber eigentlich bin ich ganz froh, dass meine Mutter so handelt, schließlich sind unsere Kunden auch meine Freunde.

»Ihr grinst in den Monitor, als würdet ihr grad einen Porno sehen«, sage ich und gehe neugierig auf sie zu.

Tristan hebt den Blick und grinst noch breiter. »Rush ist ja so süß! Voll süßer als Harry.«

Ich runzle grinsend die Stirn. »Bist du irre?«

Tristan dreht den Mac in meine Richtung und zeigt auf einen Kommentar unter einem unserer Videos auf Youtube. Ich grinse noch breiter.

»Süßer als Harry? Ich bin nicht süßer, ich seh cooler aus«, sage ich, dann werfe ich einen Blick auf die Videoaufrufe. »1,4 Millionen!«, stoße ich mit klopfendem Herzen aus. »Wann zur Hölle ist das denn passiert?«

John streckt die Brust raus. »Über mich schreiben sie, dass ich einen hammergeilen Körper habe. Irgendwann vor ein paar Tagen sind die Zahlen explodiert und wir haben keine Ahnung warum«, sagt er und fährt sich aufgeregt durch die Haare.

»Soll uns egal sein, Hauptsache es geht weiter so«, meint Tristan und wechselt auf dem Mac zu iTunes. »Sie kaufen unseren Song. Das Geld reicht schon für ein ganz *neues* altes Equipment. Wenn das so weitergeht, können wir unsere Tour planen.« Seine Augen leuchten, als er zu mir aufsieht.

Ich starre leer auf den Monitor und mein Herz beginnt, noch schneller zu schlagen. Eine Mischung aus Panik und Freude. Ich habe nie damit gerechnet, dass wir es aus dieser Stadt rausschaffen würden und jetzt scheint es wahr zu werden. Von dieser Tour träumen wir schon seit drei Jahren. Nicht so groß, wie es bei den Stars abläuft. Nein, nur John, Tristan, ich und unser Zeug. Und dann eine Stadt nach der anderen, hier eine Bar, dort ein Club. Wo es uns eben hin verschlägt. Einfach etwas erleben und sehen, was nicht Riverside ist. Das könnte jetzt wirklich passieren. Und das macht mir Angst, weil die Welt da draußen auf einmal erreichbar ist.

»Wir sollten die Chance nutzen und noch mehr unserer Songs hochladen«, sagt Tristan. »John und ich haben schon alles vorbereitet.« Er zeigt auf das in die Jahre gekommene kleine Mischpult. Während ich noch immer damit beschäftigt bin alles zu verarbeiten, sind die Jungs schon deutlich weiter.

»Ich weiß noch nicht, was ich davon halten soll«, sage ich kleinlaut und fühle mich wie erstarrt.

»Du willst doch jetzt nicht anfangen zu kneifen. Das ist es doch, was wir wollten«, fährt John mich mit einem wütenden Knurren an.

Ich kneife die Augen zusammen und atme tief durch. »Aber keiner von uns hat damit gerechnet, dass das wirklich passieren könnte. Und mal ehrlich, um die Sache durchzuziehen, fehlt schon noch ein ganzer Teil. Das dort ist doch nur ein Stück der Torte«, sage ich und zeige auf den Monitor.

»Na, dann hast du doch nichts zu befürchten«, meint John schmunzelnd.

Womit er wahrscheinlich recht hat. »Also gut«, stimme ich zu, schnappe mir meine Gitarre aus dem Ständer und hänge sie ein bisschen steif um. Ich stelle mich vor das Mikro und versuche, mich zu konzentrieren und nicht daran zu denken, dass plötzlich Leute unsere Songs hören, die wir noch nie im Leben gesehen haben. Das alles war doch einfach nur ein Spaß gewesen.

»Hör dir das an«, schreit John vor Begeisterung, als Tristan damit fertig ist, den nächsten Song abzumischen. »Die Chicks werden darauf stehen. Ich wette, in ein paar Tagen bringt die Post uns die ersten Pakete mit Höschen ins Haus.«

Ich lache und schüttle den Kopf. »Du bist echt ein Idiot.«

»Bin ich? Du würdest mir doch am liebsten sofort dein Höschen zuwerfen, wenn wir beide allein wären.« Er feixt und zeigt mir den Mittelfinger, dabei sieht er mich nicht einmal an, sondern beobachtet genau, was Tristan da am Laptop macht.

»Klingt nicht übel«, meint hinter uns plötzlich jemand. Ich drehe mich um und ersticke fast. Mein verdammter Vater steht in der Tür. Ich habe vergessen, die Tür abzuriegeln, und jetzt steht mein Alter da und grinst mich an, als wäre das das Normalste auf der Welt. John und Tristan erstarren neben mir genauso. Sie haben ihn auch sofort wiedererkannt. Wie könnten sie auch nicht, ist ja erst sechs Jahre her, dass er einfach beschlossen hat, er ist fertig damit, auf seine Frau einzuprügeln.

»Was willst du hier?«, platze ich heraus.

Er schlendert regelrecht auf uns zu, dabei stülpt er die Lippen nach vorne und zuckt mit den Schultern. Als er näherkommt, sehe ich, dass er sich doch verändert hat. Sein Gesicht wirkt deutlich gealtert, die Wangen sind eingefallen. Der Alkohol zieht eben nicht unsichtbar an einem vorüber. Seine schwarzen Haare sind etwas grauer geworden. Und sie sind fettig. Die Hosen, die er anhat, haben auch schon bessere Tage gesehen. Und er trägt noch immer die gleiche Lederjacke, nur sieht sie jetzt noch abgetragener aus als früher.

»Klingt gut, was ihr da macht. Ich hatte keine Ahnung, dass mein Sohn das draufhat«, sagt er fast tonlos und mustert mich neugierig.

»Ich bin nicht dein Sohn«, antworte ich hart und beachte das Trommeln in meiner Brust gar nicht. Im Moment fühle ich nur eiskalten Hass beim Anblick dieses Mannes.

»Das da draußen ist meine Maschine, das hier meine Bar und du bist mein Sohn«, sagt er grinsend.

Tristan und John stellen sich näher neben mich, als wollten sie mich beschützen. Oder mich davon abhalten, Dan die Fresse zu polieren. Was wohl auch gut so ist, denn ich muss wirklich kämpfen, um nicht die Fäuste zu heben und ihn anzuspringen.

»Nichts hier gehört dir«, sage ich drohend.

»Da liegst du falsch, Sohn. Die Hälfte der Bar gehört mir und ich will sie zurück.«

Ich springe vor, doch Tristan packt meine Schulter und zerrt mich zurück. »Komm runter«, sagt er leise.

Ich zittere vor unterdrückter Wut. Dieser Mistkerl kommt nach sechs Jahren und fordert etwas zurück, worum er sich nie gekümmert hat.

»Wie viele Schulden hast du?«, will ich wissen. Denn darum geht es hier doch. Dan hatte immer Geldprobleme, weil er alles versoffen hat. Manchmal hatten wir nicht einmal mehr genug, um uns etwas zu Essen zu kaufen. Nicht für uns und auch nicht für die Bar. Dan war in der Bar sein eigener Kunde, nur hat er nie etwas bezahlt. Ohne Johns Eltern wären meine Mutter und ich wahrscheinlich verhungert. Es gab Tage, da mussten wir die Bar schließen, weil einfach nichts mehr da war, was wir hätten ausschenken können. Wenn es nach Dan gegangen wäre, hätte meine Mutter schon damals den kleinen Flachbau verkaufen sollen. Aber egal wie sehr er sie unter Druck gesetzt hat, sie hat an dem, was ihr Vater aufgebaut hat, immer festgehalten.

»Die Bar gehört dir nicht«, sage ich drohend. »Du hast kein Anrecht darauf.«

»Deine Mom und ich sind noch immer verheiratet, mir gehört die Hälfte.«

»Das ist nicht wahr und das weißt du«, herrsche ich ihn an.

»Wie viel ist die Bar wert?«, sagt er grinsend und ignoriert einfach, was ich gesagt habe.

Ich schnappe wütend nach Luft. Ich weiß, dass er sie uns nehmen könnte. Zumindest einen Teil davon, weil Grandpa ihn damals mit ins Testament aufgenommen hat. Irgendwann war Dan mal ein richtiger Familienvater und Grandpa dachte wohl, es wäre seine Pflicht, die Bar beiden zu vererben. Meine Mutter war deswegen schon beim Anwalt, was überhaupt nichts gebracht hat. Aber selbst wenn, wäre es Dan egal gewesen, was ein Anwalt sagt, deswegen waren wir alle froh, als er einfach verschwunden ist. Und jetzt taucht er wieder auf und will Geld.

John packt meinen Oberarm und ich versteife jeden Muskel, um mich davon abzuhalten, auf Dan loszugehen.

»Sie wirft nichts ab, also wohl nicht genug, um dich glücklich zu machen«, meint Tristan ruhig.

»Lass das deine Mutter klären«, sagt John und verstärkt den Griff um meinen Arm.

»Damit er sie wieder verprügeln kann? Keine Chance, lieber gehe ich in den Knast.«

Dan grinst breit und zufrieden. »Hab schon gehört, dass du Ärger hast.« Er sieht über die Schulter zur Tür. »Ich komm wieder, wenn deine Mom da ist, und hol mir mein Geld«, sagt er, schiebt die Hände in seine Jackentaschen und geht auf die Tür zu. »Die Suzuki sieht gut aus.«

Wütend befreie ich mich von John und Tristan, werfe eine Colabüchse quer durch die Bar und gehe hinter den Tresen, um mir ein Bier zu nehmen. Ich muss mich jetzt erstmal beruhigen, bevor ich die Kontrolle verliere. Aber wie soll ich sie nicht verlieren? Dan könnte uns alles wegnehmen. Meine Mutter liebt diese Bar. Sechs Jahre! Warum kommt er jetzt wieder? Eigentlich muss ich mir diese Frage nicht stellen, er wird so viele Schulden angehäuft haben, dass die Luft hinter ihm brennt.

13. Kapitel

MILA

Rush zieht mich in seine Arme und hält mich einen Moment lang fest gegen seinen Körper gedrückt. Er drückt seine Nase in mein Haar und atmet tief ein. Ich fühle mich aufgeregt und nervös, ein wenig schwindlig und vor allem beobachtet, denn wir stehen mitten in der Riverside Bar und um uns herum sitzen und stehen unsere Mitschüler und starren uns an. Als ob es ein ungewöhnlicher Anblick wäre, wenn Julian Rush vor einem Auftritt mit einem Mädchen rummacht! Das einzig Ungewöhnliche ist doch, dass er es mit mir tut! Ich versuche wirklich die Augen, die uns ansehen, nicht zu bemerken, aber ich fühle mich, als würde ich dort oben auf der Bühne stehen. Und trotzdem genieße ich es, dass er mich hält, sauge seinen Geruch auf, seine Wärme und das unglaubliche Gefühl, dass er ausgerechnet mich in seinen Armen hält.

Über seine Schulter werfe ich seiner Mutter einen entschuldigenden Blick zu, denn eigentlich sollte ich arbeiten, aber sie lächelt nur zufrieden und nickt mir zu. Wenn also die Chefin nichts dagegen hat, dann sollte ich es noch ein paar Sekunden genießen und versuchen, die Menschen um mich herum auszublenden.

»Ich wäre jetzt am liebsten mit dir allein«, sagt er leise und drückt seine Lippen gegen mein Ohr. Ich erschauere wohlig und kann nicht glauben, wie mein Körper auf diese eher harmlose Berührung reagiert. Aber seine Lippen auf meinem Ohr setzen eine Hitzewelle in mir in Gang, die tief unten zwischen meinen Beinen endet.

Ich kralle meine Nägel tiefer in seine Schultern, als Julian mit seinen Lippen über meinen Nacken streicht.

»Was würdest du machen, wenn wir allein wären?«, frage ich heiser und löse mich ein Stück von ihm, um ihm in die Augen sehen zu können.

»Was ich gerne machen würde und was ich letztendlich tun würde, sind zwei unterschiedliche Sachen«, sagt er grinsend. »Ich würde gerne ganz viele unanständige Dinge tun, aber ich halte mich zurück und bin brav.«

Ich lache leise und beuge mich zu ihm vor, um ihn zu küssen. Er kommt mir entgegen und drückt seine Lippen fest auf meine. Er schmeckt und riecht nach Bier, was mich erst ein wenig verwirrt, aber dann merke ich es gar nicht mehr, weil seine Zunge, die über meine streicht, mich viel zu sehr ablenkt. Ich seufze an seinen Lippen und spüre, wie dieser Kuss eine ganz tiefe Sehnsucht in mir schürt. Ich sehne mich nach etwas, das ich noch nie erlebt habe, ganz anders als Julian. Julian presst sich näher an mich und stöhnt leise, dann löst er sich abrupt von mir.

»Wird Zeit für mich«, sagt er lachend. »Warte danach auf der Treppe auf mich.«

Ich nicke und sehe ihm nach, wie er auf die Bühne geht und seine Gitarre umhängt.

»Wird auch Zeit«, ruft Tristan in sein Mikro und in der Bar stimmen alle grölend ein. Ich werde ganz heiß im Gesicht und bin froh, dass es recht dunkel ist und niemand meine Gesichtsfärbung sehen kann.

»Bekommt man hier nichts zu trinken?«, fragt Dana und hakt sich bei mir unter. Ich gehe mit ihr zur Theke.

»Was möchtest du denn?«

»Ich nehme einen Tristan und eine Cola«, sagt sie lächelnd. »Tristan ist leider aus, aber Cola haben wir noch.«

»Das ist schade«, sagt sie seufzend und sieht zur Bühne hin. »Dann vorerst nur die Cola.«

Ich mache ihr eine kleine Flasche auf und stelle sie ihr mit einem Glas hin.

»Ich hab gehört, du willst nach Harvard gehen?«, fragt sie mich, sieht mich nur kurz an, bevor sie wieder zur Bühne schaut. Sie ist nicht groß, aber sehr hübsch mit ihren roten Locken und den sehr hellen Augen.

»Ich will Anwältin werden. Harvard war schon immer mein Traum.«

»Meiner auch«, sagt sie. »Aber ich schaffe es nicht hin, leider. Für mich reicht es nur auf die NYU.«

»Die NYU ist auch gut«, sage ich. »Was willst du denn werden?«

»Bekommt man hier kein Bier?«, werde ich plötzlich angefahren. Ich zucke zusammen, als ein Mann sich über die Theke beugt und nach einer Flasche Whiskey greift, die dort steht. Ich versuche die Flasche festzuhalten, aber er entreißt sie mir.

»Nicht, lass ihn«, mischt sich Mrs. Rush ein und ich sehe sie verwirrt an. Sie presst traurig die Lippen aufeinander und schüttelt den Kopf. »Besser wir gehen es ruhig an, für Julian«, sagt sie. Ich verstehe zwar nicht, was sie meint, aber ich nicke vorsichtig, dann mustere ich den Mann, der sich direkt vor mich an die Theke setzt und zur Bühne starrt. Der Mann wirkt schon recht angetrunken.

»Mein Sohn«, sagt er und zeigt auf Julian. Ich zucke zusammen. Das ist Julians Vater? Wo kommt er so plötzlich her?

Ich sehe zu Rush, der dort oben steht und gerade einen Gitarrenriff spielt. Er legt sich richtig rein und er sieht unglaublich heiß dabei aus. Kein bisschen wie der Mann, der hier vor mir sitzt. Ich kann kaum glauben, dass sie Vater und Sohn sind.

Ich gehe um die Theke herum zu einem der Tische, um leere Gläser einzusammeln und Bestellungen aufzunehmen. Sina sieht zu mir auf und verzieht das Gesicht, Josh ignoriert mich wie so oft in letzter Zeit, aber alle anderen geben freundlich ihre Bestellung auf. Einer der Jungs unterhält sich sogar kurz mit mir. Als ich vom Tisch wegtrete, werfe ich einen flüchtigen Blick auf Julian. Ich habe ihn jetzt schon öfters singen gehört, aber ich kann mich nicht satthören an seiner Stimme, die mal kräftig, mal sanft, mal voll von Emotionen ist.

Julian sieht mich auch an, und sein Blick schickt einen Schauer durch meinen Körper, so intensiv ist er. Es ist, als würde er mich ansehen und seine Augen würden sagen, dass er sich nach meiner Nähe verzehrt. Ich spüre überall dieses Kribbeln in mir und ich kann nicht lügen, ich würde in diesem Moment viel lieber irgendwo allein mit ihm sein.

Jemand packt mich grob am Arm und zerrt daran. Vor Schreck lasse ich das Tablett fallen und die Gläser krachen laut klirrend zu Boden. Das zerspringende Glas ist sogar lauter als die Musik. Ich zucke erschrocken zurück. Als ich aufsehe, steht Mr. Rush vor mir. Und er sieht richtig wütend aus.

»Was ist nun mit meinem Bier?«, will er wissen und zerrt wieder an meinem Arm. Er hält mich so fest umgriffen, dass seine Fingerspitzen sich schmerzlich in meine Muskeln drücken. Mit meiner freien Hand versuche ich, mich zu befreien.

Ich komme nicht mehr dazu, ihn zu fragen, wann er denn ein Bier bei mir bestellt hat. Plötzlich drängt Julian sich grob zwischen uns, stößt mich dabei sogar, so dass ich stolpere und mich erschrocken mit den Armen rudernd wieder fangen muss. Und erst jetzt bemerke ich, dass die Musik nicht mehr spielt. Alle starren nur auf uns.

»Du fasst sie nicht noch einmal an«, knurrt Julian seinen Vater an. Er hat die Hände zu Fäusten geballt und den Oberkörper leicht nach vorn gebeugt, als wolle er jeden Moment angreifen.

Als ich spüre, dass er dabei ist, auf ihn loszugehen, schiebe ich mich schnell wieder zwischen die beiden. Ich stelle mich so hin, dass ich dicht vor Julian stehe und zu ihm aufsehen kann. Ich muss ihn zurückhalten, seine Zukunft hängt davon ab, dass ich ihn beruhige. »Julian nicht, mir ist nichts passiert.«

Er sieht mich nicht einmal an. Er hat nur Augen für seinen Vater, den ich jetzt nah in meinem Rücken spüre. Ich kann die Gewalt körperlich spüren, die in der Luft knistert. Nur ein Funke und alles explodiert. Das darf nicht passieren.

»Los, schlag doch zu, Junge. Weißt du noch, wie es sich anfühlt, seinen Vater zu schlagen? Lass sehen, ob du jetzt mehr draufhast«, stichelt sein Vater.

Ich schlucke die Angst runter, die mich fast starr gemacht hat, lege meine Hände gegen Julians Brust und versuche ihn wegzuschieben. Er rührt sich nicht von der Stelle, aber er sieht mich jetzt an, also wiederhole ich noch einmal, dass mir nichts passiert ist. »Es war ein Versehen, ich bin nur erschrocken«, sage ich.

Jetzt steht auch seine Mutter neben uns. »Julian, lass ihn gehen«, fleht sie. »Willst du alles für einen Säufer wegwerfen?«

»Säufer? Du bist eine Schlampe«, schimpft Mr. Rush kaum verständlich.

»Verschwinde und lass dich hier nicht mehr sehen, beim nächsten Mal ist es mir vielleicht egal, ob ich in den Knast gehe«, sagt Julian und legt einen Arm um mich. Er zieht mich an seinen Körper und legt seine freie Hand an meinen Hinterkopf.

»Ich bekomm mein Geld. Ich hab einen Anwalt«, sagt Mr. Rush.

Julian lässt mich los. »Raus jetzt«, droht er.

Wir sehen schweigend zu, wie Julians Vater aus der Bar schwankt. Alle um uns herum scheinen aufgehört zu haben zu atmen. Es ist fast wie ein kollektiver Atemzug, der durch die Bar geht, als die Tür sich hinter Mr. Rush schließt.

»Macht eine Pause«, sagt Julians Mutter. »Ich kümmere mich um die Sauerei.«

Julians wütender Blick trifft jetzt auf mich. Er greift nach meiner Hand und zieht mich mit sich nach draußen.

Ich dränge Mila gegen die Hauswand neben dem Hintereingang und umfasse ihr Gesicht mit meinen Händen. Mit geschlossenen Augen muss ich mehrmals tief durchatmen, bis das Zittern in meinem Körper sich etwas beruhigt hat. Ich kämpfe noch immer gegen das Gefühl an, meinem Vater hinterherlaufen zu müssen, um ihn fertigzumachen. Als ich gesehen habe, wie er Mila gepackt und angeschrien hat, sind die Nerven mit mir durchgegangen. Nicht genug, dass er überhaupt noch einmal in die Bar gekommen ist und sich in die Nähe meiner Mutter gewagt hat, er hat sich auch noch an Mila vergriffen. In dem Moment hatte ich panische Angst und konnte nur einen einzigen Gedanken fassen: Sie gehört mir.

Ich sehe sie an und sehe die Furcht in ihrem Gesicht. Verzweifelt ringe ich mir ein Lächeln ab, um sie zu beruhigen. »Was hast du dir nur dabei gedacht?«, frage ich mit kontrollierter Stimme. »Ich hätte dich verletzen können.«

»Du meinst, weil ich mich zwischen dich und deinen Vater gestellt habe und verhindert habe, dass du im Gefängnis landest?«

Ich verziehe das Gesicht, weil es mir unangenehm ist, dass sie versucht hat, mich zu schützen, obwohl ich sie hätte schützen müssen. Ich streiche ihr die dunklen Strähnen aus dem Gesicht und sauge den Anblick ihrer Augen auf, die im Schein der Lampe über der Tür leuchten. Sie legt ihre Hände flach auf meinen Oberkörper. Ich liebe es, wenn sie das macht. Wenn sie ihre Hände dort hinlegt, wo mein Herz schlägt, fühlt es sich so an, als würde sie danach greifen wollen. Und ich hoffe immer, dass sie bemerkt, wie sehr sie es zum Rasen bringt. Und trotzdem sieht sie mich jetzt unverständlich an, denn sie weiß nicht, wovor ich eben solche Panik hatte. Warum ich so wütend auf sie bin.

Ich lehne mich mit meinem Körper gegen sie und seufze. »Ich hab nur Angst, dass ich dir wehtun könnte. Mein Vater war so brutal und unberechenbar, er hat meine Mutter geschlagen und manchmal auch mich. Und manchmal, wenn diese Wut mich überrennt, dann glaube ich, dass ich auch so bin. Dann bin ich einfach blind und will auf alles nur noch einschlagen, weil es sich gut anfühlt, wenn der Schmerz sich von meinen Fäusten ausbreitet und sich überall in mir verteilt. Es hat was Befreiendes.« Ich streichle mit meinem Daumen ihre Unterlippe und sehe sie flehend an. »Also wenn ich so bin, dann geh nicht dazwischen.«

»Wie oft ist das schon vorgekommen?«, fragt sie und zieht ihre Stirn kraus. Mein Magen zieht sich zusammen und ich mache mir Sorgen, dass ich sie mit meinem Geständnis wieder verjagt habe.

»Zwei Mal. Beim ersten Mal habe ich meinen Vater so lange verprügelt, bis meine Mutter mich von ihm weggezogen hat. Und dann als das mit Sam passiert ist.«

»Und jetzt glaubst du, du wärst gewalttätig?«, sagt sie und lächelt ungläubig. »Jeder wird doch mal wütend und beide Male hattest du einen Grund. Ich denke, deine Wut entsteht aus Angst heraus. Natürlich, Gewalt ist nie richtig, aber nur weil du zweimal versucht hast, jemandem zu helfen, bist du noch lange nicht dein Vater. Du hast mir nicht wehgetan und ihm auch nicht. Du bist dazu in der Lage, dich zu kontrollieren.« Sie seufzt. »In der Kanzlei hatten wir schon ganz andere Fälle.«

Ich lächle. Als ich die Wärme in ihren Augen sehe, wird mir klar, warum ich so verrückt nach ihr bin. Sie ist nicht nur klug, sondern auch gut. Sie ist jemand, der nicht nur äußerlich schön ist. Ich fühle mich von ihr angezogen, weil sie so viel besser ist, als ich es je sein werde. »Offensichtlich habe ich mehr Selbstbeherrschung, als ich gedacht habe«, flüstere ich nah an ihrem Gesicht. Ich dränge mich ganz fest gegen sie und nehme sie gefangen. »Trotzdem hatte ich Angst, ich könnte dir wehtun. Oder er.«

»Du hast dir also Sorgen um mich gemacht?«, fragt sie listig grinsend.

Ich drücke meine Lippen auf die weiche Stelle hinter ihrem Ohr und atme ihren süßen Geruch tief ein. »Ja, hab ich«, nuschle ich gegen ihren Hals, dann lecke ich mit der Zungenspitze über ihre zarte Haut und freue mich, als sie erschaudert. Ihr Atem geht schneller, und dass ich das auslöse, schießt mir direkt in meinen Schwanz. Ich würde sie am liebsten sofort vernaschen, mich tief in ihr vergraben und alles andere vergessen.

»Heißt das, ich bedeute dir was?«, will sie wissen.

Ich halte inne, nicht, weil ich über die Antwort nachdenken müsste. Ich kenne die Antwort, aber sie erschüttert mich selbst. Ich löse mich von ihrem Hals und sehe sie an. »Mehr als du bereit bist zu glauben. So viel, dass ich ihn umbringen werde, wenn er dich noch einmal anfasst.«

Sie schnappt nach Luft und ihre Wangen werden rot. Ich lege meine Hände unter ihren Hintern, lasse sie langsam ein wenig nach unten gleiten, dann hebe ich Mila hoch und sie schlingt ganz automatisch ihre Beine um meine Taille.

»Ich möchte gar nicht mehr aufhören, dich zu berühren. Ich bekomme davon einfach nicht genug«, sage ich leise, dann küsse ich sie und drücke meine Erektion gegen ihre Mitte. Sie stößt ein leises Stöhnen aus, das wie Feuer durch meine Venen pulst und mich dazu bringt, meine Hüften gegen ihre zu stoßen. Ich schiebe eine Hand unter ihr Shirt, lasse sie über ihre Rippen nach oben gleiten und umkreise ihren harten Nippel durch den Stoff ihres BHs mit meinem Daumen. Meine Zunge taucht tief in ihren Mund und ich koste ihren Geschmack, fange die leisen Seufzer mit meinem Mund auf, die sie ausstößt.

»Ich würde jetzt gern sofort mit dir schlafen«, sage ich keuchend und sehe sie an. In ihren Augen leuchtet das gleiche Verlangen, das ich in jeder Zelle spüre. Aber bei meinen Worten weiten sich ihre Pupillen und sie erstarrt an meinem Körper.

»Ich hab das noch nie gemacht«, sagt sie leise und weicht meinem Blick beschämt aus.

MILA

Ich will es wirklich tun. Noch nie habe ich solche Lust empfunden. Jede Berührung von Julian löst ein noch stärkeres Verlangen in mir aus. Er küsst mich, und ich will mehr. Er berührt mich, und ich will mehr. Und vor allem sehne ich mich danach, dass er dieses pulsierende Sehnen zwischen meinen Beinen befriedigt. Aber ich bin deswegen auch nervös. Und noch immer ist da ein Teil von mir, der Angst hat, dass er mich nicht mehr will, wenn er mich erst einmal hatte.

Julian sieht mich überrascht an und ich spüre, wie er sich verkrampft. Ist er jetzt enttäuscht von mir? Vielleicht mag er nur Frauen mit mehr Erfahrung, aber damit kann ich leider nicht dienen. Ich spüre in meiner Brust einen Kloß, der mit jedem Atemzug wächst, bei dem Julian mich einfach nur ansieht und nichts sagt oder tut.

»Dann werden wir das auch nur tun, wenn du bereit dazu bist«, sagt er plötzlich und sieht mich ernst, aber liebevoll an. »Wenn du es überhaupt mit mir tun willst.«

Oh, und wie ich das will! Ich grinse unsicher, noch immer hält Julian mich gegen die Wand gedrückt. Seine Erektion presst sich gegen mich und verstärkt dieses Kribbeln in mir so sehr, dass ich mir wünsche, wir könnten es jetzt tun. »Ich will es nur mit dir tun«, sage ich grinsend und bewege mich gegen ihn. »Aber nicht so.«

»Dann lieber auf den Stufen liegend?«, fragt er lachend. Er weiß genau, dass ich das nicht gemeint habe.

»Welche Stellung mir lieber wäre, kann ich jetzt noch nicht

beurteilen. Ich meine, ich will es nicht hier tun.« Mein Puls rast und ich bin nervös.

Er lässt mich runter. »Ich hätte es hier niemals mit dir getan. Auch wenn es mir schwerfällt zu widerstehen. Aber du verdienst was Besseres als das hier.« Er beugt sich vor und küsst mich zärtlich. »Aber es fällt mir wirklich schwer.« Er nimmt meine Hand und legt sie auf seine Erektion, dann küsst er mich wieder und ich werde von dieser Hitze überwältigt, die er in mir auslöst, wenn er mir so nahe ist.

Wenn mein Herz so rast und mein Körper so zittert, nur weil er mich küsst, dann glaube ich manchmal, dass ich wahrscheinlich nur auf ihn gewartet habe. Vorher habe ich nie irgendetwas für einen Jungen empfunden. Ich hatte absolut kein Interesse an ihnen. Vielleicht waren die Jungs auf der Privatschule nur einfach alle zu langweilig und Julian hat es mit seinen Tattoos, seiner Stimme und seiner Art geschafft, mich zu wecken. Er hat es geschafft, mich zu überrennen, so sehr, dass ich von mir selbst noch immer überrascht bin.

Er setzt mich schwer atmend wieder ab und lehnt seine Stirn gegen meine. »Gehen wir lieber wieder rein, bevor ich es mir anders überlege.«

MILA

»Und du hast den Staatsanwalt wirklich davon überzeugen können, dem Mädchen eine zweite Chance zu geben?« Kilian mustert mich erstaunt.

Ich schließe meinen Spind und gehe mit ihm den Korridor runter zur nächsten Stunde. »Ja, er hat nicht auf meinen Vater hören wollen, egal, was er im Büro des Staatsanwalts auch vorgeschlagen hat. Also hab ich es ihm aus der Sicht eines Mädchens im gleichen Alter erzählt. Habe ihm erklärt, wie hilflos sie wohl war und dass sie nicht wusste, was sie tun sollte, wie sie ihren Bruder ernähren sollte, und dass zu stehlen und Leute zu erpressen aus ihrer Sicht die einzige Möglichkeit war, sie beide am Leben zu erhalten. Auf ihre Eltern konnte sie ja nicht zählen. Ich hab ihm gesagt, sie wollte einfach nur überleben. Er hat zum Telefon gegriffen und die Behörden eingeschaltet und dafür gesorgt, dass die beiden Hilfe bekommen.«

Wir nehmen die Stufen zur nächsten Etage hoch, dann bleibt Kilian auf der Zwischenetage stehen und dreht sich zu mir um. »Du warst bestimmt stolz auf dich. Ich meine, das kannst du wirklich sein.«

Eine Gruppe Schüler drängt sich an uns vorbei und wir weichen zum Fenster hin aus. »Ich denke, das war der Moment, in dem ich sicher war, dass das genau der richtige Job für mich ist. Und was war dein Schlüsselerlebnis?«, frage ich ihn neugierig. Wir lehnen uns gegen das Fensterbrett und ich verschränke die Arme vor der Brust.

»Du meinst, warum ich Judo mache?« Er grinst schelmisch, weil wir beide wissen, dass er Sport hasst, schlingt einen Arm um meinen Hals und beugt meinen Oberkörper nach unten. Ich bin so überrascht, dass ich erschrocken aufkeuche und versuche, mich zu befreien. »Der Körperkontakt«, sagt er lachend.

»Lass sie sofort los.« Ich halte die Luft an, als ich Julians Stimme höre.

Kilian lässt mich los, ich richte mich auf und sehe Julian erschrocken an, der Kilian rückwärts gegen die Wand stößt.

»Ich wollte nicht ...«, versucht Kilian sich zu verteidigen.

»Sie anfassen?«

»Nein, Julian!«, sage ich und schiebe mich vor ihn. Im falschen Moment. Mein Kopf kippt zur Seite, stechender Schmerz kreischt durch meinen Schädel und ich spüre es, als mein Mundwinkel aufreißt, als Julians Faust mein Gesicht trifft.

Erschrocken starre ich ihn an, lege meine Hand auf meinen

Mundwinkel und bekomme einen Moment lang keine Luft, bis der Schock sich langsam verflüchtigt.

»Was machst du?«, schreit Kilian ihn an und schiebt mich zur Seite. Er baut sich vor Julian auf, der mich entsetzt ansieht. Er wollte mich nicht schlagen und er ist ganz starr deswegen.

Ich reiße die Hände hoch, weil ich irgendetwas tun muss, bevor Julian sich noch selbst verliert. Er sieht so schmerzerfüllt und schockiert aus, dass ich Angst um ihn bekomme. »Schon gut«, flehe ich. »Kilian, ich komm gleich nach.«

»Du schickst mich weg?« Er runzelt die Stirn, als könne er es nicht glauben, aber er sollte wirklich gehen. Ich muss das mit Julian allein klären. Wenn er bleibt, macht er es nur noch schlimmer.

»Geh!«, sage ich entschlossen und lasse Julian nicht aus den Augen.

Er hat den Blick gesenkt und flucht leise. Er ist wirklich wütend auf sich und ich weiß, dass er gerade zerbricht, weil er sich wieder einredet, er wäre wie sein Vater. Davor hat er entsetzliche Angst.

»Okay, aber wehe du schlägst sie nochmal.«

»Tut er nicht. Es war ein Versehen«, sage ich mehr zu Julian als zu Kilian. Kilian nimmt seine Schulbücher, die noch immer auf dem Fensterbrett liegen, und geht mit einem letzten warnenden Blick auf Julian.

»Es tut mir leid«, flüstert Julian und drängt mich mit dem Rücken gegen eine Wand. »Es tut mir leid. Ich dachte ... Er hat dich im Schwitzkasten gehabt und dein Gesicht, du hast so erschrocken ausgesehen.«

Ich lege meine Hände auf seine Brust. Er hat Tränen in den Augen und sein Gesicht ist völlig verzerrt. Er ist so entsetzt über sich selbst.

»Er hat mir nur etwas gezeigt«, sage ich ruhig.

Julian stemmt seine Hände rechts und links von meinem Kopf gegen die Wand und lehnt seine Stirn gegen meine. Ich bin genauso erstarrt wie er und meine rechte Gesichtshälfte hämmert, als wäre ich mit einer Dampfwalze zusammengestoßen, aber ich lasse es mir nicht anmerken, das würde Julian nur noch mehr belasten.

»Ich hab dir wehgetan, verdammt. Das wollte ich nicht.«

»Ich weiß.« Ich lege meine Hände an sein Gesicht und versuche, ihn zu beruhigen. Er weint leise und sieht mich noch immer nicht an. »Du musst nur aufhören, dir ständig Sorgen um mich zu machen«, sage ich ernst. »Geh nicht ständig dazwischen, wenn du glaubst, jemand würde mir was tun.« Ich atme zitternd ein. »Ich kann auf mich aufpassen.«

Er löst seine Hände von der Wand und legt sie an mein Gesicht. »Ich werde dir nie wieder wehtun.«

Ich zucke zusammen, als es zum Stundenbeginn klingelt, aber Julian rührt sich nicht. Er zieht mein Gesicht einfach nur noch näher an seins und küsst mich verzweifelt. Und ich lasse ihn, weil er die Bestätigung braucht, dass ich ihm nicht böse bin, obwohl mir der Schock so tief in den Knochen sitzt, dass ich noch immer zittere.

Liebes Tagebuch,

manchmal macht Julian mir Angst. Ich weiß, er will mich nur beschützen, aber ich kenne Gewalt nicht, also kann ich nicht mit ihr umgehen.

Vielleicht ist Julian die viel größere Gefahr für mich.

14. Kapitel

MILA

»Wir gehen in euren Garten?«, frage ich neugierig, als Julian mich durch das Haus nach draußen führt.

»Du wirst gleich sehen warum«, sagt er breit grinsend und lässt meine Hand nicht los, als wir auf der kleinen Veranda hinter dem Haus stehenbleiben.

Mitten im kleinen, etwas verwilderten Garten liegt eine Decke auf der Wiese, auf der ein Korb steht.

»Ich dachte, solange es noch warm genug ist, sollten wir endlich mal ein Date haben. Und da du in der Riverside Bar arbeitest, wäre es blöd gewesen, dich dorthin mitzunehmen. Also ein Picknick im Garten.«

Er führt mich die Terrasse runter und wir setzen uns auf die Decke. Und irgendwie denke ich sofort, wie fremd er in dieser Situation wirkt, weil ein Picknick im Garten so gar nicht zu diesem wilden, tätowierten Mann passt, der mich immer mehr in seinen Bann zieht, weil er so völlig anders ist, als ich anfangs gedacht habe. Er überrascht mich einfach immer wieder. Mal ist er lässig und cool, mal beschützend, zärtlich und liebevoll. Mal unkontrolliert wütend.

»Du hast dir solche Mühe gegeben«, sage ich erstaunt, als er den Korb zwischen uns stellt und ich das Tuch neugierig lüfte, mit dem er Kuchen, Sandwiches und sogar Sekt abgedeckt hat.

Mein Herz klopft kräftig in der Brust. Es macht mich noch immer nervös, wenn wir uns so nahe sind.

»Ich bin kein bisschen romantisch«, sagt er grinsend und legt eine Hand auf meinen Oberschenkel. »Nur egoistisch. Ich wollte dich mal ein paar Stunden nur für mich haben. Also erzähl ja niemandem, ich wäre romantisch.«

Ich lache laut auf und lege mich auf die Decke. Der Himmel ist strahlend blau, geht dann in ein leuchtendes Orange über, wo am Horizont gerade die Sonne hinter dem Wald untergeht, der an Riverside grenzt. »Ich schwöre, ich habe nicht eine Sekunde lang das Wort romantisch im Kopf gehabt, Mr. Darcy.«

Er legt sich neben mich und zieht mich dann an seine Seite. »Du gehörst ganz mir«, sagt er leise. »Hast du noch immer Angst, ich könnte in der nächsten Minute mit einem anderen Mädchen weglaufen?«

Ich drehe mich auf die Seite und stütze meinen Kopf auf meinen Arm auf. Seine Finger gleiten unter mein Shirt und streichen über meine Rippen. Sein Daumen malt Kreise auf meinen Rippenbogen und ich erschauere am ganzen Körper.

»Keine Sekunde«, sage ich, aber ich glaube, ich kann vor ihm nicht verbergen, dass die Angst, ihn morgen schon verlieren zu können, noch immer tief sitzt. Denn ich kann einfach nicht glauben, dass ein Junge wie er ein Mädchen wie mich lieben könnte.

Er lächelt zufrieden und küsst mich. »Schon der Gedanke, dir wehzutun, bringt mich um, deswegen wird das auch nicht passieren. Du wirst mich schon verjagen müssen, wenn du mich loswerden willst.«

Mir wird ganz heiß, als er das sagt. Seine Hand streicht jetzt über meine Seite und bleibt genau dort liegen, wo mein Herz so heftig klopft, dass er es mit einem Lächeln im Gesicht bemerkt. Vielleicht empfindet er wirklich etwas für mich. Ich sehe es in seinen Augen, die leuchten, wenn er mich ansieht, spüre es an seinem Atem, der sich beschleunigt, wenn er seine Lippen auf meinen Nacken drückt.

»Ich liebe dich, Julian«, flüstere ich so leise, dass ich hoffe, er hat es nicht gehört, weil ich es einfach nicht zurückhalten konnte. Seine Hand hört auf, meine Seite entlangzufahren und sein Blick wird weich.

»Wahrscheinlich habe ich dich gar nicht verdient«, sagt er. »Ein Mädchen wie du verliebt sich eigentlich nicht in einen Kerl wie mich, aber ich bin dankbar für jeden Augenblick, den du mir schenkst.« Er legt seine Hand auf mein Gesicht und küsst mich. Ich muss lächeln, weil er etwas Ähnliches gesagt hat wie das, was mir eben durch den Kopf gegangen ist.

Er löst sich von mir, richtet sich auf und schenkt uns Sekt ein. »Den Kuchen musst du auch essen«, sagt er und hält mir einen Teller hin. »Meine Mom wäre sonst enttäuscht, sie hat ihn extra für dich gemacht. Irgendwie gefällt ihr, dass wir zusammen sind.«

Ich weiß, er will nur von den Gefühlen ablenken, die ihn gerade beschäftigen, deswegen hantiert er besonders konzentriert mit dem Korb und seinem Inhalt. Er versucht sich immer zu verstecken, wenn er mit etwas nicht umzugehen weiß. Vielleicht war es zu früh, ihm zu sagen, was ich für ihn empfinde. Wahrscheinlich wäre es besser gewesen, gar nichts zu sagen, damit er nicht glaubt, ich würde etwas von ihm erwarten, wozu er nicht bereit ist.

»Wie geht es deiner Mom?«, frage ich ihn, um abzulenken, nehme den Teller und beiße stöhnend in den Schokoladenkuchen. »Deine Mom will mich mästen«, murmle ich mit vollem Mund. Der Kuchen hat so einen dicken Schokoladenmantel, dass ich glaube, ich schwebe im Himmel.

Julian lacht und leckt mit seiner Zunge Schokolade von meinem Mundwinkel. Ein Schauer läuft durch meinen ganzen Körper und sorgt dafür, dass sich zwischen meinen Beinen etwas heiß zusammenzieht. »Es geht ihr gut, seit er sich nicht mehr meldet.«

Mit *er* meint Julian seinen Vater. Es ist jetzt zwei Wochen her, seit er aufgetaucht ist. Seit er die Bar verlassen hat, hat niemand ihn mehr gesehen.

»Ich habe mit Lena gesprochen«, sage ich traurig, spüle den Kuchen mit Sekt runter. Lena ist eine Kollegin meines Vaters. Ich habe ihr eine Kopie des Testaments per E-Mail geschickt und mit ihr telefoniert. Meinen Vater wegen der Sache zu fragen, habe ich mich nicht getraut, da er eine genauso schlechte Meinung von Julian hat wie meine Mutter. »Sie hat sich alles angesehen. Es gibt keine Chance, das Testament anzufechten. Deinem Vater gehört die Hälfte der Bar. Es ist sogar so, dass sie ihn an den Einnahmen beteiligen müsste.«

Julian verzieht das Gesicht. »Nichts kann man nicht teilen, die Bar wirft gerade mal die Unkosten ab. Er wird also immer wieder kommen und Geld verlangen können?«

Ich nicke traurig. Ich hätte Julian und seiner Mutter so gern geholfen. Aber Lena hat gesagt, dass es einfach nicht zu ändern ist. Sie können ihn nur auszahlen, aber dazu müssten sie die Bar verkaufen.

»Komm her«, sagt Julian, schiebt sich über mich und küsst mich. Er drückt mich auf die Decke, dabei verschütte ich etwas von dem Sekt, weil ich das Glas in meiner Hand nicht schnell genug in Sicherheit bringen kann.

Julian nimmt mir das Glas ab und zieht mir mein Shirt aus. Es ist das erste Mal, dass er mich so sieht, weswegen ich mich etwas versteife und die Luft anhalte. Sein Angriff auf mein Shirt war so überraschend erfolgt, dass ich mich nicht einmal vorbereiten konnte. Aber ich versuche, mir meine Verwirrung nicht anmerken zu lassen, da ich weiß, dass er schon unzähligen Mädchen aus ihren Klamotten geholfen hat. Für ihn ist es kaum etwas Besonderes. Für mich dagegen schon, und deswegen spannt sich jeder Muskel in mir an. Er betrachtet eingehend meinen Oberkörper und streicht mit einem Finger über den oberen Rand meines schlichten schwarzen BHs. »So was trägt eine Sekretärin also darunter«, sagt er grinsend, aber seine Augen strahlen so viel Zärtlichkeit dabei aus, dass ich weiß, was er sieht, gefällt ihm.

»Vielleicht«, sage ich. »Ich hab noch nicht viele Sekretärinnen ausgezogen.«

Er grinst, hält das Glas in seiner Hand über meinen Bauch und schüttet Sekt über mich, der sich kühl einen Weg meine Seiten hinunter sucht. Ich atme tief ein und sehe erschrocken zu Julian auf. Er beugt sich über mich und leckt mit seiner Zunge den Sekt von meinem Körper. Ein Prickeln arbeitet sich durch mich hindurch, ich drücke den Rücken durch und keuche leise auf, überrascht, wie gut es sich anfühlt, seine Zunge auf mir zu spüren.

Er sieht zu mir auf, dann hakt er den Verschluss des BHs zwischen meinen Brüsten auf und lässt ihn zur Seite fallen. Er wiederholt mit meinen Brüsten, was er eben mit meinem Bauch gemacht hat. Als seine Lippen meine Brustwarzen umfassen, dringt erneut ein erstauntes Keuchen zwischen meinen Lippen hervor. »Julian«, stöhne ich leise, überwältigt von dem mir völlig fremden Gefühl und dem Ansturm, den seine Lippen in meinem Körper auslösen, wenn er an meinen Brustwarzen saugt.

Ich kralle meine Hände in sein Haar und halte seinen Kopf über meinen Brüsten fest. Er saugt eine der Knospen tief in seinen Mund, ein Ziehen breitet sich von meinen Brüsten aus und lässt mich so feucht zwischen den Schenkeln werden, dass ich es deutlich spüren kann. Julian küsst sich einen Pfad zu mir nach oben, als er mich anschaut, sehe ich die Erregung deutlich in seinem Blick. Mein Atem beschleunigt sich und mein Puls rast. Ich weiß, es wird jetzt passieren. Es wird mit Julian passieren und ich will es. Unmöglich kann ich dieses sehnsuchtsvolle Ziehen und dieses Feuer in mir ignorieren. Ich will es so sehr wie er.

»Ich will es«, sage ich, als sein Gesicht über mir schwebt.

»So war das nicht gedacht, deswegen hab ich dich nicht hergeholt«, sagt er sanft lächelnd.

Ich presse die Lippen aufeinander und fahre nervös durch sein volles Haar. »Ich weiß, aber ich will es wirklich. Mit dir«, sage ich.

Er zieht beide Augenbrauen hoch und ich befürchte, er wird nein sagen. Wenn er das macht, weiß ich nicht, was ich tun soll. Vielleicht schreckt es ihn ab, mit einem Mädchen zu schlafen, das noch Jungfrau ist. Vielleicht hätte ich es ihm nicht sagen sollen, dann hätte er es erst gemerkt, wenn es zu spät wäre. Aber das wäre nicht fair gewesen.

»Sag nicht nein«, flüstere ich flehend. Seit wir zusammen sind, sind da immer diese Gefühle in mir, wenn er mich berührt. Sie werden immer stärker und drängender und ich weiß, ich will es. Will endlich wissen, wie es sich anfühlt, richtig mit ihm zusammen zu sein.

»Du weißt nicht, wie viel mir das bedeutet«, flüstert er und küsst meinen Mundwinkel, leckt vorsichtig mit seiner Zungenspitze über meine Lippen. Ich öffne meinen Mund und er küsst mich erst zärtlich, dann wird sein Kuss ungeduldiger. Ich schmecke den Sekt auf seiner Zunge und dränge mich fest gegen seinen Körper, öffne meine Schenkel und lasse ihn zwischen meine Beine rutschen. Wir tragen beide noch unsere Jeans, aber ich spüre, wie erregt er ist, genau an der Stelle, wo auch meine Lust pulsiert.

Er drückt sich gegen mich und löst ein heftiges Ziehen in meinem Unterleib aus. Ich stöhne in seinen Mund und hebe mich ihm entgegen. Ich lasse meine Hände über seinen Rücken gleiten, packe den Saum seines schwarzen Shirts und schiebe es nach oben. Julian richtet sich über mir auf und hilft mir dabei, ihm das Shirt auszuziehen. Er wirft es weg und sieht auf mich herab.

Ich strecke meine Hände nach ihm aus und lege sie auf seine gut definierten Brustmuskeln. Er schließt die Augen, als ich ihn berühre. Seine Muskeln spannen sich unter meinen Händen an und ich fühle seinen harten, rasenden Herzschlag. Ich lasse meine Hände langsam an seinem wunderbaren Körper nach unten gleiten und studiere jede Vertiefung seines flachen Sixpacks. Es fühlt sich aufregend an, ihn zu berühren und dabei zu beobachten, wie seine Atmung sich beschleunigt und die Hitze in seinen Augen immer mehr zunimmt.

Ich lasse meine Finger am Bund seiner Hose entlanggleiten und öffne sie, dabei sehe ich ihm direkt in die Augen. Es fühlt sich aufregend fremd an, einem anderen die Hose zu öffnen, besonders wenn man weiß, was danach unausweichlich folgen wird.

Mein Magen zieht sich vor Nervosität zusammen, als ich seinen Reißverschluss herunterziehe. Julian drängt mich nicht, er wartet geduldig darauf, dass ich ihm die Hose ausziehe. Das nimmt mir etwas von meiner Angst. Ich schiebe die Jeans über seine Taille nach unten, soweit ich komme, dann übernimmt er, schlüpft heraus und kniet sich wieder zwischen meine Beine. Ich kann ein Schlucken nicht unterdrücken, als ich zum ersten Mal eine Erektion sehe. Seine Erektion. Sie ist viel größer, als ich es mir vorgestellt habe, und ihre Spitze wirkt prall und glänzt dunkelrot. Ihn so zwischen meinen Beinen knien zu sehen, macht meinen Mund ganz trocken. Ich fühle mich verängstigt und erregt zugleich, was eine komische Mischung ist, denn meine Erregung steigt dadurch nur noch mehr. Mein Körper steht bis in den letzten Winkel unter Anspannung.

Er streichelt mit seiner Hand über meinen Bauch, dann lässt er einen Finger unter den Bund meiner Jeans gleiten, streicht darunter entlang, und öffnet geschickt den Knopf.

»Zieh mich aus«, sage ich leise, weil ich mehr von ihm spüren will. Sein sanftes Streicheln nur Zentimeter über meinem Venushügel lässt mich zittern vor Verlangen. Ich atme tief ein und beiße mir auf die Lippe, als er den Reißverschluss herunterzieht, die Hose am Bund packt und über meine Hüften nach unten zieht. Er hakt seine Finger unter meinen schwarzen Seidenslip und zieht ihn mir langsam aus.

»Bist du dir sicher?«, fragt er und beugt sich über mich, um mich sanft zu küssen.

»Bin ich«, sage ich heiser vor Nervosität.

Julian küsst mich, dringt mit seiner Zunge in mich ein und saugt dann an meiner Unterlippe. Langsam schiebt sich seine Hand über meinen Bauch, meinen Venushügel und dann zwischen meine Beine. Ich stoße einen überraschten Schrei aus, als er einen Finger auf meine Klitoris drückt und Funken durch meinen Unterleib zucken. Er umkreist diesen empfindlichen Punkt und lässt immer mehr Funken durch meinen Körper tanzen.

Mein Atem wird schneller, als die Anspannung zwischen meinen Beinen immer größer wird, sich mein Innerstes immer stärker zusammenzieht und mein Körper anfängt zu erschauern und zu zucken, als Julian mich so schnell in einen Höhepunkt katapultiert, dass ich überrascht aufschreie.

Zufrieden grinsend sieht er auf mich herab und küsst mich, dann schiebt er einen Finger in mich und bewegt ihn langsam. Ein ungewohntes Gefühl, das schnell zu etwas Erregendem wird. Ich dränge mich gegen seine Hand und flehe ihn stumm an, mir mehr zu geben.

Er richtet sich auf, zieht seinen Finger aus mir heraus und nimmt meine Hand, schließt meine Finger um seinen Schaft und führt meine Faust an sich auf und ab. »Lern ihn erst kennen, bevor ich ihn in dich schiebe«, stößt er keuchend hervor und zeigt mir, wie ich ihn erkunden soll.

Ich bewege meinen Daumen über seine Eichel, die feucht glänzt, und er verdreht die Augen. Er sieht mich mit diesem dunklen Blick an, den ich in den letzten Tagen immer dann gesehen habe, wenn wir uns irgendwo in einer Ecke nähergekommen sind. Er seine Hände unter mein Shirt geschoben hat, an meinem Hals gesaugt und seine Erektion gegen meinen Unterleib gedrückt hat, bis ich mir gewünscht habe, er würde endlich dieses schreiende Verlangen zwischen meinen Beinen stillen.

Er fühlt sich weich und hart und stark an. Samtig und groß und ich liebe es, wie Julians Atem immer schneller wird und sein Becken zuckt, während ich ihn berühre.

»Stopp«, keucht er und löst meine Hand. Er schluckt heftig, greift nach seiner Jeans und holt ein Kondompäckchen aus der Tasche. Er reißt es auf und zieht es über, ohne den Blick von mir zu lösen. Mein Puls beginnt zu rasen und mich überkommt wieder dieses aufregende Gefühl von Panik und Lust, als er sich über mich schiebt.

Ich winkle meine Beine an und öffne mich für ihn. Er sieht mich fragend an, seine Spitze drückt sich gegen meinen Eingang und ich atme zitternd ein und nicke. »Tu es, bitte«, wimmere ich, weil ich ihn so sehr in mir spüren will, dass meine Brust schmerzt vor Verlangen. Ich will ihm so nahe sein wie nur möglich.

Er schiebt sich ganz langsam in mich, weitet mich ein kleines Stück, und wir spüren beide den Moment, in dem er an diese Barriere stößt und sie dehnt. Sein Blick ist auf mich gerichtet und ich sehe in seinen Augen die gleiche Angst, die auch ich fühle.

»Okay«, sage ich, um ihm die Angst zu nehmen. Er spannt sich über mir an und stößt zu. Ein stechender Schmerz zuckt durch meinen Körper. Ich unterdrücke das Keuchen, das aus mir herauswill, und versuche, ihm nichts davon zu zeigen. Er soll nicht wissen, dass er mir wehgetan hat, weil es ihm jedes Mal so nahegeht.

»Mir geht es gut«, versichere ich ihm und hebe ihm mein Becken entgegen.

Er zieht sich zurück und bewegt sich langsam in mir, am Anfang brennt es noch etwas, aber dann schiebt Julian eine Hand zwischen uns und bearbeitet diesen empfindlichen Punkt, der mich neu erregt und ganz plötzlich ist es nur noch schön, ihn in mir zu spüren. Ihn so nahe bei mir zu haben wie es nur geht.

So langsam und vorsichtig, wie er sich über mir bewegt, so baut sich die Anspannung in mir wieder auf, bis meine inneren Muskeln sich zuckend um ihn zusammenziehen. Julian spannt sich über mir an und ich kann fühlen, wie er in mir kommt.

Er küsst mich, zieht mich in seine Arme und rollt sich mit mir herum, so dass ich auf ihm liegen bleibe. Ich schmiege mein Gesicht in seine Halsbeuge. Alles fühlt sich noch ganz empfindlich an. Meine Haut, meine Brüste, die Stelle zwischen meinen Beinen. Und ich bin so glücklich, dass ich nicht amten kann.

RUSH

»Geht es dir gut?«

Ich halte Mila in den Armen. Sie fühlt sich so wunderbar an. Ich hatte schreckliche Angst davor, mit ihr zu schlafen. Ich hatte bis dahin noch nie Angst davor, mit einem Mädchen zu schlafen. Ich habe es einfach getan, hatte Spaß und gut. Aber bei ihr ist irgendwie alles anders. Auch das.

»Sehr gut, Julian. Es war perfekt.«

Ich schiebe meine Hand in ihr Haar und halte sie an meine Brust gedrückt. Ich hatte nicht geplant, mit ihr zu schlafen, eigentlich wollte ich nur einen schönen Nachmittag mit ihr. Und dann ist es doch passiert und das, nachdem ich seit Tagen an nichts anderes mehr denken kann als daran, dass ich ihr Erster sein werde. Das hat mich wahnsinnig gemacht.

»Hab ich dir wehgetan?«

Sie hebt den Kopf und sieht mich aus leuchtenden Augen an. »Nein, hast du nicht.«

Womit habe ich sie nur verdient? Das habe ich nicht. Und doch zerreißt es mir das Herz, so sehr brennt sie sich mittlerweile in jede Zelle meines Körpers. Das macht mich wahnsinnig, weil ich mich hilflos fühle. Und zugleich stolz und besitzergreifend. So besitzergreifend, dass ich Kilian hätte umbringen können, als ich gesehen habe, wie er sie grob nach unten gebeugt hat. Und ich Idiot schlage sie, nicht besser als mein Vater. Und sie verzeiht mir.

»Mila?«, flüstere ich, mein Herz rast so laut, dass ich kaum höre, dass sie antwortet.

»Ja?«

»I will love you forever and ever and ever«, flüstere ich.

Ihr steigen Tränen in die Augen und ihre Unterlippe zittert, dann schluckt sie und kämpft sichtlich ihre Rührung herunter. »Julian ...« Sie schnieft, weicht meinem Blick aus, dann sieht sie wieder zu mir auf und lächelt. »Darf ich dich in meinem Tagebuch zitieren?«

Ich blinzle erstaunt, dann lache ich ungläubig auf, mit dieser Antwort hatte ich nicht gerechnet. Ich küsse sie. »Du führst Tagebuch?«

»Damit ich die schönsten Dinge in meinem Leben nicht vergesse. Ich will mich auch in vielen Jahren noch an Augenblicke wie diesen erinnern.«

Wie kann man jemanden, der einen immer wieder auf diese Art überrascht, nicht lieben? Sie ist einfach etwas ganz Besonderes.

15. Kapitel

MILA

Obwohl ich Julian erst in der Mittagspause gesehen habe, kann ich es kaum erwarten, mich gleich hinter ihm auf sein Motorrad zu setzen, mich an ihn zu schmiegen und mit ihm nach Hause zu fahren. Auch auf die Gefahr hin, dass meine Mutter mitbekommt, wie er mich vor unserem Haus absetzt und ich ihn zum Abschied küsse. Ich bin achtzehn Jahre alt und somit alt genug, um selbst herauszufinden, was gut ist für mich und was nicht. Und sollte Julian nicht gut für mich sein, dann bin ich diejenige, die lernen muss, mit den Konsequenzen zu leben. Als ich beschlossen habe, ihm eine Chance zu geben, habe ich auch beschlossen, mit der Gefahr zu leben.

Ich eile den Schulkorridor hinunter zu meinem Spind, um meine Schulsachen wegzuräumen. Ich habe es wirklich eilig, denn Julian fehlt mir mit jeder Sekunde mehr. Und die Vorfreude lässt diese Sehnsucht nur noch schneller anschwellen. Seit wir gestern miteinander geschlafen haben, fühle ich mich nur noch mehr zu ihm hingezogen. Überall in meiner Brust hämmert dieser süße Schmerz, dieser Drang, ihm so nahe wie möglich kommen zu können.

Ich schlage meinen Spind zu und wende mich dem Ausgang zu, wo Julian immer auf mich wartet. Und mein Herz macht einen Satz, als ich ihn dort stehen sehe. Mein Herz macht einen weiteren Satz, als ich sehe, dass er seinen Arm um die Schulter eines Mädchens gelegt hat, das ihren Arm um seinen Rücken geschlungen hat. So wie der Schmerz in meinem Magen muss es sich anfühlen, wenn jemand einen mit voller Wucht tritt. Ich möchte mich zusammenkrümmen, auf die Knie gehen und laut aufheulen. Aber für einen Augenblick bin ich einfach nur erstarrt. Ich kann nichts weiter tun, als zu ihm hinzusehen. Ich atme zitternd ein, dann stößt mich jemand an und ich schaffe es endlich, meinen Blick von Julian zu lösen.

»Du siehst aus, als würdest du dich gleich übergeben«, sagt Josh grinsend, dann folgt er meinem Blick und zuckt mit den Schultern. »Das war vorherzusehen.«

Ich nicke stumm und sehe wieder zu Julian, aber die Tränen versperren mir die Sicht. Gleich werde ich vor allen hier anfangen zu heulen und alle werden lachen, weil ich so dumm war zu glauben, dass Julian Rush es ausgerechnet mit mir ernst meinen könnte. Er hat nur mit mir gespielt.

»Ich bring dich hier weg«, sagt Josh mit vor Wut verzerrter Stimme. Ich kann nicht fassen, dass er wirklich wütend auf Julian ist und mir helfen will.

Er nimmt meine Hand und zieht mich hinter sich her in den nächsten Gang. Ich folge ihm wie betäubt und merke kaum, wohin wir laufen. Erst als wir vor unserem Audi stehen und er mich ungeduldig auffordert, endlich einzusteigen. Ich tue es, ziehe meine Tasche auf meinen Schoß und kämpfe mit den Tränen. Ich werde nicht heulen. Nicht hier, wo sie mich alle sehen können. Wo sie wissen, dass Julian und ich ein Paar waren und wo wohl alle genauso wie mein Bruder glauben, dass ich es hätte wissen müssen. Nur noch ein paar Sekunden durchhalten.

Josh fährt los und wirft mir einen besorgten Seitenblick zu. Ich möchte sein Mitleid nicht, deswegen presse ich die Lippen fest aufeinander und kämpfe noch härter gegen das aufsteigende Schluchzen an. Ich möchte jedem sagen, dass ich es natürlich wusste, dass es deswegen aber doch trotzdem wehtun darf. Und das tut es! Es tut höllisch weh. Auf meiner Brust herrscht ein so gewaltiger Druck, dass ich kaum atmen kann.

Josh parkt das Auto direkt vor der Garage, ich springe heraus und renne so schnell ich kann ins Haus, hoch in mein Zimmer. Ein *Ich-hab-es-dir-doch-gesagt* von meiner Mutter kann ich erst recht nicht gebrauchen. Sie soll schon gar nicht sehen, wie schlecht es mir geht. Ich lasse meine Tasche auf den Boden fallen, in dem Moment, in dem mein Handy eine Nachricht ankündigt. Ich zögere, weil ich weiß, dass sie von ihm ist. Und dann fällt mir wieder ein, dass sie nicht von ihm sein kann. Warum sollte er mir schreiben, jetzt, wo er eine Andere hat?

Ich hole das Telefon aus der Tasche und lasse es fallen.

Julian: Hast du noch was in der Schule zu erledigen?

Nein, habe ich nicht, antworte ich in Gedanken und setze mich auf den Boden. Jetzt lasse ich die Tränen laufen. Glaubt er, ich hätte ihn nicht gesehen? Soll er es selbst herausfinden, ich werde ihm nicht antworten. Ich lege den Kopf auf meine Knie und versuche, den Anblick von Julians Rücken und dem Arm, den er um den Körper einer anderen gelegt hatte, zu verdrängen. Ich wünschte, die Tränen, die meine Sicht verschleiern, könnten auch dieses Bild verschleiern, das sich in mein Gehirn gebrannt hat.

Es klopft an meine Tür. »Geht es dir gut?«, will Josh wissen. Komisch, er macht sich nie Sorgen um andere.

»Danke«, kämpfe ich hervor. »Alles in Ordnung.«

Das Handy klingelt. Ich bringe es nicht einmal fertig, es anzusehen. Mein Magen zieht sich zusammen und ich schluchze verzweifelt auf.

RUSH

Besorgt mustere ich mein Telefon. Warum meldet sie sich nicht? Ich lasse unser letztes Gespräch im Kopf noch einmal Revue passieren. Es war zum Mittag in der Cafeteria. Wir haben uns über meinen Vater unterhalten. Mila hat versucht, mich zu beruhigen, indem sie darauf beharrte, dass er längst wieder verschwunden wäre und ich mir keine Sorgen mehr machen bräuchte. Ich habe ihr erklärt, dass mein Vater so nicht ist. Wenn er herkommt, um Geld zu fordern, dann nur, weil all seine anderen Quellen erschöpft sind. Er braucht also dringend was. Vielleicht hat er wieder gespielt? So einfach wird er nicht aufgeben, wenn er eine Möglichkeit sieht. Er könnte von meiner Mutter einen Verkauf erzwingen, um wieder flüssig zu werden. Aber wer sollte die Bar schon kaufen?

Danach haben wir uns über ihre Pläne, auf ein College zu gehen, unterhalten. Und darüber, dass die Dingos mit dem Geld, das wir gerade bei iTunes verdienen, eine Tour machen werden. Wir haben das Gespräch um die Frage herum manövriert, was aus uns beiden dann werden würde. Keiner hat das angesprochen. Vielleicht ist das der Grund, dass sie sich zurückzieht? Wahrscheinlich macht es ihr Angst, dass unsere Beziehung ein Ablaufdatum hat. Jetzt, wo ich darüber nachdenke, macht es mir auch Angst. Es fühlt sich komisch an, es genau zu wissen. Mila ist meine erste richtige Beziehung, sie bedeutet mir viel, aber wir werden uns in ein paar Monaten trennen, weil wir beide Ziele haben, die in verschiedene Richtungen weisen. Oder gibt es eine Möglichkeit für uns, es trotzdem zu schaffen? Ich wäre bereit zu kämpfen, denn ich will sie nicht verlieren, ich will ihren Träumen aber auch nicht im Weg stehen.

Ich seufze und versuche noch einmal, sie zu erreichen, aber jetzt ist ihr Telefon ausgeschaltet. Sie will wirklich nicht mit mir sprechen. Beunruhigt versuche ich es bei Josh. Ich muss mit ihr reden. Wir haben noch Monate, bestimmt finden wir eine Lösung. Wir könnten unsere Gigs in der Nähe von Harvard machen. Dort gibt es genug Bars und Clubs, in denen wir auftreten können.

»Sie will nicht mit dir reden«, meldet sich Josh und klingt mächtig sauer.

»Ist sie zu Hause?«, will ich wissen. Mein Herz rennt aufgeregt. Wegen eines Mädchens. Wegen der Angst, sie zu verlieren. Das fühlt sich so merkwürdig an für mich. Und auch überwältigend gut. Dieser Schmerz, den die Verlustangst auslöst, brennt in meiner Brust und schnürt meine Kehle zu. Was ist passiert?

»Ist sie. Sie ist mit mir gefahren. Du hast es versaut, Rush.«

Das Telefon klickt. Josh hat aufgelegt. Was ist hier los? Was habe ich falsch gemacht? Ich fühle mich völlig ratlos. Ich sehe zu dem großen Haus auf der anderen Seite rüber und steige zögernd von meiner Maschine. Ich muss tief durchatmen, um überhaupt den Mut aufzubringen, quer nach oben über die Straße zu gehen. Ich weiß noch, wie oft ich mich als Kind gefragt habe, was für Menschen in so einem Haus wohnen. Es stand sehr lange leer. Eines der ältesten Gebäude der Stadt. Früher war es wohl mal ein Kinderheim, danach das Haus eines Bürgermeisters und dann hat es einer schwerreichen Familie als Ferienhaus gedient. Die haben es auch umgebaut und vorgerichtet. Nur haben sie ihre Ferien nie hier verbracht. Und jetzt wohnt sie dort. Ein Mädchen, das sich für alte Klassiker interessiert, für das Schreiben von Gedichten und Musik. Ein Mädchen, das nicht einen Funken Oberflächlichkeit am Leib hat. Und deswegen liebe ich sie.

Ich drücke den Klingelknopf und warte mit feuchten Handflächen. Hinter mir fährt ein Auto vorbei. Der grüne Golf von Johns Mutter. Eine Klapperkiste, die wir schon so oft repariert haben, dass ich jedes Mal glaube, noch einmal bekommen wir das Teil nicht mehr zum Laufen. Die Tür öffnet sich und vor mir steht die ältere Version von Mila. Die mit dem noch kühleren Blick. Sie trägt ein ähnliches Kostüm wie Mila an ihrem ersten Tag. Kein Wunder, dass Mila sowas anhatte, wenn sie von Frauen wie ihr jeden Tag umgeben war. Sie war auf dem besten Weg, auch eine solche Frau zu werden. Aber das passt nicht zu ihr, weil sie tief in sich anders ist. Ich habe diese andere Seite von ihr kennengelernt, das ist die echte Mila, die, die mir unter die Haut geht. Und dass ich sie verlieren könnte, lässt mein Herz hart gegen meine Rippen springen.

»Was willst du hier?«, fährt sie mich hochnäsig an. Sie sieht mir kaum in die Augen.

»Ich möchte gern mit Mila sprechen. Bitte«, füge ich noch an.

Sie sieht mich jetzt doch an, rümpft die Nase und schnaubt. »Es gibt Gründe, warum solche wie du nicht zu Leuten wie uns passen«, sagt sie mit einer Stimme, die vor Abscheu zittert. Ich schüttle die Wut ab, die sich in mir breitmacht. Das hier ist definitiv nicht Mila. So ist sie nicht und das macht mich sogar ein wenig stolz auf sie.

»Ich möchte nur kurz mit ihr reden.«

»Wenn du sie über ihr Telefon nicht erreichst, dann bedeutet das, sie will nicht mit dir reden. Ich habe es ihr gleich gesagt, aber ich war bereit, es sie selbst rausfinden zu lassen. Und du warst verlässlich genug, um ihr zu zeigen, dass ich recht hatte. Danke dafür.«

»Bitte«, sage ich und balle die Hände zu Fäusten. Ich gebe wirklich alles, um mich zu kontrollieren. »Was habe ich denn getan?«, frage ich, weil ich noch immer nicht weiß, um was es hier überhaupt geht.

»So wie Josh sagt, genau das, was ich auch erwartet habe«, damit knallt sie mir die Tür vor der Nase zu.

Ich starre einen Moment auf den Punkt, an dem eben noch ihr Gesicht war, bevor ich mich abwende, den schmalen Weg vor dem Haus zur Straße runterlaufe und mich dann umwende, in der Hoffnung, Mila hinter einem der Fenster stehen zu sehen. Aber sie enttäuscht meine Hoffnung. Und es zerreißt mich, nicht zu wissen, was ich falsch gemacht habe. Ich will sie fragen und es wiedergutmachen. Aber wenn sie mich nicht lässt? Der

Gedanke, das könnte schon das Ende von Mila und Rush sein, fühlt sich an, als würde er sich in meine Brust bohren.

»Du bist bis über beide Ohren in Seattle verknallt«, stelle ich laut fest und sehe noch einmal zum Haus zurück. »Du wirst mit mir reden müssen, dann eben heute in der Bar, wenn du zu deiner Schicht kommst.«

16. Kapitel

MILA

»Bist du dir sicher, dass du arbeiten willst?«

Ich sehe Josh genervt an. »Ich bin. Und du musst mich nicht begleiten.« Seit wann glaubt mein Bruder, mich beschützen zu müssen? Ich werde im Moment nicht schlau aus ihm. Eben noch stand er hinter Julian und seinen Freunden und jetzt begleitet er mich zu meiner Schicht in der Bar, um mich vor Julian zu beschützen. »Ich komm auch ohne dich zurecht.«

Mit dickem Kloß im Hals werfe ich einen Blick auf die Riverside Bar, die von außen ein wenig wie ein Wild-West-Saloon wirkt mit ihrem Vordach und dem Schild darauf, auf dem in verblassten schwarzen Buchstaben *RIVERSIDE BAR* steht.

»Ich bleibe trotzdem in deiner Nähe und pass auf, dass der Idiot dir nicht zu nahe kommt.«

Ich stoße frustriert die Luft aus und steige aus dem Audi. Es stört mich gar nicht mehr, mit dem Auto durch die Stadt zu fahren. Wahrscheinlich, weil sich mittlerweile alle an den Anblick gewöhnt haben. So wie auch an Josh und mich. Aus dem Inneren der Bar werden am Abend wieder die Songs der Riverside Dingos zu hören sein. Jetzt ist es still, weil die Bar noch geschlossen hat und die Band mit dem Proben längst fertig ist. Ich weiß noch nicht, ob ich es schaffe, Julian in meiner Nähe zu wissen, ihn vielleicht mit einem anderen Mädchen zu sehen. Schon die Vorstellung, dass er in ein paar Stunden im selben Raum wie ich sein wird und ich damit zurechtkommen muss, dass ich ihn liebe, aber er nicht mehr mir gehört, ist unerträglich schmerzhaft. So als würde er selbst mein Herz ganz langsam in kleine winzige Stücke schneiden.

Ich kann kaum atmen, als ich mich der Tür nähere und bete, dass er nicht in der Bar ist. Ich brauche noch mehr Zeit, um mich vorzubereiten auf den Schmerz, der mich treffen wird, wenn ich ihn mit einem anderen Mädchen sehe. Aber ich muss auch lernen, damit umzugehen, denn ich werde ihm unmöglich aus dem Weg gehen können. In der Bar nicht, weil ich nicht bereit bin, mit gesenktem Kopf meinen verlorenen Kampf einzugestehen und den Job aufzugeben, nur damit ich ihn nicht sehen muss und er mich und meinen Anblick nicht ertragen muss. Und in der Schule auch nicht, weil es unmöglich ist, den Abschluss nicht zu machen.

Mit der Hand auf der Türklinke lausche ich in die Stille und bin erleichtert, keine Geräusche aus der Bar kommen zu hören. Ich öffne die Tür und das Geräusch eines umfallenden Stuhls begrüßt mich. Ich erstarre mitten in der Bewegung, als mein Blick auf Mrs. Rush fällt, die von ihrem Ehemann mit dem Rücken gegen den Tresen gedrückt wird. Eine seiner Hände umschließt ihre Kehle. Ihre Augen sind schreckgeweitet und starren in sein wutverzerrtes Gesicht. Josh läuft in mich rein und lässt mich fast mein Gleichgewicht verlieren.

»Was ist hier los?«, entfährt es ihm, als er begreift, warum ich wie erstarrt im Eingang stehengeblieben bin. Er schiebt mich zur Seite und geht mit entschlossenen Schritten auf Mr. Rush zu.

»Ich will nur mein Geld«, brüllt dieser ihm entgegen.

Mein Magen zuckt panisch, als ich sehe, wie Josh den viel größeren und kräftigeren Mann an der Schulter packt, um ihn von Mrs. Rush wegzuziehen.

»Dann klär das anders und vergreif dich nicht an Frauen«,

knurrt mein Bruder und schafft es, zumindest die Hand um die Kehle meiner Chefin zu lösen.

Der Hintereingang geht auf und John kommt vor Julian herein. Beide versteifen sich, genauso wie ich, als sie die Situation erfassen. Julians Gesicht verzerrt sich und mein Herz beginnt zu rasen. Er sieht mich nur flüchtig an, bevor er auf seinen Vater losgeht und ihn von seiner Mutter wegzerrt. Josh versucht seinen Schlag aufzuhalten, indem er Julians Arm festhält, der befreit sich, holt erneut aus und trifft Josh am Kinn, der zurücktaumelt und mit dem Hintern auf dem Parkett landet.

»Verdammt, Julian«, brüllt mein Bruder und reibt sich sauer das Gesicht.

Ich stürze auf Josh zu und versuche ihn davon abzuhalten, wieder zwischen Julian und seinen Vater zu gehen.

Julian stößt seinen Vater quer durch den Raum und schlägt ihm gegen das Gesicht, dann in den Magen. Der Mann wehrt sich torkelnd, holt aus und erwischt Julians Stirn. Blut läuft über Julians Gesicht. Ich kann die Szene nur sehen, weil mein Herz zu laut schlägt, um die Kampfgeräusche zu hören.

John flucht laut, hilft mir und Josh auf die Beine und drängt uns dann hinter den Tresen. Er wirkt ratlos, als überlege er, ob es gut wäre, zwischen die beiden Männer zu gehen, die mit blinder Wut aufeinander einschlagen. Ich habe noch nie solche Gewalt gesehen, aber ich weiß jetzt mit Sicherheit, dass sie mich absolut schockiert. Und entsetzt. In diesem Moment weiß ich nicht, was ich für Julian fühle. Es erschrickt mich, ihn so zu sehen.

»Ich hab dir gesagt, fass sie nicht an«, brüllt Julian.

Mich packt die Panik, als Julians Vater zu Boden geht und Julian sich über ihn beugt und an seinem Shirt reißt. Bewegungslos verfolge ich die Szene und fühle mich dabei völlig leer, entsetzt und hilflos. Ich wusste, dass Julian zu Gewalt neigt, aber es auf diese Art zu sehen, macht mich sprachlos. In diesem Augenblick ist von dem Mann, den er mir gezeigt hat, nichts mehr da. Nicht einmal mehr sein wunderschönes Gesicht.

Plötzlich wird es heller in der Bar, als die Tür aufgerissen wird. Dieser Lichteinfall reißt mich von der Szenerie los und lässt mich aufblicken. Der Sheriff stürmt mit zwei weiteren Männern die Bar. Er wirft sich sofort auf Julian und reißt ihn von seinem Vater weg, drückt ihn zu Boden, rangelt kurz mit ihm und legt ihm dann Handschellen an.

Julian dreht den Kopf zur Seite und sieht mich an. Sein Blick wirkt fragend und enttäuscht. Warum ist er von mir enttäuscht? Mein Atem geht noch immer viel zu aufgeregt. Und als ich das blutverschmierte Gesicht von Julian sehe, spüre ich dieses Ziehen in meinem Herzen. Aber es berührt mich kaum, weil ich noch immer erstarrt bin. Wie versteinert sehe ich zu, als der Sheriff Julian auf die Beine zieht. Und nicht eine Sekunde löst er seinen Blick von mir. Alles erscheint mir so unwirklich, so als wäre ich gar nicht wirklich hier, als passiere das hier jemand anderem.

»Was hast du dir nur dabei gedacht?«, will der Sheriff wissen, ein eher kleiner Mann mit sehr breiten Schultern. Die beiden anderen Männer nehmen Julians Vater fest und bringen ihn aus der Bar.

Ich sehe zu Mrs. Rush, die keine drei Meter von mir entfernt steht, noch immer ihr Handy in der Hand. Hat sie den Sheriff gerufen?

Dann sehe ich wieder zu Julian, dessen linke Gesichtshälfte jetzt völlig bedeckt mit Blut ist. Josh nimmt meine Hand und drückt sie. In diesem Moment fühlt es sich gut an, dass er neben mir steht. Ich spüre seine Wärme und fühle mich sofort sicherer. Julian wird vom Sheriff nach draußen befördert, er stemmt sich gegen ihn, aber nur leicht, wehrt sich nicht wirklich. Er sieht mich noch immer aus traurigen Augen an, dann bewegen sich seine Lippen. Ich höre nicht, was er sagt, aber ich kann es ablesen: »Mila.«

2. Teil

17. Kapitel

Heute

RUSH

Ich blinzle genervt gegen das Scheinwerferlicht an. Jemand sollte den Leuten vom Club sagen, dass es schlecht eingestellt ist. Ich sehe absolut gar nichts von dem, was sich vor der Bühne abspielt. Nach einer knappen Dreiviertelstunde hier oben auf der Bühne habe ich das Gefühl, das Licht ätzt mir die Hornhaut von den Augen. Noch ein Song, dann habe ich es hinter mir. Selbst während ich hier oben stehe, kann ich nur noch daran denken, endlich nach Hause zu kommen, den Geruch der Bar einzuatmen, die Mainstreet mit ihren bunten Häusern zu sehen, sogar auf den Anblick des hässlichen roten Backsteingebäudes, das früher einmal unsere Schule war, freue ich mich.

Wenn ich heute daran zurückdenke, dass ich damals, als ich aus dem Knast kam, nur raus wollte aus Riverside, dann kann ich mich nur noch fragen, warum ich so scharf darauf war, das hier zu tun, was uns kaum über Wasser hält. Bei John verstehe ich es, es sind die Weiber und die Partys. Er hat sich nie verändert. Tristan hofft auf die große Karriere, vielleicht einen Emmy. Und ich, ich wollte damals einfach nur weg von all den Erinnerungen an Mila.

Was merkwürdig war, denn Riverside hat Mila nur für wenige

Monate begleitet. Und doch habe ich in allem eine Verbindung gesehen und der Schmerz war einfach viel mehr, als ich ertragen konnte.

Und ich wollte Musik machen. Damals war es mir noch nicht so klar wie heute. Aber heute weiß ich, dass ich gern Musik mache, aber nicht auf diese Weise, wie wir es jetzt tun. Sondern so wie damals in der Bar meiner Mutter. Die Tour war für mich nur eine Chance darauf, den Erinnerungen und Gefühlen zu entkommen. Das alles ist jetzt lange her und ich bin lange über Mila hinweg. Also kann ich jetzt nach Hause. Endlich.

Ich singe die letzten Noten mit geschlossenen Lidern, um meinen Augen die Chance zu geben, sich zu erholen, bevor die Mädchen uns gleich wegen Autogrammen, Fotos und Angeboten zum Sex bestürmen. Ich will nicht halb blind meine Unterschrift auf irgendetwas setzen.

Mit ein paar knappen Worten beende ich unseren Gig, vor der Bühne drängen sich schon kreischende Mädchen und endlich wird das Bühnenlicht gedämpft und die Musikanlage des Clubs übernimmt. Ich stelle meine Gitarre in den Ständer und steige von der Bühne, kaum mit beiden Füßen unten angekommen, werde ich umringt. Mir werden Autogrammkarten, Notizbücher, sogar Klamotten entgegengehalten, die ich signieren soll. Zwischen dem Schreiben halte ich mal hier und mal da mein Gesicht in eine Handykamera und wechsle ein paar Worte.

Links von mir strahlt John bis über beide Ohren. Er fischt sich immer ein paar Mädchen aus dem Publikum, mit denen er mehr als nur Autogramme und Selfies austauscht. Er zieht sich gerade eine dieser Auserwählten an seinen Körper, küsst ihren Hals und leckt über ihren Nacken. Dann sehe ich, wie er ihr etwas ins Ohr flüstert. Bestimmt hat er sie zu einer kleinen Privatfeier in den Bus eingeladen. Sie reißt die Augen auf und grinst über das ganze Gesicht, dann nickt sie begeistert. Ich wende mich ab und signiere weiter, dann fällt mein Blick auf ein Chick mit braunen, nicht ganz schulterlangen Haaren. Sie sieht mich mit verschrecktem Blick an, sitzt direkt am Tisch neben der Bühne. Ich reiche das Notizbuch zurück, in das ich eben geschrieben habe, und gehe näher auf den Tisch zu. Sie beißt sich auf die Unterlippe und weicht meinem Blick für den Bruchteil einer Sekunde nervös aus. Ich muss die Lichtpunkte vor meinen Augen mehrmals wegblinzeln, bis ich mir sicher sein kann.

Sie ist es? Oder? Ihre Haare sind kürzer, das Braun etwas heller, aber diese Augen würde ich jederzeit wiedererkennen: eisblau. Ein Mädchen drängt sich an mich und hält mir einen BH hin, mit der Bitte, ihn zu signieren. Ich tue es, ohne darauf zu achten, dann bleibe ich neben dem Tisch stehen und mein Herz hämmert so laut, dass ich nur von ihren Lippen ablesen kann, dass sie meinen Namen sagt.

»Mila?«, frage ich fassungslos. Sie steht auf, kommt aus der Sitzecke hervor und stellt sich direkt vor mich. Sie sieht zu mir auf, sie war schon immer deutlich kleiner als ich. Aber fuck, sie sieht unglaublich aus. Wann hat sie angefangen, solche Kleider zu tragen? Ich kann jede Kurve genau sehen. Und sie hat Wahnsinnskurven bekommen. Ich erinnere mich noch genau, wie es sich angefühlt hat, sie zu berühren. Und jetzt, nicht ganz sechs Jahre später, muss das Vergnügen noch größer sein.

»Julian«, sagt sie so leise, dass ich es über die Musik kaum höre. Sie wirkt verstört, fast schon verängstigt auf mich. So als wäre dieses Wiedersehen purer Stress für sie. Das ist es auch für mich. Sie hier vor mir stehen zu sehen, in ihre Augen zu blicken, fühlt sich an wie einer der unzähligen Träume von ihr, die ich im Gefängnis hatte. Bis ich die Hoffnung aufgegeben hatte, dass sie mich besuchen wird.

»Du hast mich nie besucht«, sage ich und starre sie an. In meiner Brust hämmert es noch immer und meine Hände schwitzen. Das tun sie nie bei einem Mädchen. Aber bei ihr war es schon immer so.

»Ich weiß«, sagt sie und runzelt die Stirn. Warum runzelt sie die Stirn und sieht wütend aus? Hat Tristan all die Jahre recht gehabt? Ich bin doch derjenige, der ein Recht hat, wütend zu sein, denn sie ist ohne eine Begründung aus meinem Leben verschwunden. Ich sehe in ihre hellen Augen und jetzt mischt sich unter die Überraschung, die ich verspüre, auch Wut. Und das, obwohl ich sicher war, dass ich längst über sie hinweg wäre. Trotzdem hämmert jetzt mein Puls und ich kann nur daran denken, dass ich endlich wissen will, warum sie sich nie bei mir gemeldet hat. Ich würde es gern rausfinden. Und ich möchte sie so viel fragen, aber es ist Jahre her.

Trotzdem, sie schuldet mir Antworten. Ich habe Ewigkeiten im Knast damit verbracht, diese Antworten selbst zu finden. Ich will sie von ihr hören.

Sie dreht sich um und wirft Dana einen kurzen Blick zu. »Dana ist auch hier«, sagt sie.

Ich nicke Dana zu. Ich kann mich noch an sie erinnern, sie ging mit uns in eine Jahrgangsstufe, wir hatten was zusammen, glaube ich. Ich hatte keine Ahnung, dass Mila Freundschaften geknüpft hat, nachdem ich ins Gefängnis gekommen bin. Tristan und John haben mir manchmal von ihr erzählt, davon, dass sie sich wieder zurückgezogen hat, dass sie ihren Job in der Bar aufgegeben hat. Und davon, dass sie sich nie nach mir erkundigt hat.

»Lass uns irgendwo reden«, sage ich, obwohl ich wahrscheinlich nicht das Recht dazu habe, das von ihr zu verlangen. Aber ich habe das Recht darauf, ein paar Antworten zu bekommen.

Sie lächelt und sieht sich um. »Man kann hier nicht reden«, sagt sie angestrengt.

Ich nicke Dana einfach zu, angle nach der einsamen kleinen Handtasche auf der Sitzbank hinter Mila und nehme ihre Hand. »Ich weiß wo«, sage ich und ziehe Mila entschlossen hinter mir her aus dem Club. Ich will ihr keine Chance lassen, es sich anders zu überlegen. Ein paar Antworten sind längst überfällig. Der Gedanke, wie lange diese Fragen mich beschäftigt haben, macht mich zornig. Nicht etwas, sehr sogar, aber ich habe gelernt, mit meiner Wut umzugehen, dank der Therapie im Gefängnis, die mir aufgezwungen wurde.

»Wo gehen wir hin?«, fragt sie draußen aufgeregt und sieht zurück zur Bar.

»Hast du Angst vor mir?«, will ich wissen und bleibe vor ihr stehen. Ich grinse sie schief an und streiche mein Haar hinter die Ohren. Sie ist sichtlich nervös und das freut einen dunklen Teil von mir. Und nicht nur den, ihr gehetzter Blick erregt mich. Ich muss daran denken, wie sie sich damals im Garten angefühlt hat, als sie unter mir lag.

Sie schüttelt den Kopf. »Deine Haare sind länger«, meint sie, dann zieht sie ihre Hand aus meiner, was ich mit einem bedauernden Seufzer kommentiere. Diese Berührung hat sich vertraut und zugleich aufregend neu angefühlt. Sie wieder zu spüren, ein süchtig machendes Gefühl. Ich reibe über mein Gesicht und versuche mich an den Schmerz zu erinnern, den ihr Verrat in meiner Brust ausgelöst hat und wie lange ich dafür gebraucht habe, ihn zu begraben.

Und dann steht sie vor mir und ich rase mit Tempo 200 zurück in ihre Anziehung, die sie schon immer auf mich ausgeübt hat. Was für ein verdammter Idiot ich bin!

»Wenn du keine Angst hast, dann komm mit mir und lass uns reden«, sage ich und lege den Kopf etwas schief. Ich versuche, nicht auf ihr offenherziges Dekolleté zu achten, aber es fällt mir wirklich schwer. »Ich hab da ein paar Fragen, die mich eine sehr lange Zeit beschäftigt haben.«

Sie sieht zu mir auf und beißt auf ihre Unterlippe. Verdammt, wie ich diesen Anblick geliebt habe. Er schießt mir auch jetzt noch direkt in die Lenden. »Ich beiße nicht, Seattle«, sage ich leise. Ein Paar geht an uns vorbei. Er hat seinen Arm um ihre

Schulter gelegt und redet auf sie ein, während sie nur Augen für mich hat. Als ich meinen Blick wieder auf Mila richte, sehe ich, dass sie das Gesicht verzogen hat. »Verziehst du das Gesicht, weil ich dich Seattle genannt habe?«

»Nein, weil du dich so wenig geändert hast.«

Ich brauche ein paar Sekunden, um zu begreifen, was sie damit meint. Statt ihr zu antworten, schüttle ich diesmal den Kopf und nehme wieder ihre Hand. »Nebenan ist ein Hotel. Ich hab ein Zimmer dort für diese Nacht. Du hast die Wahl, das Zimmer oder die Bar.«

Sie stöckelt neben mir her und ich muss mich zwingen, langsamer zu laufen, damit sie nicht stolpert. »Die Bar, bitte.«

»Also die Bar«, sage ich grinsend und freue mich, als ich im Licht der Straßenlaterne sehe, dass sie schwer schluckt. Ich bin also nicht der Einzige, der offenbar die Vergangenheit noch nicht ganz vergessen hat.

»Du trinkst noch immer das gleiche Bier«, sagt sie, nachdem wir uns an die Bar gesetzt und bestellt haben.

»Manchmal auch Whiskey. Und du trinkst Martini«, stelle ich fest und versuche nicht zu offensichtlich ihre nackten Oberschenkel zu mustern. Ihr kurzes Kleid ist weit nach oben gerutscht, es würde nur noch wenige Zentimeter brauchen und ich könnte sehen, ob sie etwas darunter trägt … oder nicht. Eine ihrer Hände steckt zwischen ihren Schenkeln, sie hat sie einfach zwischen ihre Beine geschoben und ihre Beine dann übereinandergeschlagen. Es reizt mich, meine Hand zu ihrer zu schieben. Diese Überlegung lenkt mich so sehr ab, dass mir fast entgeht, wie auch sie mich neugierig mustert.

»Du hast früher schon viele Tattoos gehabt, aber jetzt sind deine Arme völlig bunt«, meint sie und heftet ihren Blick auf meine Brust, als überlege sie, wie es wohl unter meinem Shirt aussehen könnte.

»Ja, dort auch. An meinem Oberkörper gibt es fast keinen Zentimeter mehr, der frei ist.«

Sie holt laut Luft und reißt erstaunt die Augen auf. »Der ganze Oberkörper?«

»Willst du es sehen?«

Sie schüttelt hektisch den Kopf.

»Damals haben sie dir gefallen. Obwohl ich glaube, dass du überrascht warst, dass dir Tattoos gefallen.«

Sie lacht laut auf und legt den Kopf in den Nacken, dabei entblößt sie einen noch immer schönen schlanken Hals mit heller glatter Haut und ich glaube mich zu erinnern, wie sie dort schmeckt.

»Bist du jetzt Anwältin?«, frage ich neugierig. In diesem Kleid sieht sie nicht wie eine Anwältin aus. Es ist kein bisschen hochgeschlossen. Ich kann mich noch erinnern, was sie trug, als sie am ersten Tag auf der Riverside High aus ihrem Auto gestiegen ist.

»Nein, ich bin noch immer nur Assistentin.« Sie weicht meinem Blick aus, dann lächelt sie, als sie bemerkt, dass ich darauf warte, dass sie mir erklärt, was aus ihrem Traum geworden ist. »An dem Tag, an dem ich mit meinen Sachen vor dem Wohnheim stand, habe ich mich gefragt, ob es das ist, was ich wirklich will.«

»Und du wolltest nicht«, sage ich, weil ich ihre Antwort schon kenne.

»Nein, mir ist klargeworden, dass ich das alles nur wollte, um so zu sein, wie meine Eltern es wollten. Ich habe immer nur das getan, was sie von mir erwartet haben. Ich hab damals mitbekommen, was meine Mutter zu dir gesagt hat, als du an dem Tag bei uns geklingelt hast. Und da ist mir klargeworden, dass ich nicht so sein will. Ich will nicht über die Menschen hinwegsehen, von denen meine Eltern glauben, dass sie nicht würdig wären. Und als ich vor dem Wohnheim stand, war da dieses Mädchen, das mich an meine Mutter erinnert hat. Also bin ich einfach weggegangen.«

»Und jetzt arbeitest du weiter als Assistentin?«, frage ich, weil ich nicht verstehe, warum sie trotzdem mit einem Bein in dieser Welt zurückgeblieben ist.

Sie sieht mich an und schüttelt lächelnd den Kopf. »Das ist nur Inspiration.«

»Wofür?«

Sie grinst noch breiter. »Ich bin Autorin. Und mein Job als Assistentin meines Vaters ermöglicht mir die verschiedensten Einblicke in Menschen und ihre Geschichten.«

»Du warst schon damals sehr schlau. Ich bin beeindruckt. Ich sollte mal etwas von dir lesen.«

»Du würdest ein Buch lesen, in dem es um die Liebe und schlimme Schicksalsschläge geht? Ich muss dich warnen, ich bin keine Brontë. Und du bekommst bestimmt keine Pluspunkte bei deiner Lehrerin, wenn du meine Bücher liest.«

Ich nehme einen großen Schluck von meinem Bier, stelle die Flasche auf dem Tresen ab und fahre mit dem Finger durch eine Spur Feuchtigkeit am Glas. »Ich habe damals die Klassiker gelesen, um sie zu beeindrucken, aber dann habe ich gelernt, sie zu lieben«, gestehe ich mit einem breiten Grinsen. »Aber ich bin froh, dass du dich für die Literatur entschieden hast, ich bin mir sicher, sie liegt dir besser.«

Sie setzt ihr Glas an ihre Lippen und nippt langsam daran, dann schließt sie ihre Augen und schluckt. »Ich hab euer Album gekauft.«

»Es ist nicht wirklich ein Album. Wir nehmen manchmal unsere Songs auf und laden sie hoch.«

»Ich weiß, das habt ihr damals schon getan. Eure Songs sind trotzdem gut.«

Ich lege eine Hand auf ihre Hand, die nervös auf das Holz des Tresens klopft, um sie zu beruhigen. Sie zuckt zusammen, zieht ihre Hand aber nicht weg.

»Ich hab mich eine sehr lange Zeit gefragt, was damals passiert ist. Erst habe ich gehofft, dass du irgendwann kommst und ich dich fragen könnte. Und dann hat es nur noch wehgetan, dass du nicht gekommen bist. Bis der Schmerz dann von der Wut aufgefressen wurde. Im Gefängnis können Monate zur Ewigkeit werden. Man grübelt und grübelt und redet sich irgendwelche Sachen ein …«

Sie verzieht für einen Moment schuldbewusst das Gesicht, dann tritt Trotz auf ihre Gesichtszüge.

MILA

Bis zu der Sekunde, als Julians Augen sich auf mich gerichtet haben, hatte ich gehofft, er würde mich nicht sehen. Aber da gab es auch einen Teil, der es sich gewünscht hat. Der unbedingt wollte, dass er mich bemerkt. Der neugierig darauf war, was passieren würde. Und als er mich dann angesehen hat und auf mich zukam, hat sich ein Zittern durch jeden Zentimeter meines Körpers gearbeitet. Jedes Nervenende hat gekribbelt und mich unter Strom gesetzt. Und wie von allein hat sich mein Körper erhoben und ist zu ihm gegangen.

Julian hat sich verändert, ist breitschultriger geworden, noch rauer, wilder und anziehender. Und ich fühle mich verwirrt davon, wie sehr er mich noch immer in seinen Bann ziehen kann. Es juckt mich in den Fingern, ihn zu berühren, die zahllosen Tattoos zu erkunden und die Muskeln, die sich unter seinem Shirt bewegen. Aber ich weiß auch noch allzu gut um die Gefahr, die von ihm ausgeht, und dem Schmerz, den er in mir auslösen kann. Und es ärgert mich, dass er jetzt neben mir sitzt, mich aus diesen wilden dunkelgrünen Augen ansieht und nicht weiß, warum ich ihn verlassen habe. Ich sehe auf den Ehering an meiner linken Hand, die ich in meinem Schoß liegen habe, die ich immer wieder verstecke, weil ich nicht will, dass er den Ring sieht. Warum will ich das nicht?

»Ich habe dich an diesem Tag gesehen … mit einem Mädchen«, sage ich und sehe ihn jetzt ernst an. Obwohl ich in den letzten Jahren kein Stechen mehr in der Brust gefühlt habe, wenn ich daran gedacht habe, fühle ich es jetzt wieder. Der Schmerz ist wieder da und ich muss gegen die Tränen und die Enttäuschung ankämpfen.

»In der Schule«, sagt er und lächelt. »Wir standen am Eingang und du hast mit deinem Bruder einen anderen Weg nach draußen genommen.« Er lacht und schüttelt den Kopf. »Tristan hat euch gesehen. Er stand genau vor mir und diesem Mädchen.« Er legt eine Hand auf meinen Arm, der auf dem Tresen liegt. Ich ziehe meinen Arm weg und kann Julian kaum ansehen. »Wenn du damals nicht weggelaufen wärst, hättest du gesehen, dass Tristan ein Foto von uns gemacht hat. Sie war ein Fan und wollte nichts weiter, als ein Foto mit Tristan und mir. Ein Mädchen, das ein paar Jahre jünger als wir war.« Er seufzt. »Ich hab es nie glauben wollen, aber Tristan hatte die ganze Zeit recht.«

Ich zucke schuldbewusst zusammen und meide seinen Blick.

»Ich hab dir gesagt, du kannst mir vertrauen«, sagt er und klingt enttäuscht, weil er jetzt weiß, dass ich ihm nie vertraut habe. Ich konnte es einfach nicht, weil ich immer erwartet habe, dass Menschen mich enttäuschen. Alle. Denn sie haben es immer getan. Erst in den letzten Jahren habe ich gelernt Dana, Rick und Josh zu vertrauen, denn sie waren immer für mich da. Sie haben mich nie so enttäuscht und im Stich gelassen, wie meine Eltern es getan haben.

»Es tut mir leid«, entschuldige ich mich. Ich fühle mich unbehaglich neben ihm, jetzt, wo ich die Wahrheit kenne. Ich habe mich geirrt, weil ich, obwohl ich es nicht will, meiner Mutter viel zu ähnlich bin. Ich bin genauso wie sie jemand, der Menschen vorverurteilt. Es hätte alles ganz anders laufen können, wenn ich

Julian ein wenig mehr vertraut hätte. Aber kaum habe ich ihn mit einem Mädchen gesehen, habe ich ihn verurteilt und nur gesehen, was ich sehen wollte.

»Lass uns noch etwas trinken«, sagt er und winkt den Barkeeper heran. »Noch einmal das Gleiche?«, meint er und sieht mich dabei fragend an. Ich nicke.

»Wie geht es deiner Mutter?«, frage ich, während der Barkeeper unsere Getränke herrichtet. Ich will so schnell wie möglich das Thema wechseln, weil mich mein Gewissen so sehr quält, dass ich am liebsten weglaufen möchte. Ich schäme mich zutiefst.

»Ich hab sie seit vier Jahren nicht mehr gesehen, aber wir telefonieren manchmal.«

»Du warst so lange nicht mehr zu Hause?«

»Nein, und du?«

»Kann ich es zu Hause nennen? Die meiste Zeit meines Lebens habe ich in Seattle verbracht.«

Der Barkeeper stellt die Getränke auf den Tresen, Julian greift nach meinem Glas in dem Moment, in dem ich es auch tue und unsere Finger berühren sich. Er hält meine Hand unter seiner fest und sieht mich direkt an. Ein Prickeln arbeitet sich durch meinen Körper und ein Schauer läuft über meine Arme. Der intensive Blick dauert endlose Sekunden an und ich kann kaum atmen, so sehr hämmert mein Herz. Ich muss mich zwingen zu blinzeln, um den Bann zu unterbrechen. Hastig ziehe ich meine Hand unter Julians hervor. Seine Berührungen haben mich damals verwirrt und sie tun es heute noch. Julian schiebt mir das Glas zu, ich nehme es und stürze es mit einem großen Zug herunter, in der Hoffnung, dass die kühle Flüssigkeit die Hitze, die in mir brennt, mit wegspült. Sie tut es nicht.

»Josh ist jetzt ein Künstler?«, fragt er. Seine Augen heften sich auf meine Lippen, als ich den Martini ablecke, dann verfolgen sie die Bewegung meiner Kehle, als ich schlucke. In meinem Magen flammt erneut Hitze auf und ich muss meine Schenkel fest zusammenpressen, um das Vibrieren dort unten zum Schweigen zu bringen. *Mila, du bist verheiratet*, schimpfe ich in meinen Gedanken und verstecke hastig wieder den Ring zwischen meinen Schenkeln. Ich ärgere mich selbst, dass ich das tue, es kommt mir so falsch und schmutzig vor, aber ich kann nicht anders. Der Gedanke, ihm zu sagen, dass ich verheiratet bin, fühlt sich an, als müsste ich ihm gestehen, seinen besten Freund ermordet zu haben.

»Er hat das Studium abgebrochen und malt jetzt. Er ist so talentiert«, schwärme ich und in meinem Kopf sehe ich die Bilder von fantasievollen Kreaturen, Elfen, Vampiren und Feen vor mir, die Josh ein sehr gutes Einkommen einbringen. In der Kunstwelt und unter Fans des Düsteren hat er sich damit einen Namen gemacht.

»Er hat mir ein Porträt von dir ins Gefängnis geschickt.« Julian grinst breit. »Mit dem Hinweis, ich soll es über mein Bett hängen und keinen Tag lang vergessen, was ich verloren habe.«

Ich klappe den Mund auf und hole hektisch Luft. »Das hat er nicht getan!« Ich kann nicht glauben, dass er das gemacht hat.

»Doch, das hat er. Und es hat funktioniert. Es verging kein Tag, an dem ich dich nicht vermisst habe.«

Beschämt sehe ich zu Boden, ich hab ihm so viel Unrecht getan. Ich hab kaputt gemacht, was wir hatten, da ist es nur gerecht, dass es auch in meinem Leben kaum einen Tag gab, an dem ich nicht an ihn gedacht habe. »Es tut mir leid.«

Julian lacht, wahrscheinlich sehe ich urkomisch aus in meiner Verwirrung. »Ich hab es immer bei mir, willst du es sehen?«

»Du hast es mit?« Ich bin wirklich verwirrt, aber auch neugierig, also nicke ich vorsichtig.

Julian mustert mich unter leicht zusammengekniffenen Lidern hervor, dann gleitet er vom Barhocker, nennt der Bedienung seine Zimmernummer für die Rechnung der Getränke und reicht mir eine Hand, um mir von meinem Hocker zu helfen. Er hält meine Hand fest, als wir zum Fahrstuhl gehen und ich bin wirklich nervös. Mit jedem Schritt, den wir gehen, beiße ich mir fester auf die Unterlippe, so dass ich vor Schmerz fast stöhnen möchte. Und trotz der Bedenken, die versuchen mich abzuhalten, gehe ich weiter neben ihm her, steige mit ihm in den Fahrstuhl ein und fahr nach oben.

Wir schweigen auf dem Weg dorthin, aber die Fahrt dauert auch nur wenige Sekunden, nicht genug Zeit also, um mich umzuentscheiden oder ein Gespräch zu beginnen. Aber genug Zeit, um zu wissen, dass ich in Gefahr schwebe. In großer Gefahr. Mein ganzer Körper befindet sich in Aufruhr. Wärme steigt von seiner Hand in meine und dann meinen Arm hinauf und erhitzt meinen Körper. Ich starre überall hin, nur nicht zu ihm. Und ich stoße erleichtert die Luft aus, als wir aus dem Fahrstuhl treten und Julian meine Hand loslässt, um die Tür zu seinem Zimmer zu öffnen. Noch könnte ich gehen, denn ich weiß, worauf das hier hinauslaufen wird. Aber ein dunkler Teil von mir will es. Schiebt es auf den Alkohol oder darauf, dass ich ein schlechter Mensch bin. Oder darauf, dass ich mir selbst einrede, dass ich es nicht soweit kommen lasse. Aber dieser dunkle Teil in mir wird es nicht aufhalten, dafür habe ich ihn zu lange vermisst.

Es ist ein kleines Zimmer, das nichts Besonderes aufweist, bis auf den Gitarrenkoffer, der im Raum steht. Daneben liegt eine offene Reisetasche, aus der ein paar ausgewaschene Shirts quellen.

»Ich war noch nie besonders ordentlich«, sagt er grinsend und fährt sich durch die Haare, bevor er die Tür hinter uns schließt. Der Anblick, wie die Tür zugeht, löst ein merkwürdiges Kribbeln in meinem Magen aus. Eine Mischung aus Fluchtwunsch und Sehnsucht.

»Willst du was aus der Bar?«, möchte er wissen und wirkt mindestens so nervös, wie ich mich auch fühle. Er nickt mit dem Kinn zu dem Doppelbett hin. »Setz dich.« Er öffnet die Bar und zeigt mir eine kleine Flasche Rotwein. Ich nicke und mir zieht sich der Magen zusammen, als er sich wieder durch die Haare fährt. Ich erinnere mich daran, was diese Geste früher in mir ausgelöst hat. In jedem Mädchen. Es funktioniert auch heute noch.

»Deine Haare sind länger«, stelle ich unnötigerweise noch einmal fest, Hauptsache ich sage irgendetwas, um die Nervosität unterdrücken zu können.

Er reicht mir ein Glas, stößt mit seinem dagegen und ich trinke erleichtert von der sauren Flüssigkeit, die zumindest ein wenig von den merkwürdigen Gefühlen wegspült.

»Deine sind kürzer, Seattle«, meint er mit einem so schiefen Grinsen, dass ich froh bin zu sitzen, denn meine Knie fühlen sich ganz weich an. Diese Dinge hat mein Körper nie für meinen Mann getan. Diese Tatsache verwirrt mich nicht einmal, denn ich wusste immer schon, dass er nur der Versuch war, Julian aus meinen Gedanken zu bekommen. Der Versuch, ein normales, sehr langweiliges, aber sicheres Leben zu führen. Ich wollte mir selbst beweisen, dass ich dazu imstande bin, Julian zu vergessen. Und jetzt sitze ich hier und ich weiß, ich habe mich die ganze Zeit belogen. Zu hören, wie er mich Seattle nennt, lässt meine Nervenenden Stromstöße bis zwischen meine Beine katapultieren.

Er stellt sein Glas auf einem kleinen Tisch ab, dann schiebt er den bulligen Gitarrenkoffer vor meine Füße und klappt den Deckel hoch. Ich kann gerade noch mein Glas auf den Nachttisch stellen, bevor ich aufspringe, als ich die bunte Zeichnung von mir sehe, die mein Gesicht umgeben von wässrigen Farbflecken zeigt. Diese Art zu zeichnen ist typisch für meinen Bruder, weswegen ich seinen Stil sofort wiedererkenne.

»Du hast es in deinen Gitarrenkoffer geklebt?«, frage ich und keuche erstaunt auf. »Wieso?«

Wir sehen uns beide an. Er steht direkt vor mir, uns trennen nur Zentimeter, weswegen ich sehe, dass Julian tief Luft holt und den Atem nur langsam wieder ausstößt. »Damit es mich daran erinnert, was ich niemals bekommen kann«, sagt er leise.

Mein Herz beginnt zu rasen und ich fange an zu zittern. Ich strenge mich an, dass er es nicht sehen kann, aber nach ein paar Sekunden gebe ich auf und versuche nur noch, gegen den Schmerz in meiner Brust anzukämpfen.

»Julian«, stoße ich heiser aus.

Julian flucht leise. »Nicht der Gehetztes-Reh-Blick«, flüstert er mit gerunzelter Stirn und schließt die Augen, als würde er mit seiner Selbstkontrolle ringen und stößt die Luft aus, dann packt er mein Handgelenk und reißt mich gegen seinen Körper. Legt seine Hand in meinen Nacken und sorgt mit seinem Blick dafür, dass rasende Hitze durch meine Venen schießt.

Dann bricht etwas in mir zusammen und ich schlinge meine Arme um ihn. Julian zieht mich ganz fest an sich. Alles gerät aus den Fugen und ich kann nur noch daran denken, wie oft ich davon geträumt habe, dass dies hier passieren wird. Wie oft ich mir gewünscht habe, ihn noch einmal zu spüren.

Julian schlingt grob eine Hand in mein Haar und zieht meinen Kopf ein Stück zurück. »Bist du dir sicher?«, will er wissen, mit diesem vor Verlangen brennenden Blick, den nur Männer wie er auf diese Weise beherrschen. Dieselben Worte wie damals, und sie entzünden sofort eine Sehnsucht in mir nach diesem Mann, dass ich schreien möchte.

»Nein, bin ich nicht«, sage ich und atme zitternd ein.

»Dann werde ich nicht noch einmal fragen, damit du nicht die Gelegenheit bekommst, wieder vor mir wegzulaufen«, flüstert er mir ins Ohr und ich erschauere.

Ich dränge mich noch enger an ihn, er zieht meinen Kopf an meinen Haaren wieder zurück in meinen Nacken und presst grob seine Lippen auf meine. Heftige Blitze zucken in meinem Magen, als ich seinen Mund endlich auf meinem spüre, als ich den Geschmack von Rotwein von seinen Lippen sauge und ich alles um mich herum vergesse. Ich dränge mich so sehr an seinen Körper, dass ich die Härte seiner Muskeln spüren kann und die Heftigkeit, mit der er keuchend Luft holt, bevor er seine Lippen wieder auf meine presst.

Die Hand in meinem Nacken hält mich fest und lässt mir keine Chance auf Flucht, aber das will ich auch nicht. In diesem Moment will ich nur das hier. Und ich habe es schon gewusst, als ich mit ihm den Club verlassen habe, dass alles hierauf hinauslaufen würde. Mir wird erst jetzt so richtig bewusst, wie sehr ich mich nach ihm gesehnt habe. Auch in den letzten Jahren. Weil da etwas Unbeendetes zwischen uns stand. Etwas, das nie zum Abschluss gekommen ist. Und Dinge, die nie abgeschlossen werden, lassen einen nie ganz los. Sie warten immer irgendwo in den Tiefen unseres Unterbewusstseins, um dann wieder hervorzubrechen, wenn wir am wenigsten damit rechnen.

Ich öffne seufzend meine Lippen, um dem Drängen seiner

Zunge nachzugeben. Er packt meinen Hinterkopf noch grober und unser Kuss wird so stürmisch, dass mir die Lippen brennen. Aber ich weiche keinen Millimeter vor dem zurück, was Julian mir abverlangt. Ich lasse meine Hände über seinen Rücken nach unten gleiten und spüre die harten Muskeln, die sich unter meinen Fingerspitzen bewegen. Meine Hände untersuchen seinen Körper weiter, wandern am Bund seiner Hose nach vorne und ziehen sein Shirt nach oben. Ich zögere nicht, ich weiß genau, dass ich das hier will.

Julian löst sich von mir, sein Blick wirkt unruhig und hitzig, als er mich ansieht, die Arme hochnimmt und mir dabei hilft, ihn von seinem Shirt zu befreien. Als ich seine bunte Brust nackt vor mir sehe, stockt mir für einen Augenblick der Atem.

»Du hast nicht übertrieben«, sage ich heiser und fahre einen Totenkopf nach, aus dessen Augenhöhle eine E-Gitarre ragt. Auf seiner ganzen Brust gibt es nur noch eine freie Stelle genau über seinem Herzen. Ich lege die Hand darauf und sehe zu ihm auf. »Warum ist hier nichts?«, frage ich neugierig.

Er presst die Lippen aufeinander, bevor er antwortet. »Ich habe noch nichts gefunden, das wichtig genug wäre.«

Wichtig genug für diesen Platz?

Er atmet tief ein, dann schlingt er seine Finger um meinen Nacken und zieht mein Gesicht zurück an seins, um mit seinen Lippen an meinen zu zupfen. Er küsst mich und sein heißer Atem streicht über meine Wange. Ich schließe die Augen und lasse beide Hände über seinen Oberkörper gleiten. Als er seine Lippen auf meinen Hals legt, mit seiner Zunge über meine Haut fährt und dann an meinem Ohrläppchen saugt, zittere ich in seinen Armen. In meinem Unterleib, genau dort, wo die Beule in seiner Hose sich an mich drückt, zieht sich etwas sehnsuchtsvoll zusammen und löst ein Pulsieren zwischen meinen Schenkeln aus.

Julians Finger fahren sanft über meine nackten Schultern und tasten sich zum Reißverschluss meines Kleides vor. Als er ihn aufzieht, erstarre ich einen Atemzug lang und werde nervös. Es ist schon Ewigkeiten und ein paar Kilo weniger her, seit er mich nackt gesehen hat. Er streift das Kleid von meinem Körper und plötzlich stehe ich nur noch in einem Stringtanga vor ihm und bin froh, dass das Licht im Zimmer gedimmt ist.

Er tritt einen Schritt zurück und mustert mich ernst. Sein Blick bleibt auf meinen Brüsten hängen, wandert weiter über meinen leicht gewölbten Bauch und dann über meine Oberschenkel. Er hebt seinen Blick wieder, streckt eine Hand nach einer Brust aus und legt sie darauf. Mein Herz macht einen heftigen Satz und ich erschauere unter der Hitze, die sich in meinem Inneren ausbreitet.

»So schön, dass es mir den Atem verschlägt«, sagt er mit rauer Stimme, dann drängt er mich mit seinem Körper so lange rückwärts, bis ich mit den Beinen gegen das Bett stoße. Er verengt die Augen zu Schlitzen und stößt mich auf das Bett.

Ich keuche erschrocken auf, aber er lässt mir kaum Zeit, mich richtig hinzulegen, bevor er seine Hose ausgezogen hat und sich über mich schiebt.

»Du hast keine Vorstellung, wie sich das hier gerade für mich anfühlt«, sagt er und stützt seine Hände neben meinem Kopf auf die Matratze auf. Seine Erektion drückt sich schwer und hart gegen die pulsierende Stelle zwischen meinen Beinen und ich gebe dem Verlangen nach, mich noch fester gegen ihn zu pressen, um den wilden Schmerz dort unten zu befriedigen.

»Sag es mir«, stoße ich heftig zitternd aus.

»Ich bin Dracula und du bist Mina, und ich habe Jahrhunderte darauf gewartet, wieder bei dir sein zu können.« Er grinst, dann senkt er seine Zähne auf meinen heftig flatternden Puls und knabbert an meinem Hals.

Ich erschauere am ganzen Körper und schlinge meine Beine um seinen Körper, um ihn noch fester gegen meinen Unterleib zu drücken. »Der Vampir, das erotischste Wesen der klassischen Literatur«, stöhne ich.

Julian leckt über die Stelle, an der er eben geknabbert hat, und brummt leise. »Ganz deiner Meinung.« Er hebt seinen Kopf, sieht mich kurz an und dann küsst er mich. Ich bäume mich unter ihm auf, als er seine Erektion an mir reibt und meine Klitoris mit langsamen Bewegungen reizt.

Er beißt mir in die Unterlippe und zieht daran, leckt den Schmerz weg und küsst sich weiter nach unten über mein Schlüsselbein zu meiner Brust. Mit der Zungenspitze umkreist er meine empfindliche Knospe und ich recke mich ihm auffordernd entgegen. Er legt seine Lippen um meine Brustwarze und saugt sie in seinen feuchten Mund, ein heftiger, glühender Schmerz durchzuckt mich, als er mich beißt. Ich stöhne auf, als der Schmerz abklingt und sich Hitze zwischen meinen Beinen ausbreitet.

»Julian«, keuche ich und beiße in seine Schulter.

Eine seiner Hände streicht an meinem Körper nach unten und schiebt sich in mein Höschen, legt sich über meinen Venushügel und drückt grob meine Scham. Mein Unterleib zuckt und drängt sich seiner Hand entgegen. Er schiebt einen Finger in mich und seine Augen verdunkeln sich gierig. »Ich will dich, Mila. Heben wir uns die Spielereien für später auf.«

Ich nicke. Seine Worte treffen mich bis tief in mein Inneres. Ich will ihn auch endlich. Sehr sogar. Er richtet sich auf, kniet sich zwischen meine Schenkel und zieht mir langsam meinen Tanga über die Oberschenkel nach unten. Mit jedem Zentimeter, den er den Stoff weiter nach unten zieht, steigert sich das Verlangen, das in seinem Blick brennt. Er steigt vom Bett, um mir das Höschen von den Füßen zu ziehen und spreizt dann meine Beine, indem er sie an den Füßen weit auseinander drückt. Ich liege nackt und verletzlich vor ihm. Der Blick, mit dem er mich verschlingt, jagt meinen Puls hoch und erregt mich nur noch mehr. Ich bin entblößt und kann nur daran denken, wie unglaublich es sich anfühlt, dass dieser Mann dort zwischen meinen Beinen steht und vor Verlangen zittert.

»Willst du noch lange dort stehen?«, frage ich und entziehe ihm meine Füße.

»Verdammt, nicht wirklich. Ich würde dich jetzt wirklich gerne vögeln«, sagt er, steigt aus seinen Shorts und gewährt mir nur einen kurzen Blick auf seine lange, starke Erektion, als er sich wieder aufrichtet. Mit einem breiten Lächeln schiebt er sich über mich und für einen Augenblick sehe ich in das Gesicht einer sehr viel jüngeren Version dieses Mannes. In meinem Magen fängt es heftig an zu flattern, als ich mich an unser erstes Mal erinnere. Ich schiebe meine Finger in sein weiches Haar und ziehe sein Gesicht an meins, um ihn ausgiebig zu küssen.

Seine Hände liegen an meinen Wangen und er streichelt mich. Ich stöhne, als er seine Erektion gegen mich drückt. Gierig hebe ich ihm mein Becken entgegen und reibe mich an ihm. Julian stöhnt in meinen Mund, löst sich von meinen Lippen und nimmt eine meiner Knospen zwischen seine Lippen und zupft an ihr. Jede Zelle meines Körpers vibriert vor Sehnsucht und Erregung. Und selbst das kleine Fünkchen Bedenken schiebe ich beiseite. Ich bin so ausgehungert nach Nähe, nach Berührungen, nach Sex. Ich will nur noch fühlen: Julians Lippen auf meinem Körper, seine Hände, seine Zunge!

Er schiebt eine Hand zwischen uns und ich wimmere leise, als er mit einem Finger in mich eintaucht, ihn krümmt und die magische Stelle in meinem Inneren reibt. Ich schreie auf, bäume mich ihm entgegen und stöhne laut, als elektrisierende Stürme sich durch mich hindurch peitschen. Julian nimmt einen zweiten Finger dazu, um mich stärker zu reizen und presst seinen Daumen auf meine Klitoris. Ich bewege mich unter ihm, versuche der immer stärker werdenden Anspannung zu entkommen und sie zugleich weiter voranzutreiben, um erlöst zu werden von dem brennenden Verlangen.

»Bitte«, flehe ich ihn an und reibe auffordernd meine Scham an seiner Hand.

»Seattle, dich betteln zu hören, zerreißt mich fast.« Er umfasst meine Oberschenkel mit beiden Händen und drückt meine Beine weit auseinander, dann stößt er sich so grob in mich, dass ein ziehender Schmerz sich wie eine Schockwelle durch meinen Körper rollt und mich fast bis an den Rand eines Orgasmus trägt. Ich schreie unter ihm auf und klammere mich an seine Schultern. Er füllt mich aus und lässt mir genug Zeit, mich an sich zu gewöhnen, das Gefühl, ihn in mir zu haben auszukosten, bevor er langsam beginnt, sich zu bewegen.

Er sieht auf mich herab mit brennendem Verlangen im Blick, während er in mich stößt, und ich kann nicht wegsehen. Ich will seinen Anblick aufsaugen, weil ich weiß, dass sich unsere Wege hiernach wieder trennen werden.

Julian beginnt sich schneller zu bewegen, stößt tief in mich, sein Keuchen wird lauter, sein Atem geht schneller. Ich drücke meine Nägel in seine Schultern und konzentriere mich auf das Verlangen und das Vibrieren, das mit jedem Stoß stärker wird. Bis dieses Gefühl über mir zusammenschlägt und meinen Körper kräftig um ihn herum zucken lässt. Ich erzittere unter ihm und halte mich an ihm fest.

»Mila«, keucht er, erstarrt über mir, lässt meinen Blick aber nicht los, erst als die Anspannung aus seinem Körper verschwindet und er seine Stirn gegen meine legt. »Mila«, flüstert er.

Ich lege meine Arme um ihn und halte ihn fest an mich gedrückt. Für einen Augenblick will ich ihn einfach nur ganz nah bei mir spüren. Nur noch ein paar Atemzüge lang der Realität entfliehen in Julians Armen, bevor mich mein wahres Leben wieder einholt.

Ich lege mich neben sie und ziehe sie an meine Seite. Selbst wenn ich ihr erklären würde, was es mir bedeutet, sie jetzt in meinen Armen halten zu können, würde sie es wahrscheinlich nicht verstehen. Ich habe das Gefühl, an den Emotionen zu ersticken, die mich gerade im Griff haben. Ich hatte alle Hoffnung aufgegeben, sie je wiederzusehen, und jetzt liegt sie hier neben mir. Ich kann sie fühlen, ihren Atem auf meiner Haut spüren. Es fühlt sich an, als hätte mir jemand das größte Geschenk überhaupt gemacht. Ich will sie nie wieder loslassen, nie wieder die Hölle durchleben, die ich ohne sie durchleben musste. Sie legt ihre Hand auf meine Brust und streichelt mich schweigend.

»Mila, mir bedeutet es alles, dass du jetzt bei mir bist«, sage ich leise und lege meine Hand auf ihre. Etwas Hartes drückt sich gegen meinen Handballen und ich ziehe meine Hand mit klopfendem Herzen wieder weg und erstarre. Mir bleibt einfach der Atem im Hals stecken und ich richte mich erschrocken auf.

»Ich bin verheiratet«, sagt sie traurig lächelnd. »Tut mir leid, ich hätte es dir vorher sagen müssen.«

»Verheiratet«, sage ich und versuche gleichgültig zu klingen, damit sie nichts von dem Schmerz mitbekommt, mit dem sich mein Herz gerade befassen muss. »Wie lange schon?«, frage ich ruhig, noch immer bemüht, mir nichts anmerken zu lassen. Im Gefängnis hat nur der Gedanke an sie mich aufrecht gehalten. Nur die Vorstellung, dass wir eines Tages wieder zusammen sein werden. Nachdem ich erfahren hatte, dass sie Riverside verlassen hat, hatte ich trotzdem noch Hoffnung. Meine Hoffnung ist erst in den letzten Jahren stückweise gestorben, bis ich sie vorhin wiedergesehen habe. In dem Moment wusste ich, sie und ich, wir werden wieder Eins und diesmal für immer. Und jetzt ist sie verheiratet. Nicht mit mir!

»Frag nicht«, antwortet sie und sagt mir damit mehr, als ich vertragen kann. Ich kann die Sekunde, in der meine Hoffnung aufs Neue stirbt, spüren. Es fühlt sich an, als würde ich innerlich vereisen. Ich mache zu, um mich vor dem Schmerz zu schützen.

»Dann frage ich auch nicht, Seattle. Aber du hast wohl Besseres als diesen Kerl verdient, sonst wärst du jetzt nicht hier.«

Sie richtet sich neben mir auf und setzt ein schiefes Grinsen auf, das nicht echt ist. »Du kennst ihn nicht, er ist toll. Ich habe den Fehler begangen.« Sie steht vom Bett auf, bevor ich sie zurückhalten kann und stellt sich so nackt wie sie ist vor das Fenster. Unter uns befindet sich ein Meer aus Lichtern und direkt vor uns die Space Needle. Ich betrachte ihre wundervolle Rückansicht und muss mit dem Drang kämpfen, mich hinter sie zu stellen, meine Arme um sie zu legen und zu verhindern, dass sie mich wieder verlässt. Ich will ihr sagen, dass wir zusammengehören, aber dazu habe ich kein Recht. Sie gehört einem anderen Mann, ich hatte meine Chance bei ihr. Ich wünschte nur, sie hätte mir mehr vertraut. Aber hätte ich mir denn selbst vertrauen können?

»Wir waren nie ein Fehler, Seattle.« Ich steige aus dem Bett und schlüpfe in meine Hose. Ich muss ins Bad verschwinden. Ich brauch nur ein paar Sekunden, um durchatmen zu können. Ich muss nachdenken, ohne dass ihr Anblick mich verrückt macht vor Begehren und Wut auf sie.

Sie dreht sich zu mir um. »Julian, ich … Es tut mir leid. Das hier und auch alles, was damals schiefging, aber das hab ich dir ja schon gesagt. Ich weiß nicht, was ich dir noch sagen kann, außer, du hast schon immer diese Dinge mit mir gemacht, hast mich angezogen, mich in den Wahnsinn getrieben, mich weggestoßen, mir wehgetan. Aber es warst immer du, den ich wollte, deswegen fiel es mir viel zu leicht, mit dir hier hoch zu kommen. Was es nicht richtig macht.«

Sie bereut es schon Minuten danach und das macht mich so zornig wie lange nicht mehr. Sie tritt das Beste, das ich seit Jahren erlebt habe, mit Füßen und macht etwas Falsches daraus. Ich möchte am liebsten frustriert auf etwas einschlagen, dabei habe ich das schon lange hinter mir gelassen. Ich wende mich von ihr ab und gehe ins Bad. Nur kurz durchatmen. Kurz nachdenken. Ich muss einen Weg finden, sie bei mir zu halten. Sie hat es doch gesagt, es war immer ich, den sie wollte.

Ich drehe den Wasserhahn auf und halte beide Hände unter das kalte Wasser, spritze mir zwei Ladungen voll ins Gesicht und hole dann tief Luft. Ich richte mich auf und betrachte den weißen Fleck auf meiner Brust und reibe mit der Hand darüber. Genau darunter hämmert mein Herz so schnell und schmerzhaft wie lange nicht mehr. Vielleicht hat sie recht und das hier war wirklich ein Fehler. Vielleicht hätte ich unten im Club einfach gehen sollen, statt sie anzusprechen. Der Moment, in dem sich meine Füße dazu entschlossen hatten, zu ihr zu gehen, war der Moment, in dem sich für uns beide entschieden hat, dass alles auf das hinausläuft, was wir eben getan haben. Ein Fehler? Schicksal?

Ich balle die Hände zu Fäusten und kämpfe gegen den Drang an, der Wand ein paar Dellen zu verpassen. Dieses Mal nicht! Ich lasse sie nicht wieder entkommen. Sie gehört mir, hat sie schon immer.

Ich drehe das Wasser ab, reiße die Badezimmertür auf und stürme wie ein Gorilla in das Zimmer, um ihr zu sagen, dass ich nicht kampflos aufgeben werde. Aber sie ist nicht mehr da.

18. Kapitel

MILA

Dana sitzt mir gegenüber in unserem Stammcafé und hat beide Augenbrauen so hochgezogen, dass sie fast unter ihrem Haaransatz verschwinden. Wir sitzen draußen auf der Terrasse, es ist sonnig, der Himmel strahlend blau und alle scheinen bester Laune, nur ich nicht. Ich habe die ganze Nacht nicht geschlafen, weil mein schlechtes Gewissen mich wachgehalten hat. Und war es nicht mein Gewissen, dann die Szenen, die sich wie ein nicht enden wollender Porno vor meinem inneren Auge abgespielt haben. Mit dem Ergebnis, dass ich mich wie wahnsinnig nach einer Wiederholung gesehnt habe. Ich wollte so dringend zurück in dieses Hotelzimmer, dass ich mich mitten in der Nacht aus dem Haus geschlichen habe und zu dem Hotel gegangen bin, um aus der Ferne die Fenster abzusuchen, in der Hoffnung, wenigstens Julians Silhouette ausmachen zu können.

Ich verstehe noch immer nicht, wieso ich mit ihm gegangen bin. Und wieso ich es habe so weit kommen lassen. Aber ihn zu sehen, nach so langer Zeit wieder mit ihm zu reden und dann dieses Bild von mir in seinem Gitarrenkoffer. Ich war machtlos gegen das, was danach geschehen ist.

»Ich schäme mich so sehr«, gestehe ich Dana, die eine Hand über den Tisch ausstreckt und auf meine legt.

»Das ist ein Zeichen«, sagt sie mild lächelnd.

Ich lache traurig auf. »Dass ich mich schäme? Wofür?«

»Nein, dass du mit ihm geschlafen hast. Es ist ein Zeichen dafür, dass deine Ehe nicht das ist, was sie sein sollte. Sag ihm die Wahrheit und dann lass es hinter dir, bevor ihr beide euch nur unnötig verletzt.«

Seufzend lege ich eine Hand um mein Glas mit Latte macchiato, um die Wärme zu spüren, denn plötzlich fröstelt es mich am ganzen Körper. Ich weiß, dass ich ihm die Wahrheit sagen muss, ich habe die ganze Nacht überlegt, wie ich es tun soll. Ich habe keine Angst davor, es Rick zu sagen. Nur Angst davor, ihm wehzutun. Aber das lässt sich wohl nicht vermeiden. »Es hätte trotzdem nicht passieren dürfen.«

Dana stöhnt leise und verdreht die Augen. »Wenn es dir ein Trost ist, es war unvermeidbar. Immerhin ist er Julian Rush. Und Hölle, er ist noch viel schärfer als damals. Ich kann es nur immer wieder wiederholen. Viel schärfer! Du warst praktisch hilflos seinen sexuellen Reizen ausgeliefert. Ich versteh das.« Sie grinst.

Ich weiß, sie will mich nur aufmuntern, weswegen ich mir auch ein Lächeln abringe.

»Du wirst schon wieder knallrot«, sagt sie kichernd, dann nimmt sie mir mein Glas aus der Hand und trinkt davon, weil ihres schon eine Weile leer ist. »Wenn ich mir diesen winzigen blauen Fleck an deinem Hals anschaue, dann kann ich mir denken warum. Er sieht nicht nur aus wie ein richtiger Kerl, er fickt auch so, oder? Hach, ich wünschte, wir wären damals so weit gegangen, aber leider haben wir es übers Fummeln nicht hinausgebracht.«

Ich werde noch heißer im Gesicht, stehle mir mein Glas zurück und nehme einen großen Schluck, um einen Hustenanfall runterzuspielen. »Darauf antworte ich nicht. Du liest zu viele von diesen Büchern.«

»Welchen Büchern?«

»Du weißt genau, was ich meine.«

»Du hast doch wenigstens seine Telefonnummer?«

»Nein«, sage ich ernst und trinke das Glas aus.
»Dann hat er deine?«
Ich schüttle den Kopf. »Das war eine einmalige Sache. Ich hatte nicht das Gefühl, dass es mehr für ihn war. Der Schock, mich nach so langer Zeit wiederzusehen. So wie bei mir auch. Nur ein Schock.«
Wieder zieht Dana die Augenbrauen hoch. »Vögeln wegen Schockzustand? Mila, das ist Quatsch und das weißt du auch.«
»Interpretier nicht mehr da rein, als es wirklich war«, sage ich etwas lauter, weil ich will, dass sie mir glaubt und nicht weiter drängelt. Die Kellnerin kommt an unseren Tisch, um unsere leeren Gläser zu holen und uns zu fragen, ob wir noch etwas haben möchten. »Nein, danke. Nur die Rechnung bitte.«
»Okay«, meint Dana, als die Bedienung weg ist. »Wie du meinst. Dann hatte es eben nichts zu bedeuten, aber was willst du jetzt tun?«
»Zuerst einmal werde ich mich von meinem Mann trennen. Ich denke, das ist das, was ich tun sollte. Für ihn und mich.«
»Denkst du nur oder weißt du?« Dana sieht mich auffordernd an, mit diesem Blick, der mir sagen soll, dass ich nicht voreilig entscheiden soll und schon gar nicht, wenn ich mir nicht wirklich sicher bin. Und ehrlich, ich habe ein merkwürdiges Gefühl bei dem Gedanken, mich zu trennen. Aber nur, weil ich Angst vor Veränderung habe und nicht davor, Rick zu verlieren. Als mir das klar wird, nicke ich.
»Ich bin mir sicher.«
Dana lächelt und atmet erleichtert aus. »Na endlich«, sagt sie. »Ich bin froh, dass du es tust. Ich könnte dem Idioten Rush den Arsch küssen, dass er ausgerechnet gestern hier aufgekreuzt ist. Wie lange rede ich jetzt schon, dass deine Ehe mit Rick für keinen von euch beiden gesund ist?«
»Ich weiß, schon ewig. Aber halt Julian da raus.«
Es fühlt sich einfach nicht richtig an, mir einzugestehen, dass

ich mich nur von Rick trenne, weil ich Sex mit Julian hatte, obwohl es genau so war. Trotzdem fühle ich mich unwohl mit diesem Gedanken. Es hat erst ein schlechtes Gewissen gebraucht, um mich einsehen zu lassen, dass es unfair von mir ist, Rick in einer Ehe mit einer Frau gefangen zu halten, die ihn nur geheiratet hat, um sich selbst von der Liebe zu einem anderen Mann zu befreien, was nicht funktioniert hat.

RUSH

Sorglos werfe ich die letzten Reste von dem, was mein Leben in den letzten Jahren ausgemacht hat, in eine Reisetasche. John liegt noch in seinem Bett, in seinen Armen liegt ein Mädchen. Sie ist wach und beobachtet mich, wie ich meine Tasche packe und dabei leise vor mich hin fluche, weil Mila mir einfach nicht mehr aus dem Kopf geht. Ich rieche sie an dem T-Shirt, das ich gestern getragen habe und das ich immer wieder an meine Nase drücke. Ihr Geruch hat sich mit dem meines Schweißes verbunden. Was eigentlich eklig sein sollte, aber mir gefällt diese Verbindung: etwas von ihr, etwas von mir.

»Sie ist einfach verschwunden«, murmle ich, weil ich es noch immer nicht fassen kann, dass sie mich schon wieder verlassen hat. Macht es ihr Spaß, mir immer wieder in den Arsch zu treten? Und wieso habe ich das Gefühl, dass ich, wenn es um sie geht, jedes Mal zum Weichei werde. So bin ich nicht.

»Wer ist verschwunden?«, will das Standardchick in Johns Bett wissen. Sie sind immer blond, vollbusig und künstlich.

»Geht dich nichts an.« Ich werfe das Shirt in die Tasche und ziehe den Reißverschluss zu.

»Wenn es um ein Mädchen geht, ich bin auch eins. Vielleicht kann ich dir helfen.« Sie setzt sich auf und macht sich nicht einmal die Mühe, ihre Titten vor mir zu verbergen, als das Betttuch an ihrem Körper nach unten rutscht.

John stöhnt, hebt eine Hand und reibt sich die Stirn. »Kannst du nicht, dieses Mädchen ist … anders«, sagt er und »anders« klingt abfällig. »Ich hoffe, du hast dir ihre Nummer geben lassen. Die Mila-Sache halt ich kein weiteres Mal durch.«

»Halt's Maul. Ich bin dann jetzt weg.« Ich schnappe mir meine Tasche und bücke mich nach meinem Gitarrenkoffer.

»Tu das nicht«, meint John und setzt sich auf. »Mach dich vom Acker«, knurrt er das Chick an, das John fassungslos anstarrt.

»Das war's?«, fährt sie ihn an.

»Mädchen, was hast du denn gedacht? So läuft das hier nun mal«, antworte ich für John.

John grinst. »So wie er sagt. Wobei du ja immer nur mit halbem Arsch dabei warst. Oder sollte ich sagen, mit halbem Schwanz? Vielleicht ist Seattle schon wieder aus deinem Leben verschwunden, weil dein Schwanz einfach nie richtig bei der Sache ist.«

Das Chick springt vom Bett, starrt mich neugierig an - wahrscheinlich überlegt sie, ob es stimmen kann, was John sagt - und schnappt sich ihre Klamotten, die auf dem Boden verstreut liegen.

»Lass dein Höschen da«, sage ich zu ihr, als sie es aufheben will.

Sie sieht mich fragend an. »Bist du irgendwie pervers? Aber mir soll es recht sein.« Sie hält mir ihr schwarzes Höschen hin und ich nicke in Johns Richtung. »Er sammelt Höschen.«

Sie schnaubt. »Er ist ein Arschloch und bekommt gar nichts von mir.« Sie steckt das Höschen in ihre Handtasche und verschwindet.

»Ich hatte von dir, was ich wollte«, ruft John ihr lachend hinterher. Sie hebt ihre Hand und zeigt ihm den Mittelfinger, was John nicht mehr sehen kann.

»Also dann«, sage ich in dem Moment, in dem Tristan aus dem Bad kommt.

»Du gehst schon?«, will er wissen. »Grüß Riverside von uns. Die werden sich freuen, dich wieder da zu haben in dem langweiligen Kaff.«

Der Name des langweiligen Kaffs verursacht mir plötzlich einen Knoten im Magen, weil mit Riverside auch die Erinnerungen an Mila und die letzte Nacht zurückkommen. Nicht nur die letzte Nacht, auch an die Enttäuschung, als ich herausgefunden habe, dass sie weggezogen ist. An unseren gemeinsamen Nachmittag am See, unseren ersten Kuss, unsere Gespräche hinter der Bar, an ihr Lächeln, ihre manchmal versteinerte Maske. Und plötzlich ist dieses Gefühl wieder da, das mich damals dazu getrieben hat, Riverside zu verlassen und vier Jahre nicht mehr zurückzukehren. Dieses Gefühl, in meiner Heimatstadt fremd zu sein, darin zu ersticken, wenn ich nur noch ein einziges Mal an sie erinnert werde. Die Wunde fühlt sich jetzt wieder frisch an.

Ich lasse die Tasche sinken und stelle den Koffer ab. Ich fühle mich kraftlos, antriebslos. »Fuck«, stöhne ich. Ich bin schon wieder dabei, aufzugeben, dabei sollte ich sie finden. Nachdem sie einfach verschwunden war, hatte ich es mir fest vorgenommen, sie nicht entkommen zu lassen. Sie nicht entkommen lassen, funktioniert aber nur, wenn ich mich auf die Suche nach ihr begebe.

»Ich muss sie finden«, sage ich.

»Von wem reden wir?«, will Tristan wissen.

John lacht laut auf. »Seattle, wem sonst.«

Tristan stöhnt. »Nicht schon wieder!«

19. Kapitel

MILA

Ich bin zum ersten Mal wieder in unserer gemeinsamen Wohnung, seit ich mich von Rick getrennt habe. Als ich die Wohnung betrete, hoffe ich, dass er nicht zu Hause ist, und so wie es aussieht, habe ich Glück. Die letzten Tage habe ich bei Dana gewohnt. Ihre Wohnung ist ziemlich klein und bei ihr zu wohnen ist keine Dauerlösung, weil ihr Wohnzimmer auch gleichzeitig ihr Schlafzimmer ist und sie ihr Sexleben total auf Eis legen muss, solange ich bei ihr bin. Sie hat sich zwar nicht beschwert, aber ein schlechtes Gewissen habe ich dennoch, denn Dana liebt ihr Singleleben über alles, weswegen sie meine fast sexlose Ehe immer eine »Verschwendung« nannte.

Sexlos! Wir hatten Ewigkeiten keinen Sex mehr und ausgerechnet, als wir uns nach meinem Geständnis heftig gestritten haben, ist es wieder passiert. Als wäre ein Schalter umgekippt, der eine Blockade aufgehoben hat, sind wir übereinander hergefallen und danach ist mir klargeworden, ich habe es nur getan, weil ich Mitleid mit Rick hatte. Und er hatte es nur getan, weil er sich ein Zurück erhofft hatte.

Aber ein Zurück kann es nicht geben, weil es nur eine Lüge wäre. Vielleicht würden wir es für kurze Zeit wieder hinbekommen, aber Julian würde immer zwischen uns stehen. Denn obwohl er nicht in meinem Leben ist, ist er da. Jede Sekunde. In jedem Atemzug. Er brennt in meinem Herzen, ich kann ihn nicht vergessen. In den letzten Tagen habe ich kaum an meinem Buch geschrieben und dafür dem Internet jede Information über die *Riverside Dingos* entlockt. Ich habe unzählige Bilder und Videos von Konzerten gefunden, Fotos von den Jungs und Groupies, Fotos von Julians zahlreichen Tattoos. Ich habe mich so lange gequält, bis Dana mir den Laptop weggenommen hat und mir eine Flasche Wein mit ihr zusammen verordnet hat. Aber wirklich geholfen hat mir erst Joshs Notruf. Josh hatte einen Unfall mit seinem Motorrad und braucht mich jetzt. Auch wenn es mir leid für ihn tut, aber er ist mir im Moment eine willkommene Ablenkung und wahrscheinlich auch ein Fluch.

Ich falte den ersten Karton auseinander und werfe wahllos Kleidung hinein. Mir bleibt nicht viel Zeit, wenn ich Rick nicht doch noch einmal begegnen will. Die meisten Sachen befinden sich schon auf dem kleinen Pick-up, den ich mir ausgeliehen habe, denn die wichtigsten Dinge habe ich schon gemeinsam mit Dana geholt, nachdem ich mich von Rick getrennt hatte. Ich muss jetzt also nur noch die spärlichen Reste und meine Bücher einpacken, weswegen ich im Schlafzimmer schnell fertig bin. Und als Rick plötzlich in der Wohnung steht, bin ich froh, dass ich aus dem Schlafzimmer raus bin, weil ich nicht noch einmal wiederholen möchte, was beim letzten Mal passiert ist.

»Du bist hier«, sagt er und starrt erst mich und dann die drei Kartons an, die im Wohnzimmer stehen.

»Ich wollte nur den Rest meiner Sachen holen«, sage ich heiser vor Panik. Es wäre mir lieber gewesen, ihn nicht noch einmal sehen zu müssen. Weil es mir noch immer peinlich ist, dass ich ihn betrogen habe. Er war deswegen wütend gewesen, mehr als ich erwartet hatte. Aber wahrscheinlich ist es einfach so, wenn man betrogen wurde, egal, ob man die Frau wirklich liebt oder eben doch nicht so sehr.

Er kneift die Lippen zusammen, dann tritt er näher. »Du kannst auch bleiben.«

»Kann ich nicht«, sage ich knapp.

»Dann erklär mir, warum nicht. Ich habe dir gesagt, dass ich damit zurechtkomme, wenn du ihn nie wiedersiehst.« Er sieht mich traurig an und ich bekomme langsam das Gefühl, dass ich mich geirrt habe, was seine Gefühle für mich betrifft.

Ich nehme ein Buch aus dem Regal, packe es in den Karton zu meinen Füßen, dann greife ich blind nach dem nächsten. »Wir haben darüber gesprochen, dass es nicht nur daran liegt, dass ich Sex mit einem anderen Mann hatte. Es liegt auch daran …«, dass er mir gezeigt hat, wie sehr ich dazu imstande bin zu fühlen, Leidenschaft zu spüren, all das, was es zwischen uns noch niemals gab. Nicht einmal bei unserem letzten Mal. »… daran, dass wir beide wissen, dass unsere Ehe nur eine stillschweigende Übereinkunft war. Die ganze Zeit schon. Wir halten uns gegenseitig davon ab, mehr als das zu finden.«

Er verzieht das Gesicht. »So ist es nicht für mich«, sagt er. »Ich brauche dich.«

Ich sehe ihn an und mein Herz zieht sich zusammen, weil er so unglücklich aussieht. Ich will ihm das wirklich nicht antun. Das hat er nicht verdient. Mein Blick fällt auf das Buch, das ich in meinen Händen halte und ich muss heftig schlucken: *Sturmhöhe*.

»Bist du wirklich so emotionslos, wie du rüberkommst, oder versteckst du dich nur hinter dieser eisernen Maske? Egal was es ist, es macht dich nur interessanter, Seattle.« Genau das waren damals seine Worte und sie sind mir ewig im Gedächtnis geblieben, weil sie mir gezeigt haben, wie ich auf die Menschen um mich herum gewirkt habe. Genau so wie meine Mutter, deren Kälte mich selbst auch immer erschüttert hat. Und so wollte ich nicht sein.

»Tut mir leid, das wäre nicht richtig.« In einer emotionslosen Ehe festzustecken, würde aus mir auf lange Sicht meine Mutter machen. Ich wende mich von Rick ab und packe weiter meine Bücher in Kartons. Er beobachtet mich schweigend dabei, sagt aber nichts mehr. Irgendwann schnappt er sich einfach die vollen Kartons und trägt sie runter zum Pick up. Und mir fällt ein Stein vom Herzen, dass er nichts mehr sagt und mir stattdessen hilft.

»Nennen wir es eine Pause«, sagt er, als wir fertig sind und ich mich von ihm verabschieden will. Er schaut mich mit ernster Miene an, wirkt aber trotzdem verletzt.

»Eine Pause klingt gut«, sage ich und umarme ihn mit einem dumpfen Gefühl in der Brust.

RUSH

Mein Kaffee schmeckt heute nicht. Ich schiebe ihn von mir weg und nehme mein Handy, um durch alte Fotos und Notizen zu scrollen, in der Hoffnung, mir fällt noch irgendetwas ein, das ich tun könnte, um Mila zu finden. Neben mir sitzt John, der statt Kaffee Bourbon trinkt und den Tag so beginnt, wie er den letzten beendet hat. Nur die Chicks sind nicht mehr im Bus. Wenn ich nicht so dringend ein Dach über dem Kopf bräuchte, während ich nach Mila suche, wäre ich längst in Riverside. Aber da sie offenbar jetzt in Seattle wohnt, bin ich noch hier und helfe John und Tristan dabei, einen Ersatz für mich zu finden.

»Wir können nicht mehr lange hier stehen«, wirft Tristan ein, setzt sich mir gegenüber und schenkt sich Kaffee ein.

Wir stehen jetzt schon seit einer Woche auf dem Parkplatz vor dem Club. Der Besitzer hat es uns nur erlaubt, wenn wir dafür abends spielen, was wir seither jeden Abend tun.

»Nur noch heute«, knurre ich Tristan an, weil der schon seit ein paar Tagen drängelt, dass ich mich endlich entscheiden soll, ob ich nun gehe oder nicht. Dabei steht die Entscheidung schon lange fest. Ich gehe. Ich bin nur noch hier, um sie zu finden. »Sie war vor einer Woche hier, vielleicht kommt sie jeden Samstag. Und ihr habt noch immer keinen Ersatz«, werfe ich ein, weil wir auf unserer Facebook-Seite geschrieben haben, dass Interessenten uns hier finden können.

Tristan brummt schlechtgelaunt. Das ist er immer, wenn ich erwähne, dass ich nicht bleiben werde. »Unsere Suche sieht genauso beschissen aus wie deine.« Er fährt sich durch die Haare und starrt mich aus rotgeränderten müden Augen an, weil er genauso erschöpft ist wie ich.

Er hat recht. Ich habe Mila auf Facebook gesucht, über Google, Twitter, habe auf der Bühne gestanden und den Zuschauern Fotos von ihr gezeigt, habe sogar nach einem Anwalt gesucht, der den Nachnamen ihrer Eltern trägt, denn Mila ist ja verheiratet und hat wahrscheinlich ihren Namen geändert. Wenn ich nur daran denke, dass sie verheiratet ist, dreht sich mir vor Wut der Magen um. Ich versuche alles, um mir nicht vorstellen zu müssen, wie sie in seinen Armen liegt.

»Ich war im Büro ihres Vaters, er will mir nichts sagen. Hat nur gemeint, dann wüsste er ja jetzt, weswegen Mila plötzlich ihr Leben umkrempelt.«

»Was meint er damit?«, will John wissen. Seine Stimme ist ganz kratzig. Er hat gestern versucht, an meiner Stelle zu singen, aber er ist es nicht gewohnt, so lange durchzuhalten.

»Ich hab keine Ahnung, vielleicht ist er wütend, weil er seine kleine Assistentin verloren hat.« Ich arbeite mich weiter durch mein Handy und muss schmunzeln, als ich auf ein paar unfertige Songs stoße, die schon seit Jahren auf der Cloud vor sich hindümpeln.

»Du hast alles getan, was du tun konntest. Wenn sie nicht gefunden werden will, wirst du sie nicht finden.« Tristan leert seine Tasse, dann zieht er sich meine ran. »Trinkst du doch nicht mehr, oder?«

»Wieso, haben wir kein Kaffeepulver mehr?«, frage ich ironisch.

»Geht ja keiner einkaufen«, wirft John ein und nimmt einen Schluck aus seiner Flasche.

»Doch, du, sobald dein Alk leer ist«, meint Tristan lachend. Er hat recht, weswegen ich in sein Lachen einfalle und Tristan ein liegengebliebenes Höschen ins Gesicht werfe, das neben mir auf der Bank liegt.

Er fängt es auf und wirft es zu John. »Nicht meins«, sagt er.

John wirft es achtlos auf den Boden.

»Verdammt«, fluche ich laut auf und starre auf den Text auf meinem Handy. Ich drücke auf die Audiodatei darüber und spiele sie ab. Milas Stimme lässt auch das Gelächter meiner Freunde verstummen. Sie trägt das Gedicht vor, das sie damals für den Unterricht geschrieben hat. Das ich damals einfach aufgenommen habe, weil ich nicht anders konnte, als ich sie vor der Tafel habe stehen sehen mit geschlossenen Augen, ganz in sich versunken. Zuerst habe ich es nur aufgenommen, um sie damit aufzuziehen, aber als sie angefangen hat, es vorzutragen, war ich wie hypnotisiert von ihrer Stimme und der Art, wie bewegt sie von ihren eigenen Worten war.

»Ist das Mila?«, will John grinsend wissen. »Ganz schön schnulzig.«

»Ich kann mich erinnern, das war diese Hausaufgabe«, sagt Tristan nachdenklich.

Ich nicke und spiele die nächste Audiodatei ab und die beiden fangen an zu lachen, als sie mich den ›schnulzigen‹ Text singen hören.

»Fuck, Rush! Was zur Hölle ist das denn?«, gackert John los.

»Schnauze«, brülle ich ihn an, dann fällt mir eine viel lässigere Antwort ein. Eine, die nicht einmal eine Lüge ist. »Damit habe ich sie rumbekommen.«

»Damit hättest du sogar mich rumbekommen«, antwortet er grinsend.

Ich erstarre. »Du hast recht.«

»Nein, so war das nicht gemeint«, verteidigt er sich aufgeschreckt und winkt mit den Händen ab.

»Heute Abend spielen wir diesen Song, wenn sie im Club ist, muss sie ihn hören.«

»Du träumst, selbst wenn sie im Club ist, glaubst du wirklich, du bekommst sie nochmal damit rum?« Tristan grinst bis über beide Ohren. Ihm gefällt, wie ich mich hier im eigenen Saft suhle. »Aber wenn du unbedingt willst, dann spielen wir mit dir den uncoolsten Song in der Geschichte der Riverside Dingos.«

»Und wenn sie nicht da ist?«, werfe ich frustriert ein und die Hoffnung, die ich eben gespürt habe, ist schon wieder verflogen.

»Dann finden wir einen Weg, dass sie ihn hört«, schlägt John vor und das Grinsen in seinem Gesicht ist Ernst gewichen. »Wenn du sie so dringend finden willst, dann lassen wir dich nicht hängen, schließlich sind wir Freunde. Auch wenn du vorhattest, uns hängen zu lassen.«

Seine letzten Worte versetzen mir einen kräftigen Schlag in die Magengrube, trotzdem gefällt mir die Idee, dass sie den Song zu hören bekommt. Irgendwie. Auch, wenn ich noch nicht weiß, wie das laufen soll, wenn sie heute nicht im Club ist, aber es ist etwas, woran ich mich festhalten kann.

»Sollte sie heute Abend nicht kommen, wüsste ich jemanden, der uns helfen kann. Jemanden mit einem Studio und Kontakten«, wirft Tristan plötzlich nachdenklich ein.

»Jason«, platzt es aus John und mir gleichzeitig raus.

Only a Love Story

I'm stuck and dead,
yesterday my world was still full of colors,
close to the edge of the abyss, I'm lost,
below me an ocean made of questions.

Why is everything so different today?
Why am I so lonely here?
Thousand questions and no answer,
I don't want to be lonely anymore.

I'm fed up with waiting for you,
hoping that everything will be better tomorrow.
I'm feeling loneley and lost,
got lost in your heart.

Why is everything so different today?
Why am I so alone here?
Thousand questions and no answer,
I don't want to be lonely anymore.

Just a glance from your eyes,
a dark ocean made of thousands of flames.
When you look at me I can breathe
and falling doesn't seem so hard.

Why is everything so different today?
Why am I so alone here?
Thousand questions and no answer,
I don't want to be lonely anymore.

I thought you'd let me fly,
why did I fall so deep nevertheless?
Without you I'm abandoned and lost,
lonely in your ocean made of thousand
of questions.

Why is everything so different today?
Why am I so alone here?
Thousand questions and no answer,
I don't want to be lonely anymore.
Don't be afraid, it's only a love story.
It's always better, when we're together.

20. Kapitel

MILA

Ich werfe keinen einzigen Blick auf das Haus auf der anderen Straßenseite, während ich meine Kartons von der Ladefläche des Pick-ups hole und in mein vorübergehendes neues oder aber auch altes Zuhause trage. Trotzdem weiß jede Faser meines Körpers, dass dieses Haus auf der anderen Seite da ist und das fühlt sich grauenvoll quälend an, deswegen beeile ich mich damit, fertig zu werden.

»Ich kann dir trotzdem helfen«, meint Josh murrend, während er mich vom Sofa aus beobachtet.

Ich stelle den Karton ab, den ich eben hereingetragen habe, dann klopfe ich auf den Gips an Joshs Bein. »Ich bin hier, um dir zu helfen«, weise ich ihn hin.

»Hättest du dich nicht mit deinem Motorrad übernommen …«

»… dann wärst du jetzt wo genau?«, fragt er grinsend und zieht beide Augenbrauen hoch.

Ich mustere ertappt die vielen Tattoos überall auf seinem Körper. Josh erinnert mich so sehr an Julian, dass es mir schwerfällt, ihn anzusehen und ich mich manchmal daran erinnern muss, dass er mein Bruder ist. Er ist vor einem Monat wieder nach Riverside gezogen, um sich seinen Traum von einem eigenen Studio zu erfüllen. Eins das nicht in der Masse von Studios in Seattle untergeht. Er will, dass seine Körperkunst eine Chance hat, als das entdeckt zu werden, was sie ist: besonders. Josh hat sich eine winzige Fangemeinde aufgebaut mit seinen Aquarell-Tattoos. Aber er hasst die Szene in Seattle und wollte unbedingt zurück nach Riverside. Ich bin sicher, was er wirklich hasst, ist die Verlockung, in seinen alten Freundeskreis abzurutschen. Ich glaube, in Riverside hat er sich damals sicherer gefühlt, deswegen ist er jetzt wieder hier.

Ich verziehe das Gesicht. »Ich weiß es nicht.«

Josh hat recht, ich konnte weder bei Rick noch bei Dana bleiben, und für eine eigene Wohnung in Seattle reicht mein Einkommen als Autorin noch lange nicht aus. Und die Stelle als Assistentin in der Kanzlei war so unterbezahlt, dass man es kaum als mehr bezeichnen konnte als eine Praktikantenstelle. Ohne Ricks Gehalt bin ich also obdachlos. Und das Haus in Riverside derzeit meine einzige Chance auf ein Dach über dem Kopf. So ungern ich hier sein möchte wegen all der Erinnerungen, die durch diese eine Nacht mit Julian wieder so frisch sind, als wäre alles erst gestern passiert, aber ich beruhige meine Nerven damit, dass Julian seit vier Jahren nicht hier war und wohl so schnell auch nicht zurückkommt.

»Im Moment kannst du nichts anderes tun und ich brauche dich gerade, sonst kann ich nicht pünktlich eröffnen. Und ich habe schon Termine«, sagt er stolz grinsend.

»Was, kommt die halbe Footballmannschaft von damals?«

»In etwa, wobei ich glaube, sie wollen nur eine richtige Einweihungsparty von mir.«

Ich lasse mich neben Josh auf das Sofa sinken und sehe mich in dem Wohnzimmer um. Als wir damals weggezogen sind, haben wir alles so hinterlassen, wie es war. Wir haben nur die Möbel mit weißen Laken abgedeckt, Josh hatte also kaum Mühe, das Haus wieder bewohnbar zu machen, weswegen er genug Zeit hatte, seine neu entdeckte Leidenschaft für Motorräder auszuleben.

»Wie geht es dir?«, frage ich ihn besorgt und lege eine Hand auf seinen Gips, den er mit jeder Menge Zeichnungen ansehnlicher gemacht hat.

»Es geht mir gut, ich habe mir ein Bein gebrochen, das kommt schon mal vor«, sagt er, weil es ihm unangenehm ist, dass ich hier bin, um mich um ihn zu kümmern.

Wahrscheinlich braucht er meine Hilfe nicht einmal und ich benutze seinen Unfall nur, damit ich überhaupt irgendwo sein kann und mir nicht eingestehen muss, wie hilflos ich im Moment bin. Denn wenn ich ehrlich zu mir selbst bin, hätte ich ohne ihn nicht gewusst, wohin ich gehen soll. Aber ausgerechnet Riverside war wohl nicht die beste Wahl.

»Ich bringe meine Kartons in mein Zimmer und dann koche ich uns was. Worauf hast du Lust?« Lustlos stemme ich mich wieder vom Sofa hoch und werfe den Kartons, die ich noch nicht nach oben getragen habe, einen frustrierten Blick zu.

»Julians Mom hat für uns gekocht, steht in der Küche«, sagt er grinsend. Er weiß genau, was seine Worte in mir auslösen, und als er sieht, wie ich mich versteife, fängt er lauthals an zu lachen. »Tut mir leid, aber du müsstest deinen Gesichtsausdruck sehen.«

Ich kneife die Augen zusammen. »Sehe ich in etwa so aus wie auf dem Bild, dass du Julian ins Gefängnis geschickt hast?«, keife ich ihn an, noch bevor ich mich davon abhalten kann.

Josh starrt mich an und verstummt. »Woher weißt du davon?«

Okay, ganz gefährliches Terrain. Ich drehe mich einfach um und verlasse das Wohnzimmer. Ich werde kein Wort darüber sagen, denn Josh darf nichts davon wissen, weil er stinksauer sein wird, wenn er davon erfährt. Seit damals ist er nicht gut zu sprechen auf Julian.

Jason schüttelt auf der anderen Seite der Glasscheibe den Kopf, dann erklingt seine Stimme zum gefühlt einhundertsten Mal aus den Lautsprechern im Studio. »Noch einmal und mit mehr Schlafzimmer in deiner Stimme. Wie willst du dein Mädchen von dir überzeugen, wenn ihr Höschen nicht feucht wird von deinem Gesinge?«

Ich stöhne genervt auf, aber Jason hat recht, der alte Rush ist irgendwo verschwunden und ich muss ihn wieder hervorlocken. Am besten, indem ich mich voll auf Mila konzentriere. Das hier ist für sie, nicht für die Mädchen, die abends in die Clubs kommen, um eine Band zu hören, die eher mitteldurchschnittlich erfolgreich ist.

»Ich weiß, das hier ist anders als eure Aufnahmen während eurer Gigs in Clubs, aber ihr bekommt das hin«, sagt Jason wieder. »Das müsst ihr, ich brauch eine Vorband und ihr seid die Einzigen, die ich gerade auftreiben kann.«

Bei der Erinnerung an den Deal, den wir mit Jason für diese eine Aufnahme und seine Hilfe beim Knüpfen von Kontakten eingegangen sind, wird mir übel. Jasons Vorband für eine Tournee musste kurzfristig absagen, weil der Sänger krank geworden ist. Dass wir einspringen, war seine Bedingung gewesen, uns zu helfen.

»Wir spielen als Vorband von ein paar Kiltträgern, wir sind allemal besser als die«, wirft John ein, wischt sich mit einem Handtuch den Schweiß von der Stirn und nickt, um zu zeigen, dass er bereit für den nächsten Durchlauf ist.

»Diese Kiltträger sind Stars in Europa«, setzt Jason uns in Kenntnis, dann drückt er vor sich auf dem Pult herum und plötzlich dröhnt harter Rock aus den Lautsprechern, der wie Elektrizität durch meinen Körper zuckt. Eine dunkle, harte Stimme singt erst eine leise Strophe und hämmert dann einen schnellen Refrain ins Mikro, begleitet von schrillen E-Gitarrenklängen.

»Okay, verstanden. Sie sind gut«, brüllt John und wedelt mit den Händen, bis Jason die Musik ausstellt.

»Das will ich von euch auch. Arbeitet mit euren Emotionen, ich will diesen Song fühlen. Mir und deiner Kleinen sollen die Herzen bluten.«

Ich stelle mich vor das Mikro, greife meine Fender und nicke. »Also los«, sage ich und senke den Blick auf den offenstehenden Deckel meines Gitarrenkoffers, aus dem mich Mila anschaut. »Zeigen wir Wild Novel, wie man in den USA Musik macht«, sage ich.

»Yeah, Tournee«, brüllt Tristan und grinst mich glücklich an. In seinem Gesicht sehe ich die Erleichterung, als er mich anblickt. Er spürt meine Entschlossenheit und weiß, der alte Rush ist zurück.

Liebes Tagebuch,

ich bin zurück in Riverside und meine Gefühle sind so gemischt, wie sie nur sein können.

Ich denke ständig an Julian und diese eine Nacht, die ich mir erlaubt habe, und die mein Leben nun umgekrempelt hat. Nicht nur meins, auch das von Rick, der fast jeden Tag anruft und mich bittet zurückzukommen. Soll ich nachgeben?

21. Kapitel

MILA

Ich weiß nicht, warum es mich so stört, aber der Garten vor dem Haus sieht einfach nur schrecklich aus. Der Rasen ist viel zu hoch und die Blumenbeete kaum noch als solche zu erkennen. Der Vorgarten sieht so schlimm aus, wie er nach fünf Jahren nur aussehen kann. Ich hätte mich nicht darangemacht, die Beete von Unkraut zu befreien, wenn der Anblick unseres Vorgartens im Vergleich zu den anderen auf der Straße nicht so beschämend wäre. Aber jetzt, wo ich dabei bin, etwas Ordnung in das Chaos zu bringen und die Frühlingssonne über mir vom blauen Himmel strahlt, gefällt mir die Arbeit besser, als ich gedacht hatte. Und sie lenkt mich von den Dingen ab, die mir in den letzten Tagen durch den Kopf gegangen sind.

Ich habe an Rick gedacht und meinen Vater, der noch immer wütend auf mich ist, weil ich nicht mehr seine Assistentin bin. Er hat sich zu sehr daran gewöhnt, mich um sich zu haben und es ist schwer, jemand ganz Neuen anzulernen. Aber jetzt wo ich gegangen bin, fällt mir immer mehr auf, dass ich ihm so viel gegeben habe, aber nie etwas zurückbekommen habe. Und ich habe über Rick und seine täglichen Anrufe nachgedacht, was er jetzt macht und ob er wirklich glaubt, dass unsere Trennung nur eine Pause ist. Ich kann mir nicht vorstellen, dass er mich nach dem, was ich getan habe, noch haben will. Aber am häufigsten habe ich an Julian denken müssen, egal wie sehr ich versucht habe, es nicht zu tun. So oft, bis ich halb wahnsinnig geworden bin. Eigentlich wollte ich Josh dabei helfen, aus den ehemaligen Büros unserer Eltern sein Studio zu machen, aber vorhin sind zwei seiner alten Footballteammitglieder gekommen, um ihm zu helfen, also stand ich nur im Weg. Mir blieb nur der Vorgarten. Und danach vielleicht noch der hinter dem Haus, die Garage, der Dachboden … Es gibt genug Beschäftigung für mich.

Im Radio läuft *Hello* von Adele, ich singe leise mit, genieße das warme Gefühl der Sonne in meinem Nacken und fühle mich eigentlich zum ersten Mal seit Tagen wieder rundum zufrieden. Durch das offene Fenster über meinem Kopf drängt das Gelächter der Männer, die Mutters Büro leerräumen und die schweren Möbel in einen Transporter laden, um sie in einen Second-Hand-Shop nach Seattle zu bringen.

Heute Morgen hat ein Lieferwagen eine Liege und ein paar andere Dinge für das Behandlungszimmer gebracht. Vaters Büro möchte Josh so lassen wie es ist und weiter als Büro für all seine Unterlagen benutzen. Dass unsere Eltern Josh freie Hand lassen zeigt, dass sie nicht vorhaben, dieses Haus irgendwann noch einmal zu benutzen. Sie führen ihre Scheinehe lieber in Seattle weiter, wo mittlerweile eigentlich schon jeder weiß, dass ihre Ehe nur noch auf dem Papier existiert, weil unser Vater sich keine Mühe mehr damit macht, seine Affären zu verheimlichen. Und wo unsere Mutter weiter jeden in ihrer Umgebung mit ihrer Kälte erdrückt.

»Hallo Mila!«

Ich zucke erschrocken zusammen und drehe mich zu der Stimme um. Hinter mir steht Mrs. Rush und lächelt auf mich herunter. In ihren Armen trägt sie eine Holzstiege mit Blumentöpfen.

»Mrs. Rush«, sage ich erstaunt, stehe auf, ziehe einen der Handschuhe aus und gebe ihr die Hand.

Sie lacht. »Vielleicht nimmst du mir das erst ab. Ich dachte, du könntest die vielleicht gebrauchen. Und nenn mich Josie, wir sind doch alte Bekannte.«

Ich nehme ihr die Blumen ab, stelle sie auf den Boden vor dem Beet, an dem ich gerade arbeite, und reiche ihr die Hand. »Danke, Josie.«

»Brauchst du meine Hilfe?« Sie bindet sich die langen dunkelblonden Haare zurück und kniet sich vor das Beet, ohne auf meine Antwort zu warten.

Ich hätte eigentlich gern nein gesagt, denn sie ist Julians Mutter, und das allein bringt mich ganz durcheinander und lässt mein Herz rasen. Aber ich möchte sie auch nicht enttäuschen, denn sie fängt sofort an, mit einem Lächeln zu arbeiten, und Julian hat mir mal erzählt, dass sie die Gartenarbeit liebt, also knie ich mich neben sie und arbeite weiter.

»Wie kommt es, dass du wieder hier bist?«, will sie wissen.

»Ich bin nur hier, um Josh zu helfen«, sage ich und versuche, sie möglichst nicht anzusehen, damit sie nicht mitbekommt, wie nervös mich ihre Nähe macht. Hat sie noch oft Kontakt mit Julian? Wenn ja, hat er ihr erzählt, dass wir uns getroffen haben? Weiß sie, was wir getan haben? Wird sie ihm erzählen, dass ich hier bin? Wird es ihn überhaupt interessieren? Merkt sie, dass ich kaum Luft bekomme vor Panik?

»Ja, da hat er ganz schön was angestellt«, sagt sie lachend, buddelt ein Loch und setzt eine der orangenen Blumen rein.

Ich habe mich noch nie für Pflanzen und Gärten interessiert. Ich finde Blumen hübsch, aber sonst weiß ich nichts über sie, außer dass sie Wasser brauchen, wenn sie nicht eingehen sollen. Deswegen weiß ich auch nicht, wie die Blumen heißen, die Josie mitgebracht hat, aber sie haben offene, große Blüten in orange, gelb und rot. Und sie gefallen mir. »Danke, dass du dich um ihn gekümmert hast.«

»Bitte. Ich hab ja sonst gerade nicht viel zu tun, die Bar wird renoviert und die Handwerker haben mich vor die Tür gesetzt, weil sie ohne mich schneller vorankommen.« Sie schnaubt abfällig, lacht aber leise. »Ich weiß gar nicht, was sie für ein Problem haben.«

Jetzt muss ich auch lachen, denn Julians Mom kann wirklich schwierig sein, wenn es um die Riverside Bar geht. Es wundert mich, dass sie sie überhaupt renovieren lässt. Aber dass sie es tut, heißt, dass sie mehr Vertrauen in die Handwerker hat, als sie zugeben möchte. »Bestimmt wird sie sehr schön.«

»Oh, das wird sie. Und ich hoffe, Julian wird sie eines Tages übernehmen.«

Mir wird ein bisschen komisch im Magen, als sie seinen Namen sagt, aber ich überspiele meine Reaktion sofort mit einem aufgesetzten Lächeln.

»Er ist noch immer ein schwieriges Thema für dich?«

Nicht noch immer, schon wieder. »Nein, wieder hier zu sein weckt nur Erinnerungen.«

»Du warst die beste Freundin, die er je hatte. Alle anderen waren nichts wert.« Sie sieht mich an. »Du bist noch hübscher geworden. Und du bist eine gute Autorin.«

»Du liest meine Bücher?«, frage ich neugierig, nehme eine rote Pflanze und setze sie in das Loch, das ich gegraben habe, genau so, wie ich es bei Josie abgeschaut habe.

»Wenn ich ehrlich bin, seit du hier weg bist, habe ich ein Auge auf dich gehabt.« Sie lacht. »Okay, das klingt merkwürdig. Es hat mich interessiert, was aus dir wird. Nenn es mütterliche Neugier, du hast Julian das Herz gebrochen.«

Ich versteife mich etwas und widme mich konzentriert dem nächsten Loch.

Als im Radio der Moderator die Worte Riverside Dingos fallen lässt, verspannen wir uns beide. Mein Mund klappt auf und ich schaue nach oben auf das Fensterbrett, wo das Radio steht und die ersten Töne eines Lieds erklingen. Und dann setzt Julians Stimme ein und mein Herz wird zu Eis, es gefriert vor Panik, denn ich erkenne den Text sofort wieder. Genauso wie die Melodie, die Julian zu meinem Gedicht geschrieben hat. Natürlich weiß Josie das nicht, aber sie starrt genauso fassungslos auf das Radio wie ich.

»Sie sind im Radio!«, entfährt es ihr und sie wirkt genauso erschrocken wie ich.

»Sind sie«, flüstere ich und mein Magen fühlt sich ganz flau an.

»Dieses Lied klingt so gar nicht nach Julian, aber es gefällt mir. So schön ruhig, mal was anderes.«

Ich nicke nur. *Fall bloß nicht in Ohnmacht! Herz, nicht schneller rasen! Lass dir nichts anmerken.* Ich schnappe mir hektisch die Schaufel, grabe das nächste Loch und versuche, ruhig zu atmen. Sie ist seine Mutter, sie darf nicht merken, dass mit mir etwas nicht stimmt. Aber er singt *unseren* Song. Wir haben ihn gemeinsam geschrieben. Es ist mein Text, seine Melodie. Mein Text aus seinem Mund. Atmen. Warum singt er dieses Lied? Warum gerade jetzt?

»Geht es dir gut?« Josie sieht mich beunruhigt an.

»Ja, ich bin nur in den letzten Tagen etwas müde. War viel los«, sage ich und es ist nicht einmal eine Lüge. Ich bin wirklich etwas müde in letzter Zeit. Erst Julian, dann Rick, das alles hat mich doch etwas mitgenommen.

»Du siehst auch müde aus. Leg dich etwas hin.« Sie steht auf, dann schüttelt sie lächelnd den Kopf. »Mein Sohn im Radio.«

»Ich mach das hier nur noch fertig. Und vielen Dank nochmal.«

Sie winkt ab und geht über die Straße. Sie beeilt sich damit, in ihr Haus zu kommen. Vielleicht damit ich nicht sehen kann, dass sie weinen wird, aber ich habe die Tränen in ihren Augen schwimmen sehen. Vielleicht wird sie gleich versuchen, ihn anzurufen. Sie muss unglaublich stolz auf Julian sein. Ich bin nur leer, weil ich nicht weiß, wie ich damit umgehen soll, dass ausgerechnet dieses Lied es ist, dass es ins Radio geschafft hat. Ich hatte keine Ahnung, dass sie es überhaupt benutzen. Ich drücke eine Hand in meine Magengrube, weil mein Magen noch immer rebelliert. Er scheint sich regelrecht dagegen zu wehren, Julians Stimme zu hören, also stehe ich auch auf und gehe ins Haus. Julian und unser Song im Radio. Ich atme zitternd ein, weil sich eine Klaue in mein Herz bohrt.

RUSH

Es ist kühl in Detroit, aber ich will jetzt auf keinen Fall in den Bus, um mir eine Jacke zu holen, denn Tristan und John haben zwei Chicks im Bus. Ich könnte auch auf mein Hotelzimmer gehen und mir dort etwas holen, aber ich will jetzt einfach nur hier draußen stehen, die kühle Luft in meine Lungen saugen, hin und wieder von dem schottischen Whisky trinken, den Kieran und ich uns teilen, und eine Zigarette rauchen.

Kleine Gigs in irgendeinem Club sind nichts im Vergleich zu Konzerten in großen Hallen. Ich fühle mich nur noch erschöpft und bin noch entschlossener, meine Karriere als Musiker aufzugeben. Ich gehe nachts ins Bett und kann nicht einschlafen, weil ich die Fans unsere Namen schreien höre und den Text von *Only a Love Story* brüllen höre. Dieser Song sollte Mila dazu bringen, sich bei mir zu melden, jetzt bringt er fremde Chicks dazu, mir Höschen vor die Füße zu werfen.

Ich fühle mich nur noch frustriert und traue mich kaum noch, das Radio einzuschalten, damit ich nicht mir selbst zuhören muss, wie ich darüber singe, dass ich tausend Fragen habe, auf die ich keine Antwort bekomme. Hat Mila die Botschaft nicht bekommen? Schaltet sie ihr Radio nicht ein? Mir kommt es vor, als käme niemand mehr an diesem Song vorbei. Er fühlt sich für mich nicht mehr an, als gehöre er nur mir und ihr.

»Du siehst aus, als hättest du ein Problem«, meint Kieran. Ich verziehe das Gesicht und reiche dem großen Schotten die Flasche Whisky. Seit wir mit *Wild Novel* auf Tour sind, ist er mir am meisten ans Herz gewachsen. Wahrscheinlich weil er so ruhig ist, selten redet und so wie ich nach den Konzerten die Einsamkeit sucht.

»Ich bin nur müde, das ist alles«, sage ich, nehme ihm die Flasche wieder ab und kippe einen großen Schluck in meinen Hals. Der schottische Whisky schmeckt herb, teerig, er spült jeglichen schalen Geschmack aus meinem Mund, aber er schafft es nicht, mich zu beleben.

»Ihr seid seit vier Jahren unterwegs, da wäre bei mir auch die Luft raus«, sagt er und reibt sich über sein unrasiertes Kinn.

Ich habe es mir schwieriger vorgestellt mit Fremden unterwegs zu sein. Bisher hat es immer nur Tristan, John und mich gegeben, aber die Jungs von *Wild Novel* sind okay. Ein wenig durchgeknallt, so wie ihre Frauen, aber wir kommen aus. Und es ist toll, einmal Leute zu haben, die sich um alles kümmern, die Instrumente, die Hotelzimmer, Verpflegung. Jason hat sich gut gekümmert, trotzdem kann ich nur noch an Riverside denken. »Ja, eine lange Zeit.«

»Noch eine Stadt«, sage ich grinsend.

Kieran lacht. »Ja, Zeit mal wieder eine Woche durchzuschlafen.« Er nimmt mir meine Zigarette ab und zieht daran. »Was hat es auf sich mit *Only a Love Story?* Der Song ist so gar nicht euer Stil.«

Ich fahre mir durch die Haare, dann reibe ich mir über die nackten Unterarme. »Lange Geschichte. Sie heißt Mila und ist schon zwei Mal aus meinem Leben verschwunden. Ich hab gedacht, wenn ich es schaffe, dass sie den Song hört, dann kommt sie zurück. Hat nicht geklappt.«

»Vielleicht weiß sie nur nicht, wo sie dich findet.«

»Ist ja leicht rauszufinden. Ich denke, sie will nur nicht. Sie ist verheiratet«, knurre ich wütend, weil mich der Gedanke noch immer umbringt.

Kieran stößt einen langgezogenen Pfiff aus. »Du solltest besser noch was trinken. Tut mir leid, Mann.«

»Danke.« Ich nehme die Flasche und trinke. Langsam wird mir wärmer, aber der Schmerz der Enttäuschung verschwindet nicht.

»John hat erzählt, dass du nach der Tour aussteigen willst.«

»Ich hab festgestellt, dass das nichts mehr für mich ist. Dieses Umherziehen, kein festes Dach über dem Kopf.«

»Kann ich nachvollziehen.«

Ich gebe Kieran die Flasche zurück und nicke mit dem Kinn zum Eingang des Hotels. »Ich geh dann mal ins Bett.« Nicht weil ich müde bin, sondern weil es mich so fertigmacht, dass sie sich trotz all der Mühen nicht meldet. Ich kann einfach nicht mehr, an sie zu denken, bringt mich irgendwann noch um. Wenn ich dieses letzte Konzert geschafft habe, dann werde ich den Song nie wieder singen. Ich werde ihn mir aus meinem Hirn kratzen, so wie ich mir Mila von meiner Seele kratzen werde.

»Gute Idee.«

MILA

Aus Joshs Behandlungszimmer dringt das leise Schnarren einer Tätowiermaschine, als ich mich der Tür nähere. Im Hintergrund läuft Musik. Josh hört immer leise Musik, wenn er arbeitet. Seit gestern ist sein Studio offiziell eröffnet, aber bisher hat sich noch niemand getraut, sich unter seine begabten Hände zu begeben. Gestern Abend hat er versucht, mich von der Notwendigkeit eines Tattoos zu überzeugen und ich habe ihm erklärt, dass ich ein Tattoo für absolut unnotwendig halte.

Wir hatten ein paar Gläser Wein, um auf die Fertigstellung des Studios anzustoßen. Josh hatte ein paar mehr als ich, weil ich so müde war, dass ich lange vor ihm ins Bett gegangen bin, und heute Morgen bin ich noch immer müde, weil mich Julians Stimme im Radio einfach nicht losgelassen hat. Es ist kaum noch möglich, an dem Song und seiner Band vorbeizukommen, weswegen ich das Radio möglichst ausgelassen habe in den letzten Tagen.

Doch als ich jetzt die Tür zu Joshs Zimmer öffne, muss ich mich aufs Neue Julian und dem Song stellen, dabei wollte ich meinen Bruder nur von seiner Arbeit wegholen und zum Essen zwingen, was er gerne einfach vergisst, wenn er beschäftigt ist.

Ich stoße die Tür weiter auf und atme tief ein, um mich für Julians Stimme zu wappnen, aber was mich noch viel heftiger trifft, ist Josh, der sich tief über ein wirklich großes Stück Schweineschwarte gebeugt hat und diesem Stück totem Fleisch gerade ein Tattoo verpasst. Mein Magen krampft sich bei dem Anblick heftig zusammen und ich übergebe mich direkt vor Joshs Gips. Josh lässt vor lauter Schreck die Maschine fallen, die in meinem Erbrochenem landet und sich surrend durch die eklige Pfütze bewegt, was dazu führt, dass ich mich gleich noch einmal übergeben muss.

»Ich hatte keine Ahnung, dass du so einen empfindlichen Magen hast«, murrt Josh und sieht mich mit aschfahlem Gesicht an. Er springt auf, bevor die Maschine seinen Gips erreichen kann und zieht schnell den Stecker, dann starrt er genauso schockiert auf die Sauerei wie ich. »Bist du Vegetarierin, hab ich was verpasst?«

Ich schüttle den Kopf und würge noch einmal, dann wische ich mir die Tränen von den Wangen. Der saure Geschmack in meinem Mund ist so ekelhaft, dass ich nur noch schnell hier raus will, um ihn loszuwerden. Als ich mich umdrehe, um den Raum fluchtartig zu verlassen, renne ich in eine ebenso blasse Josie Rush hinein, die mich mit weit aufgerissenen Augen anstarrt.

»Tut mir leid, aber Josh hat ein Schwein tätowiert«, verteidige ich mich.

»Ich sehe es«, murmelt sie angewidert und hakt sich bei mir unter. »Ich bring dich ins Bad.« Sie führt mich in das Gästebad unter der Treppe zum Obergeschoss.

Ich spüle mir den Mund aus und putze danach kräftig meine Zähne, um den Geschmack loszuwerden, danach führt Josie mich ins Wohnzimmer und verlangt, dass ich mich auf das Sofa setze.

»Geht es dir jetzt besser?«, will sie wissen, nachdem sie mir einen Kamillentee gebracht hat.

»Danke«, sage ich und nicke.

Sie setzt sich neben mich, sieht mich an, dann fängt sie an zu lachen. »Also dieses Ding, wie es da durch die Pfütze getanzt ist, den Anblick werde ich nie wieder los.«

Ich fange auch an zu lachen. »Erinnere mich nicht!«

Der warme Tee tut meinem Magen gut und meine Finger zittern auch nicht mehr so. Josie hat die Haare heute in einen strengen Dutt zurückgenommen. Sie sieht mich schweigend an.

»Und ich wollte dich eben fragen, ob du mir in der Bar aushelfen kannst. Die Regale müssen wieder aufgefüllt werden.« Sie grinst noch immer.

»Ich bin nicht krank«, sage ich. »Es war wirklich nur dieser Anblick.« Als die Erinnerung wieder hochkommt, krampft mein Magen aufs Neue und ich nippe schnell am heißen Tee. »Ich helfe dir gerne.«

»Das ist lieb von dir, danke. Ich kann Hilfe gerade gut gebrauchen. Nachdem Julians Dad die Bar fast abgebrannt hat, um an das Geld der Versicherung zu kommen, hab ich hier nicht mehr viele Freunde.«

Ich schnappe nach Luft. »Er hat ein Feuer gelegt?«

Josie nickt. »Ja, vor etwa einem halben Jahr, Julian weiß nichts davon. Ich wollte ihn damit nicht belasten, er hat jetzt sein eigenes Leben. Er hat genug durchgemacht wegen seinem Vater.«

»Wenn es Brandstiftung war, dann hat die Versicherung nicht

bezahlt«, sage ich traurig, weil ich das Vorgehen kenne. »Dein Mann ist Mitbesitzer.«

»Das stimmt. Sie wollten zuerst wirklich nichts bezahlen, aber der Agent, der hier war, hatte ein Herz. Sie haben mir das Geld ausgezahlt, mein Mann hat nichts bekommen. Die Bar gehört jetzt nur mir, er hat seinen Anteil aufgegeben, als er nüchtern genug war, um zu begreifen, was er da getan hat.«

»Das tut mir sehr leid«, sage ich, erleichtert, dass Julian nichts davon weiß.

»Manchmal ist es ein Segen, dass Julian nicht mehr nach Riverside kommt«, meint sie müde lächelnd.

Ich nicke, zum Einen, weil es wirklich gut ist, dass er davon nichts weiß, zum Anderen, weil es auch für mich besser ist, dass er nicht hier ist. Die Vorstellung, er würde nach Riverside kommen, lässt meinen Puls ängstlich rasen.

»Wann fangen wir an?«, frage ich sie, stelle meine Tasse auf dem Tisch ab und nehme Josies Hand in meine, weil ihre Finger zittern. »Er ist doch im Gefängnis, oder?«

»Ja, ist er. Und er bleibt wohl auch eine ganze Weile dort, weil er sich noch mehr zu Schulden kommen lassen hat.«

»Das ist gut«, sage ich erleichtert.

»Fangen wir morgen an?«

Nachdem Josie gegangen ist, setzt sich Josh breit grinsend neben mich. »Ich hab die Sauerei weggemacht. Versprich mir doch, dass du nicht mehr ins Studio kommst, wenn ich arbeite.«

Ich boxe ihm gegen die Schulter. »Das war ein Stück Schweineschwarte. Du hättest mich vorwarnen können. Wozu Schwein?«

»Um zu üben, sie kommt der Haut eines Menschen recht nah.«

»Du musst noch üben und dann willst du mich tätowieren?«, keife ich überrascht.

»Nein, ich hab nur die neue Maschine getestet, bevor ich sie an einem Kunden zum Einsatz bringe. Wie wäre es mit einem Totenkopf auf deinem Hintern, Schwesterchen?«

Ich schnappe nach Luft. »Du bekommst meinen Hintern nicht zu sehen.«

Josh öffnet den kurzen Zopf, in dem er seine schulterlangen Haare zusammengenommen hatte, und windet sich das Lederband um sein Handgelenk. »Dad hat angerufen, er wollte wissen, wie es bei uns läuft.«

»Ich hoffe, du hast ihm gesagt, dass es nicht mehr lange dauert, bis ich dich erwürgen werde.«

»Genau das habe ich ihm gesagt. Und dass du einen empfindlichen Magen hast.« Er legt den Gipsfuß auf den Tisch, dann legt er einen Arm um meine Schulter und zieht mich an seine Seite. »Ich bin froh, dass du hier bist. Aber kotz mich nicht nochmal an.«

Es fühlt sich gut an, dass wir uns verstehen, weil wir das früher nie haben. Aber Josh hat sich damals, als wir hergezogen sind, genauso verändert wie ich. Nachdem Julian weg war, sind wir uns immer näher gekommen und Josh hat mir ein Gefühl von Sicherheit gegeben, weil er immer für mich da war. Deswegen konnte ich unmöglich Nein sagen, als er mich gebeten hat, herzukommen. Und jetzt bin ich froh, dass ich hier bin, auch wenn die Erinnerungen mich noch immer ein wenig quälen, aber es wird besser, je länger ich in Riverside bin. Also habe ich Hoffnung, dass der dumpfe Schmerz in meiner Brust auch irgendwann nachlässt.

22. Kapitel

RUSH

»Neben euch ist noch ein Stuhl frei«, sagt Connor und sieht Emma und Ian grinsend an.

Emma rutscht auf Ians Schoß herum und kichert. »Neben euch auch.«

Connor schlingt seine Arme um die Taille der Tour-Assistentin und grinst. »Ihr seid verheiratet. Verheiratete Paare knutschen nicht mehr in der Öffentlichkeit rum.«

»Wir schon«, meint Ian trocken und presst seiner Frau seine Lippen auf den Mund.

Ich halte John mein leeres Glas hin, ich brauche unbedingt mehr Alkohol, um diese Pärchen um uns herum zu ertragen. John kippt mir kommentarlos mehr Whisky ins Glas und ich stürze die brennende Flüssigkeit meinen Rachen runter.

»Das war eine tolle Tour mit euch«, sagt Kieran und hebt sein Glas. Wir sitzen im Hotelzimmer von Emma und Ian im Kreis und trinken ein letztes Mal schottischen Whisky, bevor sich morgen unsere Wege wieder trennen.

»Wie geht es jetzt weiter bei euch?«, fragt John die Mitglieder von *Wild Novel.* John klingt schon ziemlich beschwipst, was wahrscheinlich daran liegt, dass er auf der Party heute Abend die Finger nicht vom Alkohol lassen konnte. Langsam mache ich mir Sorgen um ihn, vielleicht bin ich aber auch nur genervt von einem ständig betrunkenen John.

Emma stupst Ian mit dem Zeigefinger gegen die Brust. »Ja, was machen wir jetzt?«

»Uns ausruhen bis *T in the Park.*«

»Das klingt langweilig«, sagt sie schmollend. Sie hat diese roten Haare, die allein schon jeden Mann schwach werden lassen, aber wenn sie dann noch diesen Schmollmund zieht, dann ist jeder wehrlos, also kann man es Ian kaum verübeln, dass er versucht, sie immer glücklich zu machen. Ich weiß nicht, bin ich neidisch und es nervt mich deswegen, oder nervt es, weil es so wenig zu einem Kerl wie ihm passt, dass er seiner Frau einfach jeden Wunsch erfüllt? Jedenfalls wende ich den Blick ab und werfe Kieran ein genervtes Lächeln zu, der zustimmend nickt.

»*Was ist T in the Park?*«, will Tristan wissen. Er sieht genauso müde aus, wie ich mich fühle. Aber er schwebt derzeit auch mit seinem Kopf in den Wolken und checkt ständig unsere stetig wachsende Fanseite, die vielen Kommentare und das kletternde Ranking von *Only a Love Story* auf iTunes. Ich glaube, er kommt am besten mit unserem Erfolg klar. Bei John bin ich mir nicht so sicher, ihn kann ich am wenigsten einschätzen, weil er seine Gefühle nur dann zeigt, wenn er wütend auf jemanden ist. Mich.

»Das ist ein Rockfestival in der Nähe von Edinburgh. Eins der größten bei uns. Ihr solltet mal kommen.«

John schnaubt und wirft mir einen wütenden Blick zu. »Sollten wir, sobald wir einen neuen Sänger haben.«

»Ich hab schon gehört, dass du aufhörst«, sagt Connor und mustert mich mit gerunzelter Stirn. Ich sehe ihm an, dass er rätselt, was mich dazu bringen könnte, eine gerade anlaufende Musikkarriere in den Dreck zu treten.

»Für mich wird es Zeit, mal wieder nach Riverside zu gehen.«

»Riverside, klingt nach Kleinstadt. Wo liegt das?«

»Bei Seattle, da kommen wir alle her«, antworte ich Emma, die mich neugierig anschaut.

»Das langweiligste Kaff der Welt«, murmelt John und trinkt gleich aus der Flasche.

»Also eine typisch amerikanische Kleinstadt?«, fragt Emma seufzend und bekommt diesen romantisch verklärten Blick. »So wie bei den Gilmore Girls?«

»In etwa«, wirft Tristan grinsend ein.

»Wann hast du Gilmore Girls gesehen?«, will John lallend wissen.

»Ich stand auf Lorelai«, antwortet er grinsend und reißt John die Flasche aus der Hand.

»Wer nicht?«, meint Connor und bekommt von Dakota dafür einen Klaps auf den Hinterkopf. Connor, ein Bär von einem Mann, lacht nur, hebt Dakota hoch, legt sie sich übers Knie und haut ihr spielerisch auf den Hintern. Dakota zappelt mit den Füßen, dann befreit sie sich und setzt sich wieder auf seinen Schoß.

»Wir haben doch noch ein paar Tage Zeit«, meint Emma breit grinsend, lehnt sich mit dem Oberkörper gegen Ians Brust und sieht ihn mit ihrem Schmollblick an, während sie mit einer Hand über seine Brust streichelt. Aus den Männerkehlen im Raum ist ein vereintes Stöhnen zu vernehmen, sie alle wissen, dass Emma etwas möchte, dem Ian lächelnd nachgeben wird. »Lass uns dieses Riverside ansehen. Wir hatten noch keine Hochzeitsreise.«

»Aber wir sind doch gerade auf Reise«, protestiert Ian schwach.

»Das ist Arbeit«, sagt sie.

Kieran schüttelt den Kopf und verdreht die Augen.

»Wir fahren mit den Dingos mit, sie haben bestimmt ein Plätzchen für uns frei im Bus, jetzt wo wir unseren wieder hergeben mussten«, bettelt Emma.

Tristan wirft John einen fragenden Blick zu. »Warum nicht, könnte auch mal wieder nach unserem Haus sehen«, meint der und steht auf. »Ich verschwinde ins Bett.«

»Na dann, schauen wir uns dieses Kaff mal an.« Ian grinst seine

Frau breit an. Schleimer! Aber wenigstens sind sie zusammen und schaffen es irgendwie.

Ich hab alles versucht und Mila meldet sich nicht mal bei mir.

Tristan stößt mich an. »Glaubst du, deine Mom überlässt uns die Bar, um deinen Nachfolger zu casten?«

»Ich weiß nicht, bestimmt.«

»Du meinst die Bar, von der du mir erzählt hast?« Kieran mustert mich neugierig. Ich habe ihm erzählt, dass wir früher in der Bar meiner Mutter gespielt haben und dass ich gerne wieder dorthin zurück möchte. Spielen, wann immer mir danach ist, ohne den Druck, dass es ein Job ist, hinter dem Tresen stehen und ein normales Leben führen. Einfach mal für meine Mutter da sein.

»Ja«, betätige ich.

»Back to the roots«, sagt Kieran grinsend. »Lass uns ein amerikanisches Kaff aufmischen. Wir haben schon lange nicht mehr in einer kleinen Bar gespielt.«

Ich ziehe ungläubig die Augenbrauen hoch. »Ihr wollt wirklich mit nach Riverside?«

Emma nickt. »Wollen wir.«

Ich verschweige ihnen, dass ich ein komisches Gefühl dabei habe, dass sie alle mitkommen wollen, da ich selbst noch nicht einmal weiß, was mich in Riverside erwartet. Bis jetzt hat es sich nicht sehr real angefühlt, so als hätte ich noch immer einen Ausweg und könnte es mir im letzten Augenblick noch anders überlegen. Doch jetzt wird es wahr. Ich kann es nicht mehr aufhalten, werde wirklich nach Riverside zurückkehren.

MILA

Ich beuge mich über die Toilettenschüssel und erbreche mein gesamtes Frühstück, während Josie mir die Haare aus dem Gesicht hält, was mir extrem peinlich ist, aber der Geruch frischer Farbe in der Bar lässt meinen Magen rebellieren. Schon wieder! Selbst nach über einer Woche habe ich mich noch immer nicht daran gewöhnt, aber heute ist es besonders schlimm, weswegen ich jetzt mit dem Gesicht fast in der Toilette stecke, die zu meinem Glück neu ist.

»Oh Mann«, stöhne ich, als ich mich wieder aufrichte und mir mit der Serviette, die Josie mir reicht, den Mund abwische. »Das tut mir wirklich leid, aber der Farbgeruch ist einfach zu viel für meinen Magen.«

Sie lächelt und man sieht ihr kaum an, wie kraftlos diese kaum fünfzigjährige Frau ist. Was sie hier in der Bar geschafft hat, ist viel für jemanden, dessen Leben auf dieser Erde in jeder Sekunde und mit jedem Atemzug zu Ende sein könnte. Und das alles tut sie nur, damit sie Julian etwas von sich hinterlassen kann, wenn sie nicht mehr da ist. Etwas, das ihn an sie erinnert. Und jetzt muss sie sich auch noch um mich kümmern. Vielleicht fühle ich mich deswegen heute auch nicht besonders wohl, weil ich nicht vergessen kann, was Josie mir gestern erzählt hat, als wir beide allein alle neuen Gläser aus den unzähligen Kartons befreit und abgespült haben. Und wahrscheinlich hätte sie mir von ihrem Gehirntumor nicht erzählt, wenn sie in den letzten Tagen nicht immer wieder kurze Momente gehabt hätte, in denen ihr schwindlig war und sie ihre Schwäche nicht vor mir verbergen konnte.

Dass ich niemandem davon erzählen darf, hat sie mich schwören lassen, denn Julian die beste Zeit seines Lebens nicht kaputt zu machen, war ihr besonders wichtig. Also habe ich es ihr versprochen, und dass sie an einem inoperablen Hirntumor leidet, bleibt unser Geheimnis, auch wenn es mir nicht richtig vorkommt, denn Julian sollte davon wissen, damit er die Chance hat, sich zu verabschieden. Aber Josie möchte nicht, dass er es weiß, weil sie glaubt, es ihm zu schulden. Sie fühlt sich noch immer schuldig, weil sie damals den Sheriff gerufen hat. Ihr Anruf war es, der ihm mehr als ein Jahr seines Lebens gekostet hat. Und jetzt will sie ihm nicht noch mehr Zeit seines Lebens stehlen, indem sie ihn ausgerechnet jetzt, wo die Band richtig erfolgreich wird, dazu zwingt, an ihrem Sterbebett zu sitzen.

»Es riecht kaum noch nach Farbe«, antwortet sie mit gerunzelter Stirn, dann klappt sie den Toilettendeckel nach unten und befiehlt mir, mich hinzusetzen. »Ich bin gleich wieder da.«

Ich setze mich auf die Toilette und reibe über meine brennende Kehle. Meine Muskeln zittern von der Anstrengung und meine Augen tränen. Eigentlich sollte ich Josie helfen und ihr nicht noch mehr Arbeit machen. Sie ist für mich zu einer Freundin geworden, weswegen es mir wehtut, sie bald wieder zu verlieren, aber ich versuche, mir nichts anmerken zu lassen, weil ich spüre, dass es ihr unangenehm ist, wenn die Menschen Mitleid mit ihr haben.

Ich habe mich sogar daran gewöhnt, dass sie die Songs der Riverside Dingos abspielen lässt und über Julian redet, während wir die Bar für eine Eröffnung vorbereiten, von der wir nicht einmal wissen, ob sie sie erleben wird, aber ich habe mir geschworen, dass ich alles versuchen werde. Eigentlich mag ich es sogar, dass sie so viel über ihn spricht, über die Dinge, die er als Kind getan hat, die ihm passiert sind, seine Angst vor Wespen, seit er drei Jahre alt war und eine in seinen Eistee geflogen ist und Josie ihm das Glas im letzten Moment noch aus der Hand schlagen konnte. Sie erzählt mir all diese Dinge, die vergessen sein könnten, sobald sie nicht mehr hier ist, so als würde sie sichergehen wollen, dass auch dann noch jemand von ihnen weiß. Dass auch nach ihrem Tod noch jemand da ist, der davon erzählen kann, wie überwältigt der achtjährige Julian von seiner ersten Gitarre war. Und wie er mit fünf Jahren vor dem Fernseher stand und zusammen mit Axl Rose *Knocking on heavens door* gesungen hat.

Die Bar ist jetzt viel heller als früher, die Einrichtung nicht mehr ganz so bäuerlich, sondern schnörkellos mit farbigen LEDs beleuchtet. Nur die kleine Bühne, die hat sie wieder so herrichten lassen, wie sie einst war. Josie hat mir Fotos von der Bar nach dem Brand gezeigt, schwarze Wände, verkokeltes Holz. Ein Glück, dass das Gebäude selbst so wenig abbekommen hat.

»Hier«, sagt sie, als sie wieder da ist und hält mir ein weißes Stäbchen entgegen.

Mein Mund klappt auf und mir bricht Schweiß auf der Stirn aus, als ich den Schwangerschaftstest sehe. »Was? Wieso?«

»Ich war drüben in der Apotheke, damit du den jetzt machen kannst. Obwohl ich mir ziemlich sicher bin, dass du den eigentlich nicht machen brauchst. Du bist schwanger«, sagt sie mit todernster Miene.

»Unmöglich«, stoße ich hervor. Ich hatte seit Wochen keinen Sex mehr.

»Na, dann kannst du den ja unbesorgt machen.«

Ich starre auf das Stäbchen und versuche mir einzureden, dass Josie unrecht hat, aber meine Regel ist überfällig. Mindestens einen Monat. Eher fast zwei. Warum ist mir das nicht aufgefallen? Ich nehme das Stäbchen mit zitternden Fingern, dann sehe ich ängstlich zu Josie auf.

»Ich warte draußen«, sagt sie aufmunternd lächelnd.

Meine Hände zittern noch immer, als ich auf den Test starre, während beide Streifen immer dunkler werden. Zwei rote Streifen, die dafür sorgen, dass sich meine Kehle zuschnürt und mir schon wieder ganz übel wird. Das darf einfach nicht passieren. Aber es passiert. Ich bin schwanger und das jetzt, wo meine Ehe nur noch auf dem Papier existiert und ich auch sonst nicht weiß, wohin mein Leben mich führen wird.

Ich betrete die Bar und Josie sieht zu mir auf. Sie versucht, nicht allzu neugierig auszusehen, aber als sie meinen verstörten

Blick bemerkt, kann sie ihr Mitleid nicht verbergen. Sie kommt auf mich zu und nimmt mich in den Arm.

»Du wirst es deinem Mann sagen müssen, auch wenn es gerade nicht so gut läuft zwischen euch.«

Ich nicke mechanisch, aber nicht mein Mann ist der Vater dieses Babys, Julian ist es, denn Rick hat ein Kondom verwendet. Julian nicht. Aber ich kann ihr die Wahrheit nicht sagen, weil sie mich selbst schon lähmt. Und weil ich nicht will, dass sie Julian anruft, denn das will sie nicht. Ich habe es ihr versprochen, dass er nichts von ihrer Erkrankung erfahren muss. Und ich habe ihr bis heute nichts von dieser einen Nacht mit Julian in Seattle erzählt. Also lasse ich sie im Glauben, dass Rick der Vater ist. Weil es für uns alle das Beste ist.

RUSH

»Verdammt süßes Kaff«, meint Connor, als wir vor dem Haus meiner Mutter aus dem Bus steigen. Er zieht Dakota an seine Seite und sieht sich grinsend um. »Blümchen und eine Schaukel auf der Veranda, du hast ja ein Spießerleben geführt.«

Ich klettere hinter ihm aus dem Bus und fühle so eine Art Schauer, als meine Füße zum ersten Mal seit Jahren wieder den Boden in Riverside betreten. Genau so hatte ich es mir auch vorgestellt, dass es sich merkwürdig anfühlen würde. Ich drehe mich um und sehe nur den Bus. Das große Haus auf der anderen Straßenseite ist verdeckt. Wahrscheinlich sind die Vorhänge zugezogen und der Vorgarten ist verwildert. Obwohl ich das Haus nicht sehen kann, weiß ich genau, wie es aussieht, weil ich seit dieser Nacht in Seattle immer wieder daran gedacht habe, wie nervös ich war, wenn ich mit meiner Suzuki davor auf Mila gewartet habe, um sie mit zur Schule zu nehmen.

»Nicht ganz so spießig«, sagt John, als er aus dem Bus kommt.

»Sein Alter war ein verficktes Arschloch. Ich seh dann mal nach meiner Mom und wehe da liegen keine Steaks auf dem Grill, wenn ich wiederkomme.«

»Oh, ein amerikanisches Barbecue im Garten in einer amerikanischen Kleinstadt. Meine Kleinmädchenträume gehen gerade in Erfüllung«, meint Emma lachend. »Werden wir deine Mom kennenlernen?«

»Sie ist wahrscheinlich in der Bar, sonst hätte sie längst die Tür aufgerissen.«

»Na dann packen wir erstmal aus, damit John seine Steaks bekommt.«

»Nicht nur John will was zwischen den Zähnen«, wirft Kieran ein und trägt vier Sixpacks Bier zur Veranda.

Ich gehe ihm nach, greife in den Blumentopf, der auf dem Fensterbrett neben der Tür steht, und hole den Ersatzschlüssel raus.

»Ehrlich jetzt?«, will Emma wissen.

»Hier verirrt sich niemand hin. Wenn überhaupt mein Vater, und das, was er sucht, findet er hier nicht, also kommt er gar nicht erst ins Haus.« Emma kneift die Lippen zusammen und schaut mich traurig an. Sie hat verstanden, also muss ich ihr nicht mehr erklären. Ich schließe die Tür auf und zeige geradeaus. »Dort hinten geht es zum Garten raus. Der Grill steht im Schuppen, wenn sich daran nichts geändert hat.«

Ich gehe in die Küche und helfe Dakota und Connor dabei, die Lebensmittel auszupacken, die wir unterwegs besorgt haben, um heute Abend ein bisschen zu feiern.

»Ich hoffe, eure Nachbarn sind nicht empfindlich«, sagt Dakota und sieht mich besorgt an.

»Nein, sind sie nicht. Wahrscheinlich werden sie vorbeischauen.«

Plötzlich geht die Tür zum Schlafzimmer auf und meine Mutter steht vor uns. Ihr Haar steht wirr um ihr Gesicht herum und sie sieht blass aus, offensichtlich haben wir sie geweckt. »Julian? Du bist hier?«, fragt sie mit wackliger Stimme und fährt sich durch die Haare, im vergeblichen Versuch sie zu richten, dann kommt sie mit Tränen in den Augen auf mich zu.

»Mom«, sage ich und nehme sie in die Arme und in diesem Moment erst wird mit bewusst, wie sehr ich sie vermisst habe. Ich atme den Duft ihrer Haare ein und fühle ihren Körper. Sie hat abgenommen, fühlt sich sehr zerbrechlich an. »Du bist dünn geworden«, werfe ich ihr vor.

Sie löst sich von mir und die dunklen Schatten um ihre Augen herum sind einem glücklichen Strahlen gewichen. »Ich hab die Bar renoviert, das ist wie ins Fitnessstudio gehen. Was machst du hier?«

»Nach Hause kommen. Du hast die Bar renoviert?«

Sie winkt ab, löst sich mit einem tiefen Atemzug und einem glücklichen Lächeln von mir und greift nach meiner Hand, wahrscheinlich braucht sie den Körperkontakt, um sich sicher zu sein, dass ich auch wirklich hier bin. »Du hast Gäste mitgebracht?«

Ich lege einen Arm um sie und ziehe sie wieder an mich, es fühlt sich einfach zu gut an, wieder hier zu sein. Ich hätte nicht gedacht, dass nach Hause kommen sich so befreiend anfühlen kann. So vertraut und warm.

»Ja, stell dir vor, ich hab uns Schotten ins Haus gebracht.«

»Ich freu mich so«, sagt sie und strahlt mich an.

»Tut mir leid, dass ich so lange nicht mehr hier war«, sage ich mit einem schlechten Gewissen. Erst jetzt wird mir bewusst, wie egoistisch ich mich verhalten habe, sie einfach allein hier zurückzulassen. Ich bin echt ein mieser Sohn.

Die anderen gehen alle in den Garten, um uns einen Moment allein zu gönnen, als ich meine Mutter noch einmal in meine Arme ziehe. »Geht es dir gut?«

»Jetzt schon«, sagt sie und drückt ihr Gesicht gegen meine

Brust. »Hab ganz vergessen, dass du so groß bist.« Sie sieht zu mir auf und wischt sich eine Träne vom Gesicht.

Ich sehe mich um. »Alles noch beim Alten.«

»Nur die Bar nicht.« Sie presst die Lippen aufeinander und tritt etwas zurück. Ich sehe ihr an, sie will mir etwas sagen und das wird mir nicht gefallen.

»Was ist los?«

»Dein Vater hat die Bar angezündet, ich hab sie vom Versicherungsgeld wieder herrichten lassen.«

»Er war wieder hier? Warum hast du mir nichts gesagt?«, brause ich auf.

Sie sieht zu Seite und verdeckt dann ihr Gesicht mit den Händen. »Ich wollte dich nicht belasten.« Sie lächelt. »Und jetzt ist alles gut. Die Bar sieht richtig toll aus. Modern. Sie wird dir gefallen.«

Ich gehe nicht auf ihren Versuch ein, mich abzulenken. »Hat er dir was getan?«, will ich wissen und verschränke die Arme vor der Brust, um nicht gegen irgendetwas zu schlagen.

»Hat er nicht. Er hat sich entschuldigt und mir seinen Anteil überschrieben.« Sie hebt die Hände beschwichtigend und sieht mich müde an. »Nein, reg dich nicht auf. Er sitzt im Gefängnis wegen Erpressung und Brandstiftung.«

»Gut für ihn«, sage ich und ziehe meine Mutter wieder in meine Arme. »Tu das nie wieder. Ich will nicht, dass du so etwas nochmal durchmachst.«

»Okay«, sagt sie flüsternd. »Und jetzt bist du dran. Erzähl mir einfach alles.«

23. Kapitel

MILA

»Da ist jemand an der Tür«, ruft Dana aus dem Wohnzimmer. Sie stand gestern Abend plötzlich vor der Tür und meinte, sie dachte, ein Überraschungsbesuch wäre genau das, was ich jetzt brauchen würde. Außerdem müsse ja jemand mit mir zu meinem ersten Termin beim Gynäkologen gehen. Ich hatte ihr nur zwei Stunden zuvor am Telefon erzählt, dass ich ein Kind bekommen werde. Von Julian.

»Ich geh schon«, rufe ich zurück, stelle die beiden Gläser mit Eistee wieder auf die Arbeitsfläche in der Küche und gehe zur Tür.

»Hallo meine Liebe, ich weiß, du hast Besuch, aber wir grillen im Garten.« Josie strahlt mich über das ganze Gesicht an. So glücklich habe ich sie wahrscheinlich noch nie gesehen, zumindest kann ich mich nicht daran erinnern, aber sie steht vor mir und lächelt, ihre Augen glänzen und sie hat deutlich mehr Farbe im Gesicht als sonst. »Julian ist da.« Sie packt meine Hände, hält sie in ihren und lacht.

Es dauert ein paar Sekunden, bis ich begreife, was sie mir gesagt hat. Ich erstarre, sehe an ihr vorbei und mein Puls beginnt so heftig zu rasen, dass mir auf der Stelle übel wird, als ich den riesigen Bus auf der anderen Seite stehen sehe. Ich schlucke panisch. »Er ist hier?«

»Ja, er hat Freunde mitgebracht.«

Dana stellt sich neben mich und verspannt sich. »Ist das Musik? Und ist das der Tourbus? Guten Tag, Mrs. Rush. Wie geht es Ihnen?«

»Dana, schön, dich mal wiederzusehen. Ich wollte Mila eben einladen, komm doch mit rüber.«

Ich stoße Dana vorsichtig in die Seite, um ihr zu bedeuten, dass sie ablehnen soll, doch sie ignoriert mich einfach. »Natürlich kommen wir, danke.«

Mein Herz macht einen Satz, ich bin überhaupt nicht darauf vorbereitet, Julian wiederzusehen. Was ist mit dem Baby? Nein, ich muss es ihm nicht sagen. Nicht sofort. Vielleicht nie. Er wird wieder abreisen und nie etwas erfahren. Aber trotzdem, ich bin nicht vorbereitet auf ihn. Mein Magen krampft schon wieder. Ich muss erst über alles nachdenken. Bisher habe ich keinen Gedanken daran verschwendet, dass ich Julian eigentlich von dem Baby erzählen müsste.

»Wir kommen gleich«, bringe ich mit Mühe hervor.

»Danke, ich freue mich sehr.«

Josie dreht sich um, ich weiß, sie wird keine Ausrede der Welt gelten lassen und darauf warten, dass wir kommen. Ich habe also nur Minuten, um mich zu beruhigen, damit niemand merkt, dass etwas nicht mit mir stimmt. Ich muss es schaffen, die Panik runter zu kämpfen und aufzuhören, darüber nachzudenken, wie ich ihm das mit dem Baby erklären soll. Obwohl es da nicht viel zu erklären gibt, wir haben beide nicht an Verhütung gedacht. Und da kommt es nun mal vor, dass man schwanger wird.

»Warum hast du Ja gesagt?«, fahre ich Dana panisch an, sobald ich die Tür geschlossen habe.

»Weil du da rübergehen wirst.« Sie kräuselt ihre Nase und sieht mich ernst an.

»Ich kann es ihm nicht sagen, Josie wäre wütend auf mich. Und enttäuscht, sie will, dass er seinen Traum leben kann. Und sein Traum beginnt doch eben erst.« Ich bin den Tränen nahe, so durcheinander fühle ich mich.

»Dann sagst du es ihm nicht, aber wir gehen da rüber.« Sie sieht mich entschlossen an und ich weiß, sie wird nicht zulassen, dass ich mich vor Julian verstecke. Sie war schon immer im Team Rush, weil sie eine gute Freundin ist und schon immer wusste, dass es für mich nur einen Mann gibt, der mein Herz dazu bringen kann, merkwürdige Dinge zu tun.

Ich seufze frustriert auf, weil ich weiß, dass ich keine andere Wahl habe, wenn ich Josie nicht verletzen möchte. Ich muss mich Julian stellen. Ich sehe an mir nach unten, ich trage nur eine kurze Jeanshose und ein ausgewaschenes Shirt. Das sind die Sachen, die ich zu Hause immer anhabe, denn Kostüme trage ich nur noch in meinem anderen Leben, und das habe ich vor Wochen verlassen.

»Das ist eine Gartenparty, denk nicht einmal dran, dich umzuziehen. Du siehst gut aus. Keiner wird auch nur vermuten, dass du schwanger bist, weil absolut nichts zu sehen ist.«

»Okay«, sage ich zitternd, schließe die Augen und atme tief ein, um mich zu beruhigen. Aber sobald Dana die Tür öffnet, ich heraustrete und mein Blick auf den bunt besprühten Bus auf der anderen Seite fällt, beginnt mein Puls wieder zu rasen und in meinem Magen flattert es.

Als wir über die Straße gehen, fühlen sich meine Beine an, als hätte ich keine Kontrolle über sie. Jeder Schritt ist ein Tanz über Wackelpudding, meine einzige Stütze ist Danas Hand in meiner. Bis sie mich abrupt loslässt, als ein Mann in einem Kilt aus dem Bus steigt.

»Können wir jetzt noch umdrehen?«, will sie wissen und starrt den Mann an, der zurückstarrt, als hätte er einen Geist gesehen.

»Verdammt, Mädchen, du hast ein ernsthaftes Problem«, brüllt er über die Straße und kommt mit großen Schritten auf uns zu.

»Kennst du ihn?«, frage ich erschrocken und weiche vorsichtshalber etwas von Danas Seite.

»Das ist Kieran.«

»Der Schotte Kieran?« Wieso frage ich noch, er trägt ja einen Kilt.

»Ja, geh schon mal vor, ich denke, das hier wird jetzt unschön.«

Als ich ihren schockierten Gesichtsausdruck sehe, kann ich ein Lachen nicht unterdrücken. Dana hat mir von ihrem kleinen Abenteuer in London erzählt. Sie war für ein Auslandssemester auf der Uni in London und hat dort diesen Kieran kennengelernt.
»Also gut«, sage ich und gehe in einem großen Bogen um einen sehr wütend aussehenden Schotten herum, der Dana einfach packt und sie mitten auf der Straße küsst, als würde er sie auffressen wollen.
Tief atmend gehe ich durch das Haus, jeder Schritt ein Kampf gegen meine Furcht, aber es gibt kein Zurück mehr und ich habe keine Ahnung, was jetzt gleich passieren wird. Mein einziger Trost ist der Gedanke, dass wir nicht allein sind. Julian kann mich also nicht anschreien, weil ich das Hotel fluchtartig verlassen habe, und ich kann ihn nicht einfach anspringen, so wie ich es bei unserer letzten Begegnung gemacht habe, als ich flehend seinen Namen gesagt habe wie eine Verhungernde.

Und doch stehe ich auf der Veranda und starre auf seinen Rücken. Ich könnte jeden anderen hier anstarren, die Männer in Kilts, Tristan oder John oder die Frauen, die mit den Männern zusammen im Kreis sitzen oder stehen, aber ich starre auf seinen Rücken, als gäbe es nichts anderes, das mich retten könnte.

»Mila, warum stehst du da?«, ruft Josie, steht von ihrem Gartenstuhl auf und kommt auf mich zu.

Was ich nur nebenbei mitbekomme, denn als sie meinen Namen sagt, kann ich nur Julian sehen, der seine Schultern hochzieht und sich dann langsam umdreht und mich mit einer Mischung aus Erstaunen und Wut ansieht.

Was wird er jetzt tun? Was wird er jetzt tun?

»Ich habe einen Augenblick meine Zweifel gehabt, ob du kommen wirst«, sagt Josie und bleibt vor mir stehen. Sie sieht mich besorgt an. »Du wirst ihm doch nichts sagen? Er ist gerade erst wieder nach Hause gekommen, lass ihn das eine Weile genießen. Er muss sich jetzt nicht gleich damit rumplagen, dass seine Mutter sterben wird.«

Muss er nicht. Und auch nicht damit, dass unser kleines Treffen in Seattle dazu geführt hat, dass wir Eltern werden. Ich nicke zustimmend und fühle mich nicht wohl dabei, dass ich Josies Ausrede auch als willkommene Ausrede für mein kleines Problem benutzen kann.

Josie greift nach meiner Hand und zieht mich auf die Gruppe Menschen zu und ich laufe hinter ihr her, als wäre ich ein Spielzeug, das man an einer Leine hinterherziehen kann.

»Das ist Mila«, sagt Josie. »Sie hat mir in den letzten Wochen mit der Bar geholfen. Ohne sie wäre ich noch lange nicht fertig.«

»Ahhh, Mila«, sagen einige der Männer und grinsen.

Ich wage es nicht, Julian anzusehen, aber die Reaktion der anderen ist eindeutig, sie wissen etwas über mich. Und Julian, er sagt gar nichts. Ich kann ihn spüren, er steht neben mir, und ich kann auch seinen Blick auf mir spüren, aber er bleibt einfach stumm, was mich wahnsinnig macht.

Josie drückt mir eine kleine Flasche in die Hand und holt mich aus meiner Starre. »Trink was«, befiehlt sie.

Ich sehe auf die Flasche runter und nicke, es ist Saft. »Danke.«

»Du bist also das Mädchen mit den tausend Fragen?«, will eine Rothaarige wissen, die sich an einen stark tätowierten Mann lehnt.

Josie wirft mir einen fragenden Blick zu, dann scheint sie zu verstehen und sieht Julian mit gerunzelter Stirn an.

»Die bin ich wohl«, sage ich, weil ich mich im Augenblick wirklich so fühle, als würden mir tausend Fragen durch den

Kopf wirbeln. Ich öffne die Saftflasche und trinke einen kräftigen Schluck, um die Enge in meinem Hals wegzuspülen.

»Ich bin Emma«, sagt sie, dann stellt sie mir die anderen vor. »Und Kieran ist gerade verschwunden.«

»Ich weiß, er vernascht gerade meine Freundin auf der Straße«, stammle ich.

Ich ernte erstaunte Blicke und ein paar verwirrte Kommentare, aber ich sage nichts weiter dazu.

Als Dana kommt, sieht sie so angespannt aus, wie ich mich fühle, aber ich bin froh, dass sie sich neben mich stellt.

»Du siehst zu angespannt aus, um Sex gehabt zu haben«, flüstere ich ihr zu. Die anderen haben sich mittlerweile mit ihren Tellern und Getränken in der Hand im Garten verteilt und unterhalten sich. Julian steht etwas abseits von mir und spricht mit seiner Mutter, dabei sieht er mich immer wieder von der Seite an. Es wirkt fast, als würden sie über mich reden, tun sie aber nicht, denn ich kann hören, dass sie über die Bar sprechen und über das, was sein Vater getan hat. Er wirkt aufgebracht deswegen und wahrscheinlich auch, weil seine Mutter es ihm verheimlicht hat. So wie sie ihm auch verheimlicht, dass sie sterben wird. Und so wie ich ihm verheimliche, dass er Vater wird. So viele Dinge, die wir ihm verschweigen und es fühlt sich falsch an.

»Ich hatte auch keinen.«

»Der Kuss sah ganz danach aus.«

»Oh, der Kuss war nur der nette Anfang von etwas Üblem«, sagt sie und trinkt dann von ihrem Bier.

Ich starre neidisch auf ihre Flasche, denn gerade wünsche ich mir wirklich sehr auch ein paar Schlucke davon.

»Hallo!«, meint Dakota und stellt sich zu uns. »Ich bin die Tour-Assistentin und mit dem Wahnsinnigen da drüben zusammen«, sagt sie und zeigt auf einen großen, breitschultrigen Mann.

»Connor«, bestätigt Dana. Ihr Blick sagt: Wenn ich gewusst

hätte, dass ich euch hier antreffe, dann wäre ich jetzt nicht hier. Sie sieht rüber zu Kieran, der ihr immer wieder Blicke zuwirft.

»Mir ist aufgefallen, du trinkst gar nichts. Wie weit bist du denn?«

»Wie weit?«, frage ich erschrocken und greife mir automatisch an den Bauch. Ich kann es gar nicht verhindern, es ist ein Reflex.

»Man kann fast nichts sehen, aber du bist doch schwanger, oder?«

Julian dreht seinen Kopf und sieht mich an. Mein Herz schlägt so heftig gegen meine Rippen, dass ich das Gefühl habe, sie brechen gleich. Ich nicke mechanisch. »Mein Mann und ich machen gerade eine Pause«, stammle ich.

Julian runzelt die Stirn, dann dreht er sich wieder zu seiner Mutter um und ein Felsbrocken rollt von meiner Brust. Noch eine weitere Lüge, die ich willkommen heiße. Und Julian scheint sie sofort akzeptiert zu haben. Oder nicht?

»Das tut mir leid«, sagt Dakota.

»Muss es nicht, er ist ein Arsch«, meint Dana und leert ihre Flasche.

Ich sehe Dana zornig an, aber sie ignoriert mich einfach und geht rüber zum Eimer mit Eiswasser, um sich eine neue Flasche zu holen. Ich seufze und sehe Dakota an.

»Er ist völlig in Ordnung und er kann nichts dafür, ich hab einen Fehler gemacht.« Ich schiele zu Julian auf, der jetzt plötzlich neben mir steht und mich mit funkelndem Blick ansieht. Er wirkt mächtig wütend. So wütend, dass ich kaum atmen kann vor Panik.

»Reden wir«, sagt er, greift nach meiner Hand und zieht mich durch den Garten ins Haus, als interessiere ihn gar nicht, ob ich überhaupt mit ihm reden will.

»Habt ihr Rushs ein Problem damit, mich allein laufen zu lassen?«, keife ich ihn zornig an, nachdem er meine Hand losgelassen hat und mich in sein altes Kinderzimmer schiebt.

RUSH

Ich werfe die Tür hinter uns zu, drehe mich zu Mila um und versuche, meine Gefühle unter Kontrolle zu bekommen. Sie ist hier in Riverside, während ich sie im ganzen Land suche, mich seit Wochen jeden Tag auf diesen einen Song reduzieren lasse von Medien, den Fans und unserem Team. Und die ganze Zeit ist sie hier und renoviert mit meiner Mutter die Bar.

Als ich sie im Garten neben meiner Mutter gesehen habe, wusste ich nicht, ob ich sie vor Wut zerreißen sollte, oder ihr vor Erleichterung meinen Mund auf ihren drücken sollte, bis sie keine Luft mehr bekommt. Und dann hat sie nichts getan, mich nicht einmal angesehen und alles, was ich fühlen konnte, war die Verwirrung in meinem Kopf und die Ketten, die sich um mein Herz geschlungen haben.

»Du bist einfach verschwunden. Warum?«, stoße ich mühsam hervor, lehne mich gegen die Tür und sauge ihren Anblick in mich auf. Sie ist wunderschön, dieser gehetzte Blick, die Verwirrung auf ihrem Gesicht und ihre Unterlippe, die sie mit ihren Zähnen malträtiert. Ich könnte fast Mitleid mit ihr haben, wie sie in ihren kurzen Jeans vor mir steht, mitten in meinem Zimmer, nur wenige Schritte von meinem Bett entfernt. In dem ich sie jetzt gern hätte.

»Ich bin verheiratet«, sagt sie, als müsse sie mich daran erinnern. Das muss sie nicht, seit dieser Nacht geht mir kaum etwas anderes durch den Kopf, als die Vorstellung, dass sie die Nächte neben einem anderen Mann verbringt.

»Wo ist dein Mann jetzt? Welcher Mann lässt eine Frau, die mit seinem Kind schwanger ist, einfach sitzen?«, frage ich sie zornig. Ein wenig zu zornig?

Sie zuckt zusammen, presst die Lippen aufeinander und weicht meinem Blick aus.

»Tut mir leid«, entschuldige ich mich.

»Wir machen eine Pause«, sagt sie, als wolle sie ihn verteidigen. »Und ich bin hier, um Josh zu helfen. Er hatte einen Unfall mit dem Motorrad.«

Ich schiebe die Hände in die Taschen meiner Jeans, um mich davon abzuhalten, sie zu berühren. Denn das würde ich jetzt gern tun. Sie einfach an mich reißen, aber dazu habe ich kein Recht, weil sie nicht mir gehört. Eine Pause und wegen Josh. Viel lieber hätte ich gehört, dass sie hier ist, weil sie sich so sehr nach mir gesehnt hat wie ich mich nach ihr. Aber eine Pause ist nicht genug für mich, ich will, dass sie diesen Scheißkerl vergisst.

»Ich habe dich gesucht«, sage ich leise. Sie sieht zu mir auf, dann sieht sie sich in meinem Zimmer um und lächelt. Ich folge ihrem Blick und versuche zu sehen, was sie sieht: Poster von Rockbands, meine alte Konzertgitarre, ein Geburtstagsgeschenk meiner Mutter, mein Bett mit einer karierten Decke darauf, der Decke, auf der wir zum ersten Mal miteinander geschlafen haben. Ich grinse, als ich sehe, wie ihre Wangen sich verfärben, sage aber nichts.

»Ich war sogar bei deinem Vater im Büro, er wollte mir nicht helfen.«

Sie schnappt nach Luft und reißt die Augen auf. Sie ist so verdammt wunderschön und heiß, dass es mich umbringt, sie anzusehen. »Du warst bei ihm?«

Ich stoße mich von der Tür ab und gehe auf sie zu. »Mila, ich habe sehr viel getan, um dich zu finden, weil ich nicht vorhatte, dich wieder gehen zu lassen. Aber du hast mich einfach verlassen. Warum hast du mich einfach verlassen? Ich habe unseren verfickten Song gesungen, sämtliche Radiosender haben ihn rauf und runter gespielt, weil ich geglaubt habe, wenn du ihn hörst, wirst du dich bei mir melden.«

Ihre Brust hebt und senkt sich hastig und sie weicht einen Schritt vor mir zurück. »Ich konnte nicht, Julian.«

»Warum konntest du nicht, Seattle?«, frage ich sie. Ich knurre es heraus, als wäre ich ein verdammter Hund. Mein Puls rast so sehr, dass ich ihn überall spüre.

»Weil ich verheiratet bin, Riverside!«, schreit sie mich an, aber ich sehe es in ihrem Gesicht, es ist nicht die Wahrheit. Da ist noch etwas anderes, etwas, das ihr Angst macht. Aber sie lässt mir nicht die Möglichkeit, sie danach zu fragen, sie stürzt einfach an mir vorbei aus dem Zimmer und ich kann mich nicht bewegen, bin nicht dazu fähig, sie aufzuhalten, weil mein ganzer Körper unter Spannung steht. Alles, was ich kann, ist ihr durch mein Fenster nachzusehen, wie sie über die Straße rennt und dann im großen Haus auf der anderen Seite verschwindet.

24. Kapitel

MILA

Nervös wische ich noch einmal über den Tresen. Seit dem Barbecue habe ich Julian nicht mehr gesehen, aber heute wird es sich nicht vermeiden lassen. Josie hat nicht zugelassen, dass ich zu Hause bleibe, wenn die Bar eröffnet. Weil es unser gemeinsamer Verdienst ist. Ich habe versucht, es ihr auszureden, aber dass es zwischen Julian und mir Streit gibt, hat sie nur noch mehr angetrieben, uns unter ein Dach zu bekommen, damit wir uns vertragen.

»Denn ich will nicht meine letzten Augenblicke auf diesem gottverdammten Planeten damit verbringen müssen, mich zwischen meinem Sohn und meiner Freundin entscheiden zu müssen, nur weil sie beide ihre Unterwäsche nicht anbehalten können.«

Nachdem ich die Party so plötzlich verlassen hatte, hatte ich ihr erklären müssen, was zwischen uns in Seattle vorgefallen war, was sie mit einem Stirnrunzeln kommentiert hatte. Sie war alles andere als begeistert von dieser Nachricht gewesen.

»Nur noch ein paar Minuten und sie werden uns die Bude einrennen«, sagt sie grinsend, lehnt sich auf der anderen Seite gegen die Bar und beobachtet glücklich *Wild Novel* dabei, wie sie ihr Equipment testen. Die Band hat sich kurzerhand dazu entschlossen, zur Eröffnung aufzutreten, was sich wie ein Lauffeuer herumgesprochen hat, weswegen wir hier drinnen schon jetzt die kreischenden Fans vor der Bar hören können.

»Ein Wunder, dass überhaupt jemand das Kaff gefunden hat«, meint Tristan, der eben zum Hintereingang hereinkommt. »Heute gebt ihr also mal die Vorband«, meint er grinsend.

»Ich hab die Schilder gezählt, die sie hochhalten. Wild Novel liegt weit vorne«, sagt Ian in das Mikrofon, das vor ihm steht und grinst breit.

»Aber nur, weil ich ihnen versprochen habe, dass ihr nichts unter euren Kilts anhabt«, antwortet Tristan und setzt sich auf einen der Barhocker. »Bekomme ich jetzt Alkohol in dieser Bar?«, wendet er sich an mich und zwinkert mir zu. »Oder machst du das Baby in deinem Bauch zu deiner neuen Ausrede?«

»Ihr wart nicht volljährig, das war keine Ausrede«, verteidige ich mich und stelle ihm eine Flasche Bier hin.

»Geht nicht aufs Haus«, sagt Josie lachend.

»Gibt es denn hier nur neue Regeln?«, brummt John, der sich neben Tristan setzt.

Ich werfe einen nervösen Blick zum Hintereingang, aber Julian ist noch nicht zu sehen, mein Puls beschleunigt sich dennoch.

»Er steht draußen und zieht das gleiche Gesicht wie du«, sagt John lachend.

Ich gebe ihm ein Glas Orangensaft und stelle es mit einem Papierschirmchen vor John. »Geht aufs Haus«, sage ich grinsend zu ihm, Josie lacht und klopft ihm im Weggehen auf die Schulter.

»Geht es nicht, das bezahlst du schön.«

»Ich wollte ein Corona«, sagt er murrend, schnappt sich dann aber doch das Glas und trinkt es aus, er beugt sich über den Tresen und steckt mir das Schirmchen ins Haar.

»Ich nehm ein Corona für Kieran«, sagt Dana und nimmt die Flasche, die ich eben John hingestellt habe, um sie Kieran zu bringen, der sie breit grinsend abnimmt, Dana zu sich auf die Bühne zieht und sie küsst.

»Hmm«, mache ich. »Deine Rechnung wird immer länger.« Ich stelle ihm eine neue Flasche hin.

»Danke«, antwortet er und schnappt sich die Flasche, bevor sie jemand anders nehmen kann. »Du machst dich gut hinter dieser Bar, hast du damals schon.«

»Wenn das eine Beleidigung sein sollte, dann hat es nicht funktioniert. Ich stehe ganz gern hier«, sage ich lachend. Josie stellt sich neben mich, legt mir einen Arm um den Rücken und küsst meinen Scheitel.

»Muss ich erwähnen, dass ich dich herzwingen musste?«, flüstert sie mir ins Ohr.

»Musst du nicht, weil das nichts mit dieser Bar zu tun hatte«, flüstere ich.

Sie lächelt, löst sich von mir und geht mit einem breiten Grinsen zum Eingang, um die kreischenden Fans in die Bar zu lassen, die sofort die Bühne umschwärmen und dort von ein paar muskelbepackten Securitys aufgehalten werden, die sie dazu zwingen, sich Sitzplätze an den Tischen zu suchen.

»Also dann«, sage ich und schnappe mir ein Tablett.

In den nächsten zwei Stunden habe ich genug zu tun, um zwischen den rockigen Balladen von *Wild Novel*, Julians erotischer Stimme und dem Gekreische von aufgescheuchten Mädchen genug abgelenkt zu sein, um mir nicht jede Sekunde zu wünschen, woanders zu sein.

Bis Julian dieses Lied singt, das er als »unseren Song« bezeichnet hat und mich dabei mit einem Blick fixiert, der sämtliche Gefühle, Gedanken und Ängste der letzten Wochen in meinem Herzen überlaufen lässt. Ich stehe wie erstarrt vor der Bühne, in meiner Hand noch immer ein Tablett mit leeren Gläsern und jedes Nervenende in mir zieht sich schmerzhaft zusammen. Ich sehne mich so sehr danach, ihm einfach nachzugeben, aber ich kann nicht. Nicht, wenn ich die Mädchen sehe, die sich zu seinen Füßen winden, die Hände nach ihm ausstrecken und ihn anschmachten. Und was soll ich nachgeben? Meine Gefühle für jemanden zuzulassen, der niemals zu Hause sein wird? Der ständig unterwegs sein wird, umgeben von Mädchen, die alles tun würden, um ein paar Minuten seiner Aufmerksamkeit zu bekommen.

Ich habe Tristan und Ian vorhin belauscht. Tristan hat ihm erzählt, wie die letzten vier Jahre für sie gelaufen sind, ein Leben auf der Straße, von Club zu Club, Bar zu Bar, Mädchen zu Mädchen. Oder wie Tristan sie genannt hat: Chicks. Wie soll ich da reinpassen? Wie unser Baby? Und ich darf nicht vergessen, dass er seit unserem Streit vor einer Woche kein Wort mehr mit mir gesprochen hat, vielleicht will er mich gar nicht mehr. Er hat seine Musik, und die ist ihm nicht nur wichtig, er liebt sie und lebt sie.

Josie hat recht, ihm das zu nehmen wäre egoistisch. Selbst wenn er vielleicht daran glaubt, dass er mich will, wäre er irgendwann wütend, wenn er seine Karriere für mich aufgeben müsste. Trotzdem zerreißt es mich, dass ich ihm nicht von dem Baby erzählen kann und nicht davon, dass seine Mutter, so glücklich sie im Moment aussieht, nicht mehr lange für ihn da sein kann.

Ich stelle das Tablett auf der Bar ab und gehe zum Hintereingang raus, weil ich den Song nicht länger ertragen kann. Ich brauche Luft, muss atmen können, brauche ein paar Minuten, in denen ich nicht das Gefühl habe, von innen heraus zu verbrennen. Er sieht so glücklich aus, wenn er dort oben steht. Es ist fast so, als wäre der alte Rush zurück. Er hat zurückgefunden zu seiner Musik und singt so gefühlvoll wie damals, als er mich sofort mit seiner Musik eingefangen hat.

Ich beende den Song, ignoriere die Hände von kreischenden Chicks, die nach mir greifen, als ich von der Bühne springe, und folge Mila nach draußen. Sie wirkte völlig verstört, als sie zum Hintereingang gestürzt ist. Besorgt reiße ich die Tür auf, lasse sie hinter mir zufallen und bleibe dann auf der oberen Stufe stehen.

»Alles in Ordnung mit dir, Seattle?«, frage ich und hoffe, dass meine fröhliche Stimme dabei hilft, sie aufzumuntern. Aber als sie sich umdreht, kann ich sehen, dass sie weint. Ich gehe auf sie zu und ziehe sie einfach in meine Arme. Sie wehrt sich nicht, lässt einfach zu, dass ich sie an meinen Körper drücke und festhalte. Sie schnieft an meiner Brust und ich lege meine Hand auf ihren Hinterkopf, um sie zu halten. Wahrscheinlich hört sie meinen rasenden Herzschlag, spürt, dass ich am ganzen Körper zittere, nur weil ich das Glück habe, sie spüren zu dürfen. Obwohl sie weint und mich das total fertigmacht, ist dieser Augenblick der schönste seit Wochen für mich.

»Was ist passiert?«, frage ich sanft und lasse sie gehen, als sie versucht, sich zu befreien.

Sie tritt zwei Stufen weiter nach unten und wischt sich dann über das Gesicht und lacht. »Sind nur die Hormone«, sagt sie heiser. »Die quälen mich einfach. Ich komme mir vor, als würde mich sogar die Aussicht auf Regen dazu bringen zu heulen.«

Ich lege den Kopf schief und runzle die Stirn. »Sag mir die Wahrheit.«

»Das ist die Wahrheit«, sagt sie schniefend, dann sieht sie mich zornig an. »Du hättest eben nicht so …«, sie fuchtelt wild mit ihren Händen in der Luft, »… nicht so gefühlvoll singen dürfen. Das ist nicht fair. Das und auch nicht die ewige Kotzerei.«

Sie lacht und ich lache mit ihr, weil sie einfach sie ist, und ihr Lachen, die Tränen und ihre ganze Verwirrtheit so überwältigend sind. Sie hat sich verändert in den letzten Jahren. Von dem kühlen Mädchen, das Emotionen hinter einer Maske aus Stein verbirgt, ist nichts mehr da. Wenn sie damals schon unglaublich anziehend auf mich gewirkt hat, jetzt tut sie es noch mehr.

Wenn ich könnte, würde ich ihren Mann erwürgen, dafür, dass er ihr das antut. Das hat sie nicht verdient. Sie hat jemanden verdient, der für sie da ist, sich um sie kümmert, sie umsorgt. Sie liebt. Auch wenn es mich wahnsinnig machen wird, sie in meiner Nähe zu haben und sie niemals besitzen zu dürfen, solange sie hier in Riverside ist, werde ich mich um sie kümmern.

»Ich bring dich nach Hause.«

25. Kapitel

MILA

»Bist du fertig?«

Ich erstarre, als ich Julians Stimme hinter mir höre, während ich gerade das Wohnzimmer nach dem Schlüssel für Joshs Auto durchsuche. »Fertig für was?«, frage ich ihn und taste jede Ritze des Sofas ab, ohne Julian auch nur für eine Sekunde anzusehen, denn ihn anzusehen lässt meinen Magen flattern, und das will ich im Moment nicht. Ich will, dass gar nichts flattert, wenn er in meiner Nähe ist, weder mein Magen, noch mein Herz, noch meine Nerven. Ich will einfach absolut gar nichts fühlen, damit ich die Zeit irgendwie überstehen kann, bis er endlich wieder auf Tour geht.

»Für deinen Termin beim Gynäkologen.«

Jetzt sehe ich ihn doch an und ich weiß, es war ein Fehler, als ich ihn im Eingang zum Wohnzimmer lehnen sehe in seinem schwarzen Shirt und den zerrissenen Jeans und dem hinterlistigen Lächeln, das zwischen meinen Schenkeln ein Vibrieren auslöst, das vollkommen unerwünscht ist.

»Was hast du mit meinem Termin zu tun?« Ich löse mich von seinem Anblick und öffne jedes Fach der alten Kommode an der Wand. »Josh, ich finde deinen Schlüssel nicht. Bist du sicher, dass du ihn im Wohnzimmer gelassen hast?« Josh und seine Ordnung, ich stoße frustriert die Luft aus.

»Du brauchst den Schlüssel nicht, ich fahre dich.«

Ich reiße die Augen auf. »Wie kommst du darauf, dass du mich zum Frauenarzt fahren darfst?«, keife ich Julian an.

Er nähert sich zwei Schritte, wackelt mit einem Schlüssel vor meiner Nase und grinst. »Weil, meine Liebe, Dana gestern vor ihrer Abreise gesagt hat, ich soll ein Auge darauf haben, dass es dir gut geht.«

»Mir geht es nicht gut, wenn mein Ex mit mir zum Frauenarzt geht.« Ich wische nervös meine verschwitzten Hände an meinen Hosen ab. Ich habe ihm noch immer nicht die Wahrheit über dieses Baby gesagt. Aber nachdem ich ihm in den Glauben gelassen habe, dass Rick der Vater ist, habe ich noch nicht den Mut gefunden. Ich überlege die ganze Zeit, wie ich es anstellen soll. Und schiebe es dann wieder vor mich her, weil ich keinen guten Weg finde, es ihm zu sagen. Zumal ich ihm die paar Tage, die er noch mit Josie hat, nicht damit verderben will, dass er wütend auf mich oder das Baby ist. Deswegen rede ich mir ein, es wäre besser, zu warten, bis er wieder abreist.

Er folgt meiner Bewegung mit den Augen. »Schwarze Stoffhosen, weiße Bluse und sogar ein Halstuch. Wir werden definitiv das heißeste Paar im Wartezimmer sein. Du kannst aufhören zu suchen, Josh hat den Schlüssel mir gegeben. Nun mach schon, beweg deinen Hintern zur Tür raus, ich fahre dich.«

»Du bist ein Arsch«, schimpfe ich und stürme wütend aus dem Haus.

»Wie passt diese Ausdrucksweise zu deinem Aufzug heute? So was erwarte ich von Mila mit den fantastisch kurzen Jeans, aber nicht von Seattle im Sekretärinnenlook.«

Ich reiße die Beifahrertür von Joshs Dodge Challenger auf und steige ein. »Du kannst mich mal.«

Er steigt in das Auto, startet den Motor und sieht mich zufrieden grinsend an. »Keine Sorge, ich warte im Auto, du wirst mich gar nicht bemerken, aber meiner Mom wirst du alles erzählen müssen, denn sie will es wissen. Sie mag dich.«

Ich kneife die Lippen zusammen und wende das Gesicht ab, damit Julian nicht sehen kann, dass ich mich schlecht fühle wegen Josie. Sie bleibt in den letzten Tagen immer öfter zu Hause und in der Bar muss ich immer öfter ihre kleinen Schwächeanfälle und die Aussetzer ihrer linken Hand vertuschen, damit niemand etwas bemerkt. Dass es ihr merklich immer schlechter geht, belastet mich. Nicht nur, weil sie meine Freundin ist, sondern auch, weil sie mich zwingt, so etwas Wichtiges vor Julian zu verbergen. Aber ich verstehe sie auch, sie will nur das Beste für Julian und kann nicht ertragen, wenn er unglücklich ist. Nicht, nachdem sie sich schon schuldig fühlt, weil er im Gefängnis war.

Vor der kleinen Klinik schlüpfe ich schnell aus dem Auto und sehe mich nicht mehr nach Julian um. An der Anmeldung muss ich eine Menge Papierkram ausfüllen, den ersten Tag meiner letzten Regel, Kinderkrankheiten, Impfungen, sonstige Erkrankungen … Viele dieser Fragen kann ich nur mit Hilfe meiner Mutter beantworten, was mich unter Druck setzt, denn nachdem ich ihr vor ein paar Tagen während eines Telefongesprächs von meiner Schwangerschaft erzählt habe, hat sie mir unmissverständlich klargemacht, dass ich meine Ehe wieder hinbekommen soll, ein uneheliches Kind wäre eine »weitreichende Katastrophe für unsere ohnehin schon angeschlagene Familienehre«.

Meine Ehe hinbekommen. Ich weiß nicht, wie das klappen soll. Er ruft mich ständig an und will, dass ich zurückkomme, aber ich bin mir einfach nicht sicher. Wir wissen einfach beide nicht, wie es weitergehen soll, weil jeder von uns einen Teil des Herzens des anderen nicht loslassen kann, immerhin haben wir ein paar Jahre unseres Lebens miteinander geteilt. Und ja, er fehlt mir.

»Soll ich dir dabei helfen?«

Ich sehe von meinem Fragebogen auf und seufze. »Wolltest du nicht im Auto warten?«

»Wollte ich, aber dann ist mir langweilig geworden, ich war auf der Suche nach einem Kaffeeautomaten und habe stattdessen dich gefunden.« Er setzt sich neben mich und wirft einen neugierigen Blick auf meine Antworten. »Du hattest also nie diese hässlichen Hautausschläge? Keine Windpocken, Masern, Röteln?«

»Nein, ich bin geimpft, gegen das Meiste zumindest. Und das geht dich eigentlich nichts an.«

Er grinst. »Ich hab das gefunden.« Er reicht mir ein Probepäckchen mit Schwangerschaftsvitaminen und ein Heft dazu. »In dem Heft steht, Folsäure ist gut für das Baby, also ist es auch gut für dich.«

Ich sehe ihn verwirrt an. »Wann hattest du denn Zeit, das Heft zu lesen?«

»Als ich da drüben stand und dich dabei beobachtet habe, wie du mit deiner Mutter telefoniert hast. Sie sollte dir wohl dabei helfen, all die Fragen zu beantworten.« Er nimmt mir den Fragebogen aus der Hand. »Sieht so aus, als wäre ein Baby zu bekommen eine Wissenschaft.«

Ich lache und stecke das Heft und die Tabletten in meine Handtasche. »Sieht so aus.«

»Du bist dran«, sagt er und zeigt auf die Schwester, die mich ungeduldig ansieht.

Ich stehe mit einem mulmigen Gefühl auf und gehe langsam auf das Behandlungszimmer zu, vor dem sie steht. Sie nimmt mir den Fragebogen ab, wirft einen kurzen Blick darauf und führt mich dann in das Zimmer, wo eine junge Ärztin auf mich wartet. Sie merkt mir meine Angst wohl an, denn sie lächelt freundlich, steht auf und gibt mir die Hand.

Nach noch mehr Fragen, einem Bluttest, einer gynäkologischen Untersuchung nebst schmerzhaftem Abstrich führt sie mich zum Ultraschallgerät. Und zum ersten Mal in meinem Leben habe ich das Gefühl, alles richtig gemacht zu haben, obwohl ich weiß, dass ich das nicht getan habe. Aber wie kann etwas falsch gewesen sein, wenn dieses winzige Wesen daraus entstanden ist, das kaum als ein Baby zu erkennen ist, und trotzdem die Macht hat, meinen Herzschlag anzuhalten und mich zum Weinen zu bringen.

Als wir fertig sind, ziehe ich mich schnell wieder an und verlasse das Behandlungszimmer, weil ich unbedingt raus muss, bevor ich wieder in einem Tränenmeer davonschwimme und vielleicht noch weiter darüber nachdenke, wie falsch es ist, dass ich das eben allein erleben durfte. Ohne Julian. Ohne den Vater, der es hätte auch sehen müssen.

Aber dann komme ich aus dem Zimmer und sehe Julian, der Sina im Arm hält und sie lachen laut. Und ich bin mir wieder sicher, dass meine Entscheidung richtig ist, denn Julian würde ein Baby nur als Einschnitt in seine Freiheit sehen. Eine Freiheit, die er in den letzten Jahren in vollen Zügen ausgekostet hat. Und wenn seine Mutter erst einmal gestorben ist, dann wird dieses Leben sein Anker sein, und den will ich ihm nicht nehmen.

Ich laufe eilig aus dem Wartezimmer, weil ich nicht länger dabei zusehen will, wie Sina sich an ihn schmiegt. Selbst nach all den Jahren schafft sie es noch immer, bei ihm zu landen. Vielleicht ist er sich damals schon nicht bewusst gewesen, dass er sie doch mehr gemocht hat als mich.

»Wo willst du hin?«, fragt er mich.

»Ich stehe hier und warte auf dich.« Ich erwähne nicht, dass ich ihn mit Sina gesehen habe.

Er stellt sich vor mich und hält etwas in den Händen, das er aufmerksam mustert. »Das soll also ein Baby sein?«

Ich runzle die Stirn und werfe ein Blick auf das Ultraschallbild, das er in den Händen hält.

»Woher hast du das?«

»Die Schwester hat es mir gegeben, du hast es liegenlassen.«

Ich nehme es ihm aus der Hand und stecke es schnell ein.

»Zumindest hast du jetzt etwas, das du deinem Arschlochehemann zeigen kannst.« Er geht um das Auto herum, sieht mich wütend an und reißt die Fahrertür auf. »Willst du nicht einsteigen?«

26. Kapitel

MILA

»Wenn ich dich in dieser Schürze sehe, kommen Erinnerungen in mir hoch.« Julian hält meinen Oberarm umklammert und flüstert. Die Gläser auf dem Tablett, das ich mit einer Hand trage, klirren leise, so sehr zittere ich.

Ich werfe einen vorsichtigen Blick durch die Bar, keiner beachtet uns. »Lass mich los«, zische ich Julian an.

Er lächelt, senkt seinen Kopf noch weiter, um mir noch näher zu kommen, seine Nase berührt fast meine und ich bin umgeben von seinem Geruch, was mich noch mehr zittern lässt, weil mein Körper sich verzweifelt nach noch mehr von Julian sehnt. »Ich sage nur, was ich denke. Und ich denke, du siehst heiß aus.«

Er lässt mich los, als ich schockiert nach Luft schnappe, und geht lachend weg. Er weiß genau, was er in mir auslöst, wenn er solche Dinge tut, da kann ich mich noch so sehr verstellen, ihn noch so sehr auf Abstand halten, er weiß, dass ich ihn will und das nutzt er schamlos aus.

Ich bringe die schmutzigen Gläser hinter den Tresen und beginne, sie zu spülen. Die Bar ist heute nicht so überfüllt wie in den letzten Tagen, weswegen es kein Problem ist, dass Josie beschlossen hat, zu Hause zu bleiben. Es geht ihr gerade nicht so gut und damit ich sie nicht verrate, spiele ich Julian etwas vor und achte genau darauf, nicht zu besorgt zu sein, wenn er über seine Mutter spricht.

»Ich hätte gern ein Glas Cola«, sagt ein Mädchen zu mir, das etwa in dem Alter ist wie ich damals, als ich nach Riverside gekommen bin.

Ich schenke ihr Cola ein und stelle das Glas vor sie, sie lächelt schüchtern, sieht dann über ihre Schulter zurück auf Julian, der eben einen Tisch bedient und lachend mit den Mädchen flirtet. »Er ist ziemlich heiß, wie hältst du es nur aus, mit ihm hier zu arbeiten?«

Ich spüre, dass mein Gesicht sich erhitzt, was sie zum Glück nicht sehen kann, weil es zu dunkel ist. »Ich sage mir, er ist den Stress nicht wert.«

Sie sieht mich erstaunt an, nimmt ihr Glas und geht an einen der Tische zurück, die in einer Nische versteckt stehen. Dort sitzen die Mädchen, die zu schüchtern sind, um mit Julian zu flirten und ihn lieber aus der Ferne anschmachten.

Julian stellt ein Tablett mit Gläsern neben mich, beugt sich zu mir und haucht mir heißen Atem auf die Wange. Ich erschauere, lasse mir aber nichts anmerken. Mittlerweile bin ich darauf vorbereitet, dass er immer wieder versucht, mich irgendwie aus der Reserve zu locken. »Erinnerst du dich noch an unsere heimlichen Treffen hinter der Bar?«

»Du meinst zwischen den stinkenden Mülltonnen?«

Er streicht über meinen Oberschenkel. »Irgendwie hab ich das anders in Erinnerung, Seattle.«

Ich weiche einen Schritt zurück, bevor mein Herz noch aus meiner Brust springt. »Julian, was tust du?«

»Ist das nicht offensichtlich? Ich will dich, Mila.«

»Nein, willst du nicht«, sage ich, wende mich ab und fülle Schränke auf, die nicht aufgefüllt werden müssen.

»Woher willst du das wissen?«, fragt er und klingt wütend. Er geht, bevor ich etwas antworten könnte, also folge ich ihm und halte ihn auf, bevor er zum Hinterausgang rausgehen kann.

»Weil wir beide verschiedene Auffassungen von ›ich will dich‹

haben. Ich will dich, ohne die Gefahr, dass du mir das Herz aus der Brust reißt. Du willst mich nur so lange, bis du mich hast und verlierst dann das Interesse. Für dich ist das alles ein Spiel, aber ich kann nicht spielen, ich werde Mutter. Du hast andere Ziele in deinem Leben. Andere Träume. Hast du auch nur eine Sekunde daran gedacht, was es bedeutet, dass ich schwanger bin? Rick hat es«, sage ich und lasse ihn stehen.

RUSH

»Warte!« Ich halte sie am Oberarm fest. So leicht lasse ich sie diesmal nicht entkommen. Sie sieht mich wütend an und ich muss einen Augenblick mit meinen Gefühlen kämpfen, dann atme ich tief aus. »Es ist sein Baby, also sollte er sich damit befassen. Aber wo war er in den letzten Wochen? Ich hab ihn nicht gesehen. Er war nicht ein einziges Mal in Riverside.«

Sie löst meine Hand von ihrem Oberarm und presst die Lippen fest aufeinander. Was ich gesagt habe, geht ihr nahe. Wir stehen hier hinten im Dunkeln, wo keiner uns sehen kann. Es wäre ein Leichtes, sie einfach gegen die Wand zu drücken und zu küssen. Aber sie hat auch recht, wenn sie sagt, ich hätte noch keine Sekunde daran gedacht, dass dieses Baby alles verändert. Sie muss jetzt Entscheidungen treffen, die sie für dieses Baby trifft, und ich weiß nicht, ob ich der Richtige wäre. Ob ich ein Vater sein könnte.

Seit ich mit ihr bei ihrem Termin war, denke ich immer wieder darüber nach, was ich tun würde, wenn es mein Baby wäre. Ob es nicht möglich wäre, dass es sogar mein Baby ist. Die Vorstellung, dass es so sein könnte, versetzt mich in Panik, weswegen ich nicht gewagt habe, sie zu fragen, wie sie so sicher sein kann, dass es nicht von mir ist. Denn ich brauche mich nicht daran zu erinnern, dass wir nicht verhütet haben. Ich habe es nicht getan, weil ich sie ganz spüren wollte. Komplett in sie eintauchen wollte. Ihr so nah wie möglich sein wollte. Es wäre also möglich, dass dieses Baby von mir ist. Dieser Gedanke lässt mich sie noch mehr wollen. Lässt mich noch besitzergreifender werden.

»Könnte es von mir sein?«, platze ich plötzlich raus.

Ihre Augen weiten sich nur für einen kurzen Moment, dann schüttelt sie den Kopf. »Julian ... es ist gerade kompliziert. Rick will es weiter versuchen, und vielleicht will ich das auch. Solange ich hier bin, um Josh zu helfen, will ich versuchen, mir darüber klarzuwerden, ob wir noch eine Chance haben.«

Ich schnaube verächtlich. Sie weiß genau, was sie fühlt. Ich weiß es auch, mir wäre egal, wer der Vater dieses Babys ist. Ich würde es trotzdem lieben, weil ich sie liebe. »Du belügst dich selbst, wenn du glaubst, dass du zu ihm zurück willst. Wir wissen beide, wen du wirklich willst.«

»Warum ist dir das so wichtig?« Sie sieht zu mir auf und ich nähere mich ihr so weit, bis wir nur noch Zentimeter voneinander entfernt stehen und ich ihr fruchtiges Deo riechen kann.

»Weil ich mir über meine Gefühle im Klaren bin. Ich weiß, dass ich dich will.« Ich hole zitternd Luft und gehe an ihr vorbei, weil ich es nicht länger ertragen kann, dass sie sich selbst belügt, wenn sie glaubt, sie könnte uns einfach den Rücken kehren und zu ihm zurückgehen. Wovor hat sie Angst? Kann sie mir noch immer nicht genug vertrauen, um sich selbst einzugestehen, dass sie mich liebt?

27. Kapitel

RUSH

»Was willst du denn schon wieder hier?«

»Ich bringe dir Eistee von meiner Mom.«

Eigentlich bringe ich ihn nicht von meiner Mom. Ich bringe ihn, um bei ihr sein zu können, weil ich mich um sie sorge, weil ich geschworen habe, dass ich für sie da sein werde. Und weil ich mich wie ein Tier freue, wenn sie mich mit diesem genervten Blick anstarrt, wenn ich schon wieder mit irgendeiner Ausrede zu ihr rüberkomme, um ihr Tee zu bringen, ihr im Garten zu helfen, ihr in der Bar zu helfen. Die letzten Tage habe ich geliebt. Jede Minute, die ich mit ihr verbringen konnte.

Mila liegt auf einem Liegestuhl in ihrem Garten und trägt nichts weiter als ihre kurzen Jeans und einen Sport-BH. Heute ist es heiß und sie scheint beschlossen zu haben, dass es gut ist, sich von der Sonne braten zu lassen. Ich weiß nicht, ob es gut für sie ist, aber es ist definitiv gut für mich, denn sie sieht fantastisch aus. Ihre Brüste sind voller geworden. Ich habe gehört, dass das während einer Schwangerschaft passiert, aber es an ihr zu sehen, ist hart für meine Entschlossenheit, nicht über sie herzufallen. Ich weiß nicht wie oft ich ihren Schweinehund von Ehemann in den letzten Tagen verflucht habe, aber ich tue es schon wieder. Ich wünschte, sie würde ihn vergessen. Aber das will sie nicht, als ich heute Morgen für meine erste Sitzung bei Josh war, um den weißen Fleck über meinem Herzen endlich mit Farbe zu füllen, da habe ich sie mit ihm telefonieren hören.

Es war unmöglich, es nicht zu hören, denn sie saß in Joshs Büro und hat gearbeitet, als ihr Telefon klingelte. Und was ich gehört habe, hat mich fast wahnsinnig vor Eifersucht gemacht. Sie haben davon gesprochen, dass er sie zurückhaben will und dass sie nicht sicher ist, ob er das wirklich will, aber sie sich freuen würde, wenn sie es versuchen könnten. Ich musste mich daran erinnern, dass er der Vater ihres Kindes ist und dass es so wohl am besten ist. In diesem Punkt hat Mila recht, ich habe keine Ahnung, auf was ich mich einlassen würde, mit ihr und dem Baby. Was das bedeutet, davon habe ich wirklich keine Ahnung. Aber ich habe darüber nachgedacht, seit sie mich gestern Abend in der Bar zurückgelassen hat und wahrscheinlich würde ich wirklich nicht der beste Vater sein, aber ich wäre bereit, es zu versuchen. Ich versuche es doch schon längst. Ich bin hier, er ist es nicht.

Nach dem Telefonat habe ich mich damit abgelenkt, zusammen mit John und Tristan die Bewerber um meinen Platz in der Band anzuhören in der Bar. Es gab immerhin zwei Kandidaten, die gar nicht so schlecht waren, einer von ihnen war so heiß auf den Job, dass er sämtliche Songs im Vorfeld auswendig gelernt hat. Vielleicht wäre er die Lösung, aber natürlich sieht John das anders. Weil er mich nicht gehen lassen will. Und vielleicht hat er recht, denn ich quäle mich jeden Tag damit, wie es hier sein wird, wenn Mila zurück zu ihrem Mann gegangen ist. Werde ich dann wieder fühlen, wie jeder Zentimeter meines Körpers unter dem Schmerz, sie erneut verloren zu haben, zerbricht? Vielleicht wäre es wirklich der einzig richtige Weg mit den Dingos in ein paar Tagen wieder abzureisen. Aber bis dahin werde ich nicht aufgeben.

Ich setze mich neben ihre Beine und reiche ihr die Trinkflasche mit dem Eistee. »Trink!«

Sie nimmt sie, wirft mir einen hasserfüllten Blick zu, trinkt aber. »Zufrieden?«

Ich lege den Kopf schief, mustere die Flasche und schüttle den Kopf. »Nicht genug.«

Sie trinkt noch mehr, zeigt mir die Flasche und ich schüttle wieder den Kopf. »Das habe ich nicht gemeint.« Ich lege eine Hand auf ihren nackten Unterschenkel und streiche daran nach oben. Auf ihrem Knie lasse ich die Hand liegen und sehe ihr direkt in die Augen. »Es wird erst genug sein, wenn du ihn vergisst.«

Sie schnappt nach Luft und erstarrt, zieht ruckartig ihre Beine weg und setzt sich auf.

»Schon gut«, sage ich. Ihr erschrockener Gesichtsausdruck trifft mich tief. Den Fehler, ihren Mann noch einmal zu betrügen, wird sie kein zweites Mal begehen, das sehe ich in ihrem Gesicht. Ich stehe auf und gehe, bevor sie merkt, wie sehr mich nur diese flüchtige Berührung erregt hat. Bevor ich schwach werde und sie mir einfach nehme, weil er sie nicht verdient hat.

MILA

Er treibt mich in den Wahnsinn! Wo ich gehe, wo ich stehe, wenn ich über die Schulter zurücksehe, ist Julian da. Er bringt mir Eistee? Wirklich? Wann hat er beschlossen, mich zu foltern? Wenn er Riverside nicht bald wieder verlässt, werde ich schwach. Ich weiß selbst nicht einmal mehr, warum ich nicht mit ihm zusammen sein will. Der einzige Grund, mich von ihm fernzuhalten, ist die Angst davor, dass ich mich auf ihn einlasse und er danach einfach wieder aus meinem Leben verschwindet. Dass ich zurück zu Rick gehen könnte, ist doch nur eine Ausrede, die ich für mich und ihn benutze, um ihm nicht nachgeben zu müssen. Um mir nicht eigenstehen zu müssen, dass mein Herz längst weiß, was es will. Vielleicht wird es Zeit, zurück nach Seattle zu gehen?

Es wäre so einfach, Ricks Drängen nachzugeben, aber mein Gewissen lässt es nicht zu. Es ist nicht fair, ihn als Rettungsanker zu benutzen, für den Fall, dass ich mich nicht länger von Julian fernhalten kann.

»Du bringst mir ein Buch?«, frage ich ihn, als er sich mir gegenübersetzt und mir dabei zusieht, wie ich Tomaten für eine Soße in Stücke schneide.

»Ich dachte, du liest in letzter Zeit diese ganzen romantischen Klassiker wieder und das hab ich in meinem Zimmer gefunden.«

Julian flirtet bei jeder Gelegenheit mit mir, und kaum dass er mir den Rücken zukehrt, steht er mit Sina auf der Straße und sie lachen. So wie heute Morgen, als ich aus dem Fenster gesehen habe, bevor er zu seinem Termin bei Josh kam. Da habe ich mir wirklich gewünscht, er würde endlich verschwinden. Und gleich darauf tat es mir wieder leid, denn Josie soll so viel Zeit mit ihm verbringen können wie nur möglich. Es wäre egoistisch von mir, mir etwas zu wünschen, das dem im Weg stehen würde.

»An Jane Austen ist nichts romantisch«, entgegne ich ihm.

Er grinst mich breit an, klaut mir ein Stück Tomate und steckt es sich in den Mund. »Gartenpartys und Tingeltangel?«

Ich lache. »Tingeltangel?«

»Nimmst du deine Vitamine brav?«, will er wissen und grinst noch breiter. Er weiß, wie sehr es mich nervt, dass er und seine Mutter wie Glucken hinter mir herjagen. Trotzdem liebe ich es auch, dass er sich um mich und das Baby sorgt.

Als ich Rick von dem Baby erzählt habe, kam nur ein leiser Fluch und dann hat er aufgelegt und erst zwei Tage später wieder angerufen. Aber ich kann es ihm nicht verübeln, denn er weiß natürlich, dass es nicht seins ist. Aber das glaubt Julian auch, und trotzdem ist er für mich da.

»Jeden Tag«, sage ich. »Nimmst du denn deine?«

»Ja, mein Bier schmeckt gut.«

Manchmal wünschte ich, ich könnte zurück in die Klinik und den Augenblick, in dem ich mein Baby auf dem Monitor gesehen habe, immer wieder erleben. Diese Ruhe, diese Zufriedenheit. Die Wärme. Stattdessen stecke ich in diesem Chaos fest und fühle mich zerrissen. Da ist Julian, für den ich so viel Liebe fühle, dass ich mich nach ihm verzehre, der aber eine andere Vorstellung davon hat, wie sein Leben laufen soll. Ein Leben, das sich schlecht mit einer Familie unter einen Hut bringen lässt. Und da ist Josie, deren Geheimnis ich bewahren soll, obwohl ich weiß, dass Julian mir das so wenig verzeihen wird wie seine Vaterschaft, die ich vor ihm verberge, damit Josie nur noch ein wenig länger mit ihm glücklich sein kann. Und Rick, der mich offensichtlich doch mehr liebt, als ich geglaubt habe, und mich sogar mit einem Kind nehmen würde, von dem er weiß, dass es nicht von ihm ist, den ich aber nicht genug liebe, um mich für ihn zu entscheiden.

»Jane Austen hat selbst nie geheiratet«, werfe ich ein und rühre die Spaghetti um, die ich eben in das kochende Wasser gegeben habe. »Sie war nicht halb so romantisch veranlagt, wie ihre Bücher glauben lassen. Ihre Bücher waren eine Kritik an der Gesellschaft.«

Julian lacht und blättert in *Emma* von Jane Austen. Ich bin mir sicher, dass er nicht deswegen rübergekommen ist. Und auch nicht, um mir beim Kochen zu helfen. Er hat beschlossen, mich ewig damit zu quälen, gegen mein eigenes Verlangen ankämpfen zu müssen.

»Diese Frau hat Liebesromane geschrieben.«

»Und in jedem einzelnen hat sie die damalige Gepflogenheit kritisiert, dass eine Frau nicht aus Liebe heiraten sollte, sondern um ein Leben lang abgesichert zu sein.«

Julian steht auf, stellt sich vor mich, drängt mich gegen den

Küchenschrank in meinem Rücken und stützt sich mit seinen Händen rechts und links von mir ab, dadurch kommt er mir mit seinem Gesicht so nahe, dass ich nicht wage zu atmen. »Und wenn die Kritik nur ein Zufall war und sie die Frauen mit einem Mann verheiratet hat, den sie lieben, weil sie sogar sehr romantisch veranlagt war?« Er streicht mit einer Hand meinen Unterarm rauf und sieht mir direkt in die Augen.

»Sie hat ihr Leben lang unter dem Pseudonym *by a lady* veröffentlicht und nie geheiratet, genau wie ihre Schwestern. Nein, sie war nicht romantisch veranlagt. Gut möglich, dass sie nicht geheiratet haben, weil ihre Mutter eine unglückliche Ehe geführt hat, die nicht aus Liebe geschlossen wurde und sie selbst das nicht auch durchmachen wollten.«

Er zieht eine Augenbraue hoch und sieht mich ernst an. »Aber du willst das durchmachen, zurück zu einem Mann, den du nicht liebst?«

Ich schließe die Augen, um ihn nicht ansehen zu müssen. »Das weißt du nicht.«

»Doch, ich weiß es«, sagt er und legt eine Hand auf meine Wange, sein Daumen streicht über meinen Mundwinkel. »Du kannst ihn nicht lieben, weil du mich liebst.«

Ich schlucke trocken vor Panik und schiebe mich an Julian vorbei, ohne ihn zu berühren, und gehe auf Abstand, bevor ich schwach werde und dem Prickeln zwischen meinen Schenkeln nachgebe. Ich kann ihm nicht nachgeben und dann wieder von ihm verlassen werden. Ich habe gestern gesehen, wie sie den Bus wieder eingeräumt haben. Julian wird nicht mehr lange hier sein und der Gedanke lässt mein Herz jetzt schon implodieren. Es zieht sich immer weiter und weiter zusammen, je mehr Zeit wir miteinander verbringen, und für ihn scheint das alles nichts weiter als ein Spiel zu sein. Er flirtet mit mir, flirtet mit Sina und wer weiß, wie viele noch da draußen auf ihn warten? Und ich bin nicht mehr allein. Es geht nicht mehr nur um mich.

Ich fülle etwas von den Spaghetti und der Soße in eine Schüssel und gebe sie Julian. »Für deine Mutter, geht es ihr schon besser?«

»Nein, sie leidet noch immer an ihrem Infekt.«

Jede Zelle in mir wehrt sich gegen diese Lüge, aber ich muss Josies Wünsche respektieren. Sie hat Julian erzählt, sie hätte nur einen Infekt und ihr würde es bald wieder bessergehen. Sie liegt jetzt schon ein paar Tage im Bett, während Julian mit mir zusammen abends die Bar öffnet. Und ich stehe die ganze Zeit neben ihm und belüge ihn.

»Dann bring ihr jetzt was zu essen«, sage ich und zeige aus der Küche, damit er endlich geht und ich nicht länger mit klopfendem Herzen gegen seine Anziehung ankämpfen muss.

»Wir sehen uns heute Abend in der Bar«, sagt er, als wüsste ich das nicht. Ich bin nur froh, dass wir kaum Zeit haben, uns während der Arbeit zu unterhalten. Das hält ihn aber nicht davon ab, mich wann immer er an mir vorbeigeht oder neben mir steht, zufällig zu berühren. Oder auch absichtlich. Vielleicht wartet nicht nur Josie darauf, dass er bald wieder abreist und sie sterben kann, ohne dass er ihr dabei zusehen muss. Vielleicht warte auch ich darauf, denn eigentlich müsste ich nicht mehr länger in der Bar arbeiten, aber ich tue es, weil die Vorstellung, auch nur einen Tag nicht in seiner Nähe zu sein, mich in den Wahnsinn treibt. Ich habe nicht die Kraft, mich von ihm fernzuhalten, also muss er es tun.

28. Kapitel

RUSH

»Wir sind fertig, welche Gründe wirst du jetzt erfinden, um rüberzukommen und in ihrer Nähe sein zu können?«, will Josh wissen und kneift die Augen wütend zusammen. Josh hat mich schon vor Tagen durchschaut und er ist alles andere als glücklich mit meinen häufigen Besuchen bei Mila, aber das hält mich nicht ab, nach ihr zu sehen und mir selbst einzureden, dass ich es nur tue, um für sie da zu sein und nicht aus der nutzlosen Hoffnung heraus, sie würde mich endlich bemerken.

Ich stehe von der Liege auf und stelle mich vor den Spiegel, um das Tattoo zu betrachten. Josh hat einen ganz anderen Stil als Mark, es sticht hervor, wirkt weniger düster und dafür deutlich ruhiger und nachdenklicher. Josh reibt das Tattoo mit Salbe ein und sieht mich abwartend an. Ich zucke mit den Schultern.

»Keine Ahnung, vielleicht lasse ich mir noch den Arsch von dir tätowieren.«

Josh lacht. »Meine Maschine und ich werden nicht mal in die Nähe deines Prachthinterns kommen. Bring ihr einfach mehr Eistee.« Er geht zurück zur Liege und räumt auf, dann sieht er wieder zu mir auf. »Ernsthaft, Rush, ihr solltet reden.«

»Das tun wir doch.«

»Nicht über Eistee und Jane Austen«, sagt er genervt. »Es gab eine Zeit, da hätte ich dich umbringen können, weil sie so gelitten hat wegen dir. Aber jetzt kann ich nur noch hoffen, dass ihr beide endlich euren Scheiß geregelt bekommt, denn ehrlich, es ist doch nicht zu übersehen, dass ihr das Gleiche wollt.«

Ich ärgere mich darüber, dass er glaubt, sich einmischen zu müssen. Aber ich weiß auch, dass er recht hat. Vielleicht sollte ich einfach zu ihr gehen und sie bitten, ihren Mann zu verlassen. Aber das Recht habe ich nicht. Sie muss allein entscheiden und offensichtlich denkt sie nicht einmal daran, dass es mit mir noch eine weitere Möglichkeit für sie geben könnte. Egal wie oft ich rüberkomme, um ihr zu zeigen, dass ich existiere, ich habe das Gefühl, dass sie einfach durch mich hindurchsieht.

Nebenan höre ich Milas Stimme, sie scheint zu telefonieren. Ich konzentriere mich auf das, was sie sagt. Ich will sie nicht belauschen, aber ich muss es, weil ich wissen will, was sie zu ihrem Mann sagt. Es ist wie ein innerer Zwang, dem ich nicht widerstehen kann, also gehe ich näher zur Tür. Als ich höre, dass Mila aufgebracht klingt, versteift sich jeder Muskel meines Körpers und ich werde wütend, ohne zu wissen, um was es überhaupt geht.

»Nein, Rick«, sagt sie energisch. »Ich habe dir gesagt, ich bin noch nicht bereit. Ich weiß nicht wann. Bitte versteh mich doch.«

Ich verlasse das Behandlungszimmer und gehe nach nebenan, als ich die Verzweiflung in Milas Stimme höre. Sie steht mit dem Rücken zu mir vor dem Fenster und zieht die Schultern hoch, als sie tief einatmet, dann seufzt sie laut und stützt sich schwer auf die Lehne des Bürosessels auf, der neben ihr steht.

»Ich weiß, dass ich dir schon genug Schmerz zugefügt habe und dass es unfair ist, dich noch länger hinzuhalten, aber …« Sie schüttelt den Kopf und ihre Finger drücken sich noch fester in das Leder der Rücklehne. »Josh braucht mich hier noch.« Sie holt tief Luft. »Ich will ehrlich zu dir sein, ich habe dieser Pause nur zugestimmt, weil du so unglücklich mit der Trennung warst und weil ich mich schlecht dabei gefühlt habe. Wir sollten uns auf jeden Fall trennen. Ich will mich nicht länger selbst belügen und dich auch nicht.«

In mir befreit sich bei ihren Worten etwas und plötzlich macht sich Hoffnung in mir breit, was sich wirklich gut anfühlt. Sie serviert ihn endlich ab.

Ich bleibe zwei Schritte hinter ihr stehen, damit ich sie gleich in die Arme reißen kann, sobald sie aufgelegt hat.

Ich verstehe nicht, was er sagt, aber er schreit so laut in das Telefon, dass ich seine Stimme hören kann und die klingt wütend. Das macht mich zornig, weil er sie anschreit. Ich stelle mich so nah hinter sie, dass ich sie fast berühre, nehme ihr das Handy aus der Hand und unterbreche das Telefonat einfach.

Sie dreht sich erschrocken zu mir um, ihre Wangen sind nass und ich muss mich wirklich zusammennehmen, um dieses Arschloch nicht sofort anzurufen, um ihn durch das Handy hindurch zu ermorden.

»Was machst du?«

»Dir helfen. Er sollte so nicht mit der reden.« Eigentlich wollte ich sie jetzt in meinen Armen halten, aber sie sieht mich so zornig an, dass es wohl nicht richtig wäre.

»Er will mich zurück. Er liebt mich, ich verstehe, dass er wütend ist. Ich halte ihn jetzt schon Wochen auf Abstand.«

Ich atme tief ein, um mich zu beruhigen, bevor ich etwas Falsches sage. »Das tust du, weil du weißt, dass du und er keine Zukunft haben.«

»Aber wir?«, fragt sie und ihre Stimme tropft vor Sarkasmus. Sie glaubt also auch nicht daran, dass wir eine Zukunft haben könnten. Warum? Sie runzelt die Stirn, dann fällt ihr Blick auf mein neues Tattoo und ihr Mund klappt auf. Ich straffe die Brust und grinse sie stolz an, und wie ich zugeben muss, auch ein wenig provozierend. Sie blinzelt verwirrt und hebt eine Hand, dann öffnet sich ihr Mund. Was auch immer sie sagen wollte, wird von den Sirenen eines Krankenwagens aufgehalten, die sie erstarren lassen. Sie reißt fast schon panisch den Mund auf und stößt einen leisen Schrei aus.

Was auch immer ich fragen wollte, muss warten, denn sie schreit plötzlich den Namen meiner Mutter und wird blass wie eine Wand.

»Josie!«, stößt sie aus und drängt sich an mir vorbei, hastet aus dem Zimmer, noch bevor sich in meinen Kopf festgesetzt hat, dass sie den Namen meiner Mutter gerufen hat, in dem Augenblick, in dem sich Panik in ihre Gesichtszüge drängte. Mein Herz bleibt für einen Moment stehen, während ich damit kämpfe, mich in Bewegung zu setzen.

29. Kapitel

MILA

Josie war beliebt in Riverside. Das kleine Haus und der Garten sind voller Menschen, von denen ich die wenigsten kenne. Ich kann mich kaum noch auf den Beinen halten, als die ersten Gäste die Feier verlassen. Den Leichenschmaus, wie sehr ich dieses Wort hasse, weil es klingt, als würde man den Tod feiern, indem man den Verstorbenen isst.

Ich sammle das schmutzige Geschirr ein und bringe es in die Küche, dann sammle ich die leeren Flaschen ein, die überall herumstehen, und sorge für etwas Ordnung auf dem Buffettisch. Ich mache mir Sorgen um Julian, er lehnt mit einer Flasche schottischem Whisky an der Hauswand und betrinkt sich.

Er versucht nicht zu weinen oder irgendetwas zu fühlen, aber er sieht immer wieder zornig zu mir her. Josie ist jetzt seit vier Tagen tot und er hat noch kein Wort mit mir gesprochen. Er hasst mich, weil ich ihm nichts verraten habe, aber Josie hatte recht, als sie sagte, er würde dann alles hinwerfen. Er hat alles hingeworfen, John und Tristan fahren schon morgen allein los, nachdem sie vorhin einen heftigen Streit mit Julian hatten. Er gibt einfach seine Karriere auf, seinen Traum. Ich glaube, er zerbricht gerade und ich fühle mich schuldig.

Meine Sicht verschwimmt und ich wische mir schnell die Tränen aus den Augen. Alles erscheint mir plötzlich noch viel schwieriger und ich weiß nicht, wie ich mit der Situation umgehen soll.

Julian hat sich mein Gesicht über sein Herz tätowieren lassen und ich habe ihn so betrogen. Ich betrüge ihn noch immer, denn er weiß noch nichts von dem Baby, weil jetzt nicht der richtige Zeitpunkt ist, es ihm zu erzählen, nur um mein Gewissen zu erleichtern. Julian trägt jetzt seinen eigenen Kampf aus und ihn mit einer weiteren Lüge zu konfrontieren, das bringe ich nicht übers Herz. Und ich habe nie darüber nachgedacht, was ich tun soll, wenn die Gründe, die mich abgehalten haben, es ihm zu erzählen, plötzlich nicht mehr existieren. Irgendwann in den letzten Wochen gab es vielleicht mal den richtigen Zeitpunkt, aber der ist jetzt vorüber.

Ja, ich bin ein Angsthase, seit ich sein Tattoo gesehen habe sogar ein noch viel größerer, denn die Bedeutung von dem, was er da getan hat, hat mir den Boden unter den Füßen weggerissen. Die ganze Zeit habe ich mich daran festgehalten, dass er mir nicht geben kann, was ich möchte. Und dann tut er so etwas, und noch bevor ich etwas sagen kann, habe ich ihn schon verloren und er ist nicht einmal mehr fähig, mich ohne Hass anzusehen.

Ich muss den Abwasch und den Müll auf morgen verschieben, weil ich hier wegmuss. Ich kann es nicht länger ertragen, seine Blicke auf mir zu fühlen und ihn so zu sehen, also lasse ich die leeren Teller und Tassen einfach auf dem Tisch stehen und gehe so schnell ich kann auf das Haus zu. Und dann steht er plötzlich vor mir, seine Krawatte hängt offen um seinen Hals, die oberen Knöpfe seines Hemds sind offen, in der Hand hält er noch immer den schottischen Whisky von Ian und er sieht mich aus rotgeränderten Augen an.

»Warum verschwindest du nicht endlich zu deinem Mann nach Seattle? Wir beide in derselben Stadt, das geht nicht. Geh endlich und lass mich in Ruhe!«, nuschelt er und schwankt dabei. »Ich bin so wütend auf dich.«

Ich balle die Hände zu Fäusten und kann ihn kaum ansehen. »Deine Mom hat das für dich getan, damit du deine Träume ausleben kannst. Ich hatte nicht das Recht, es dir zu sagen«, flüstere ich und laufe hastig aus dem Haus.

»Du warst mein Traum!«, brüllt er mir hinterher, bevor die Tür hinter mir zufällt. »Warst!«

Ich schließe zitternd die Augen und ersticke an den Tränen, die aus mir herausbrechen. Ich habe Josie verloren. Und ich habe Julian verloren.

RUSH

John und Tristan sind weg. Seit sie Riverside verlassen haben, haben wir nicht mehr miteinander gesprochen. Wahrscheinlich habe ich das verdient, denn ich habe mich wie ein Arschloch aufgeführt, als sie mir eigentlich nur helfen wollten. Sie wollten, dass ich wieder mit ihnen komme, jetzt, wo mich hier nichts mehr hält. Und ich habe ihnen vorgeworfen, dass sie nur an sich denken und meine Entscheidung, die Band zu verlassen, einfach nicht akzeptieren wollen.

»Soll ich dir das abnehmen?« Sina greift nach dem Glas, das ich mit zitternden Händen so fest umfasse, dass ich es jeden Moment zerdrücken könnte.

Ich starre auf das Glas und ich wünsche mir, dass es zerbricht und mir tief in die Handflächen schneidet, damit dieser Schmerz den anderen betäubt, der hinter meinen Schläfen pocht und mein Herz zerquetscht. Ich reibe über das frische Tattoo, das manchmal noch juckt und verfluche es. Jedes Mal wenn es sich bemerkbar macht, sehe ich es vor mir. Milas Gesicht. Das Porträt, dessen Züge ich so genau kenne wie meine eigenen. Vielleicht sogar noch besser. Sie hat mir wehgetan, hat mich tief verletzt und dennoch liebe ich sie. Ich verzehre mich nach ihr, aber ich kann nicht in ihrer Nähe sein. Nur an sie zu denken, macht mich schon wütend.

Ich lasse das Glas los und gebe es Sina, die mir seit Mutters

Tod in der Bar hilft. Hier zu arbeiten lenkt mich ab, ich fühle mich wohl dabei. Aber manchmal kommt selbst hier all diese Wut und Enttäuschung hoch, weil meine Mutter und Mila mir verheimlicht haben, dass meine Mutter sterbenskrank war. Sie haben selbst dann noch nichts gesagt, als meine Mutter es kaum noch aus dem Bett geschafft hat. Und das wegen etwas, das sie für meinen Traum gehalten haben. Einen Traum, den ich schon lange ausgeträumt hatte.

»Dir geht es nicht gut«, meint Sina und sieht mich mit diesem Blick an, den sie wohl nur für mich reserviert hat. Ich hasse es, wenn sie mich so ansieht, aber gerade ist mir alles recht, was mich betäubt, also lege ich einfach einem Arm um sie und grinse.

»Lass uns die Bar schließen und ein bisschen Spaß haben.« Ich bin nicht mal scharf auf sie, habe keine Lust zu vögeln, aber es macht mich gerade glücklich, mir vorzustellen, dass Mila den selben Schmerz wie ich fühlt, wenn sie erfährt, dass ich mit Sina rummache.

»Für ein bisschen Spaß bin ich immer zu haben.«

Das weiß ich. Ich erinnere mich noch, dass sie wirklich gute Blowjobs macht. Vielleicht brauch ich das, um Milas Gesicht aus meinem Kopf zu bekommen und zu vergessen, wie schrecklich sich dieser Verrat anfühlt.

30. Kapitel

MILA

Seit gestern Abend wage ich es nicht mehr, aus dem Fenster zu blicken, damit ich nicht noch einmal zusehen muss, wie Julian auf der Straße steht und Sina ihre Zunge in seinen Hals schiebt. Die Erinnerung frisst mich auf, saugt mich aus. Ich bestehe nur noch aus Enttäuschung und Wut. Dabei weiß ich nicht mal, wem die Wut gilt: Julian oder mir?

»Findest du es hier drin nicht etwas dunkel?«

»Es kann nicht dunkel genug sein«, sage ich zu Josh und halte ihn davon ab, die schweren Vorhänge vor den Fenstern im Wohnzimmer zurückzuziehen.

»Ich verstehe nicht, warum du es ihm nicht einfach sagst?«

»Er hat gerade seine Mutter verloren, erfahren, dass sie und ich ihn belogen haben, soll ich ihm jetzt die nächste Lüge an den Kopf knallen? Soll ich einfach rübergehen, bei ihm klingeln, während er mit Sina rummacht und ihm sagen: schön, dass du eine neue Freundin hast, aber hey, ich bin schwanger von dir? Tut mir leid, dir das zu sagen, aber als ich behauptet habe, Rick ist der Vater, war ich eigentlich nur zu feige, dir die Wahrheit zu sagen, weil ich geglaubt habe, du bist ein schlechter Vater.«

»Genau das solltest du.«

Ich seufze frustriert. »Ich weiß, aber er ist im Moment so wütend auf mich, dass ich befürchte, er sagt oder tut etwas, das er später bereut, denn eigentlich ist er nicht dieser Mann, der er in den letzten Tagen war.« Ich denke mit einem Schaudern an das zurück, was er zu mir gesagt hat.

»Dieser Mann ist er wirklich nicht, Schwesterchen. Denn er liebt dich. Er hat zu mir gesagt, er hat schon immer gewusst, dass dieser Platz über seinem Herzen für dich reserviert ist, es ist ihm nur jetzt erst wirklich klargeworden.«

»Das hat er gesagt?« Ich starre mit Tränen in den Augen zu Josh auf und mein Herz krampft sich zusammen. Meine Schuldgefühle beginnen, mich zu verschlingen. Wenn ich nur die Kraft hätte, zu glauben, dass wir eine Chance hätten.

»Wieso stehen die Kisten hier im Wohnzimmer?«, will Josh wissen und sieht sich erstaunt um.

»Weil Rick gleich klingeln wird, um mich abzuholen.«

»Nein! Du läufst nicht weg!«

»Wir haben uns ausgesprochen und wollen es noch einmal versuchen.« Und ja, ich laufe weg, weil Julian recht hat, wenn er sagt, dass wir beide nicht in derselben Stadt leben können. Ich kann es nicht ertragen, zu wissen, er wohnt nur wenige Schritte entfernt und es wird zwischen uns nie mehr so sein, wie es einmal war. Wir werden nicht mehr über Klassiker streiten, er wird mir keinen Tee mehr bringen und mich nie wieder Seattle nennen. Deswegen muss ich die Stadt verlassen, bevor ich mich vollkommen auflöse.

»Du musst es ihm sagen«, knurrt Josh mich wütend an, dann wendet er sich einfach von mir ab und lässt mich stehen.

Ich drehe mich zu den dunklen Vorhängen um und ziehe sie langsam auf. Auf der anderen Seite steht Julians altes Motorrad vor der Auffahrt. Er ist zu Hause. Mein Herz hämmert, aber ich muss es jetzt tun. Denn wenn ich es jetzt nicht tue, dann werde ich einfach verschwinden und er wird es nie erfahren. Und so verführerisch dieser Ausweg wäre, dieser Mensch bin auch ich nicht.

»Also dann«, mache ich mir Mut und setze einen Fuß vor den anderen, gehe direkt auf Julians Haus zu und ignoriere die Angst.

Ich zähle sie einfach weg. Schritt, eins, Schritt, zwei ... Hellblaues Haus, weiße Terrasse, wunderschöner Kirschbaum, ein Motorrad, das die aufregendsten Erinnerungen in mir weckt ... Schritt, vier ... Schmerzen in meiner Brust und unbändige Angst davor, ihn schon wieder hinter mir lassen zu müssen.

Ich atme tief ein, bevor ich die Klingel betätige und hoffe, dass Sina nicht da ist. Ich will mit Julian allein sprechen. »Mach es einfach wie mit einem Pflaster. Bring es hinter dich.« Und verletze ihn schon wieder. Sag ihm, dass du geglaubt hast, er wäre nicht der Mann für eine Familie. Sag ihm, dass du in ihm jemanden gesehen hast, der so erschüttert von der Nachricht ist, Vater zu werden, dass er sofort das Weite suchen wird, statt ein paar nette Tage mit seiner sterbenden Mutter zu verbringen. Sag ihm, dass du geglaubt hast, eine Musikkarriere wäre ihm wichtiger als ein Baby. Sag ihm, dass du dich davor gefürchtet hast, ihm das nehmen zu müssen, was er so sehr liebt.

»Was willst du hinter dich bringen?«

Ich drehe mich um und da steht Julian direkt unter mir vor der ersten Stufe, er trägt nur Jogginghosen und ein Tanktop und er ist verschwitzt und außer Atem. Er sieht einfach zum Anbeißen aus, aber das sollte ich nicht bemerken, also konzentriere ich mich auf den kleinen Transporter, der eben vor unserem Haus hält, und auf Rick, der aussteigt und mich fragend ansieht. Ich gehe die Stufen vor Julians Haus nach unten und bleibe vor ihm stehen. Pflaster! Pflaster!

»Wie geht es dir?«

»Du willst wissen, wie es mir geht? Deswegen bist du rübergekommen?«, will er abweisend wissen. Er ist kaum dazu in der Lage, mir in die Augen zu sehen. Und ja, das habe ich verdient. Trotzdem schmerzt es. Er schiebt die Hände in die Taschen und ich beobachte die Bewegung seiner Muskeln. Unter dem Ausschnitt seines Tops lugt ein Teil meines Porträts hervor. Ich kann nicht anders, ich muss darauf starren, damit ich dem Zorn in seinem Gesicht nicht direkt ausgeliefert bin.

Ich lege die Hände auf meinen Bauch, man kann ihn schon sehen und fühlen, wenn man genau hinsieht. Tief durchatmen. Du warst in den letzten Wochen niemals wirklich mutig, bist vor der Verantwortung davongelaufen und hast immer den einfachsten Umweg genommen. Jetzt nimm endlich einmal den direkten Weg. Sag es ihm, weil du ihn liebst und weil er es verdient hat, die Wahrheit zu wissen.

»Es ist dein Baby«, sage ich und schließe die Augen, als er sein Gesicht verzieht und mich entsetzt ansieht. Ja, es steht ihm ins Gesicht geschrieben, wie enttäuscht er von mir ist.

»Wie viele Wochen? Wie viele Wochen hast du es mir jetzt verschwiegen?« Seine Stimme ist wutverzerrt, sie dröhnt regelrecht und ich kann seine Wut verstehen. Seine Worte sind nicht wirklich als Frage gemeint, sie sind eine Anklage, die ich verdient habe.

»Ich hatte Angst davor, dass, wenn ich es dir sage, wir es versuchen würden und du eines Tages aufwachst und merkst, dass das nicht das Leben ist, das du führen willst und mich verlässt. Das hätte ich nicht ertragen.«

Er presst seine Kiefer hart aufeinander und schüttelt den Kopf. »Du glaubst also, es ist besser, zu deinem Mann zurückzugehen, der irgendwann aufwachen und feststellen wird, dass er ein Kind von dem Mann großzieht, den du wirklich liebst? Was macht dich so sicher, dass er dich nicht verlassen wird?«

Rick bedeutet schon immer Sicherheit für mich. Julian ist unbeständig, nicht einzuschätzen und er hat die Macht, mich zu verletzen. Mir so sehr wehzutun, dass ich lieber sterben würde, als es noch einmal durchmachen zu müssen. Ich antworte ihm nicht.

»Meine Mutter wusste es auch? Hattet ihr noch mehr Geheimnisse vor mir?«

Ich sehe in seine vor Wut glühenden Augen und weiß nicht, wie ich das alles wiedergutmachen kann. »Sie wusste nicht, dass es deins ist. Aber wenn ich es dir gesagt hätte, dann hättest du vielleicht die Musik aufgegeben und das hätte sie unglücklich gemacht. Sie hat geglaubt, dass die Musikkarriere, das Touren und ein Leben in Freiheit das ist, was du möchtest. Ich habe das auch. Und keine von uns beiden wollte, dass du das verlierst. Dafür haben wir dich zu sehr geliebt.« Mir fällt es schwer, das alles zu sagen, aber es muss gesagt werden. Auch, damit er versteht, warum wir die Dinge getan haben, die wir getan haben. Aber vor allem, damit er versteht, wie sehr wir ihn geliebt haben.

Er fährt sich durch die Haare und schüttelt den Kopf, ballt die Hände zu Fäusten und flucht laut. »Warum glaubt ihr alle, ihr wüsstet, was ich will? Ich wollte die Band schon aufgeben, bevor ich dich wiedergetroffen habe. Ich hab es den Jungs am Tag zuvor gesagt.« Er boxt in die Luft, wendet sich von mir ab und starrt auf den Transporter, in den Rick gerade meine Kisten lädt. »Ich hab nur wegen dir weitergemacht, damit du den Song hörst und zu mir zurückkommst. Nur wegen dir, Mila.« Er sieht mich wieder an. »Was tut er da?«

»Ich gehe nach Seattle.«

»Zu ihm?«

Ich nicke. »Du hast es gesagt, diese Stadt ist zu klein für uns beide.«

Er fährt sich wieder mit den Händen durch die Haare und reibt dann seine Schläfen. »Okay«, sagt er leise, dann geht er an mir vorbei und verschwindet in sein Haus. Er lässt mich einfach stehen, ohne ein Wort wegen des Babys, aber das ist okay für mich. Wahrscheinlich muss er darüber nachdenken, was er jetzt tun soll.

Ich trümmere meine Faust gegen die Tür, weil ich den Schmerz jetzt brauche, damit ich wieder klar im Kopf werde. Meine Knöchel platzen auf und bluten etwas, aber das ist mir egal. Ich gehe in die Küche, nehme ein Geschirrtuch aus dem Schrank und wickle es einfach um meine Faust. Mila steht noch immer auf dem Fußweg vor dem Haus. Sie sieht über die Schulter zurück, ich weiß nicht, ob sie mich sehen kann, aber sie geht einfach.

Ich habe mich fast den ganzen Sommer um sie gekümmert und sie hat kein Wort gesagt, dass dieses Baby, für das ich ihren Mann verflucht habe, meins ist. Ich schließe die Augen und atme tief ein, als ich sie wieder öffne, steht sie vor ihrem Mann. Sie unterhalten sich, dann geht sein Blick hier rüber. Er hält eine Kiste in seinen Händen, stellt sie auf den Boden und legt dann eine Hand auf mein Kind. Meinen Bauch. Meine Frau.

Brodelnd vor Wut wende ich den Blick ab. Ich kann noch immer nicht glauben, was sie alles vor mir verheimlicht hat. Aber am Ende hat sie es getan, weil sie geglaubt hat, sie würde uns beschützen. Trotzdem hatte sie kein Recht dazu. Aber verdammt, ich liebe sie. Mein Herz brennt in meiner Brust, genau unter der Stelle mit ihrem Gesicht.

Ich ziehe mein Handy aus der Tasche und schreibe Sina eine Nachricht.

Vergiss unsere Pläne, daraus wird nichts.

Sie war nie ein guter Ersatz für Mila.

Ich muss jetzt etwas tun. Jetzt eine Entscheidung treffen. Für uns beide. Für uns drei. Denn sie kann es offensichtlich nicht. Sie ist im Begriff das zu tun, was sie schon immer getan hat: zu fliehen, weil sie nicht vertrauen kann.

Ich reiße die Tür auf und gehe mit großen Schritten über die Straße, packe ihren Oberarm und drehe sie zu mir herum. Sie sieht mich aus großen Augen erschrocken an. Dieser Gehetztes-Reh-Blick, den ich so sehr liebe, dass er mich jedes Mal umwirft.

»Wenn du mir jetzt nicht sagst, dass du mich liebst, weiß ich nicht, was ich tun werde.« Mein Puls rast so heftig, das mir ganz schwindlig wird. Und ich habe Angst. Habe Angst vor ihrer Antwort, aber ich muss es hören, damit ich weiß, wie es weitergehen wird, was ich tun soll. Denn ich habe absolut keine Ahnung, ich weiß nur, bei dem Gedanken, dass sie mein Kind unter ihrem Herzen trägt, wird mir ganz komisch und ich möchte sie am liebsten so lange küssen, bis uns beiden die Luft ausgeht.

Aber sie sagt nichts. Sie sieht mich einfach nur an, in ihren Augen schwimmen Tränen und sie zittert. Hinter ihr taucht Josh mit einer weiteren Kiste auf, der uns mit einem zweifelnden Blick bedenkt, und ich stehe kurz davor, mich einfach abzuwenden.

Rechts von mir steht dieser Rick, den ich mittlerweile so sehr hasse, dass ich fähig wäre zu vergessen, was ich im Knast gelernt habe, und ihm die Fresse zu polieren. Weil dieser Mann drauf und dran ist, schon wieder zu bekommen, was mir gehört. Alles in mir schreit: Lass sie nicht gehen. Sieh nicht wieder zu, wie sie aus deinem Leben verschwindet. Aber ich kann sie nicht zwingen, sie muss sich selbst darüber klarwerden, was sie will. Ich kann nur hier vor ihr stehen und sie anflehen.

»Vertrauen«, sage ich zu ihr.

Sie sieht zu mir auf und Tränen laufen über ihr Gesicht. So sehr, dass ich mich selbst dafür schlagen möchte, weil ich ihr das antue. Aber ich muss sie zwingen, eine Entscheidung zu treffen. »Vertrau mir, dass ich immer für dich da sein werde. Wenn du bleibst, habe ich alles hier in Riverside, was ich je wollte. Dich.«

Sie schluckt, ihre Unterlippe zittert und sie legt eine Hand auf meine Wange. Sie sieht mich an, als hätte sie Mitleid mit mir und als würde sie mir gleich sagen, dass egal ist, was ich sage, sie wird sich gegen mich entscheiden.

Dann beginnt sie zu lachen und gleichzeitig ist es, als würde sie innerlich zusammenbrechen, so heftig schluchzt sie plötzlich auf. »Ich liebe dich. Sehr sogar«, sagt sie leise.

»Verdammt, ja«, sage ich, lege meine Hand in ihren Nacken und ziehe sie an meinen Körper. Ich grinse auf sie herunter. »Josh, räum den Transporter wieder aus.«

Mit meinem Daumen reibe ich über ihre Unterlippe. »Wird Zeit, dass ich dich küsse.«

MILA

»Wird Zeit, dass ich dir vertraue«, antworte ich und blinzle gegen die Tränen an.

Julian hat mich niemals enttäuscht, selbst damals nicht, als ich gedacht habe, er hätte es. Er war immer nur ehrlich zu mir. Und ich war immer nur zu feige. Meine Angst, mir selbst zu vertrauen, war zu groß.

Als er gesagt hat, dass er mit mir alles in Riverside hätte, was er je wollte, war es mein Herz, das beschlossen hat, ihm zu vertrauen.

Julian wischt mit den Daumen über meine feuchten Wangen und küsst mich. Wir stehen mitten auf der Straße, die Sonne scheint und es ist warm in Riverside. Und ich habe mich noch niemals irgendwo so sehr Zuhause gefühlt wie in den letzten Wochen in Riverside.

»Helft ihr uns jetzt endlich, die Kisten wieder ins Haus zu bringen?«

Ich sehe mich grinsend zu Josh um. Rick steht neben ihm. Er lächelt verbissen, ich bin ihm eine Erklärung schuldig.

»Du hast keinen Gips mehr, also solltest du klarkommen«, sage ich zu Josh.

»Ich muss mit Rick reden«, sage ich leise zu Julian.

»Nur wenn du dir ganz sicher bist.«

»Du hast gesagt, du liebst mich und ich bin alles, was du hier brauchst.« Er lächelt und zieht mich enger an seine Brust. »Dich und unser Baby.«

Liebes Tagebuch,

ich habe mir selbst versprochen, mich an jeden einzelnen Tag zu erinnern, den ich mit Julian verbringe, deswegen fange ich jetzt damit an. Julian hat mir heute Morgen frisch gepressten Orangensaft ans Bett gebracht, mir gesagt, wie sehr er mich liebt und meinen Bauch gestreichelt. Wir haben den Tag im Garten seines Hauses verbracht und er hat mir verboten, mich auch nur ein wenig anzustrengen. Er hat den Pavillon ganz allein gebaut, während ich in den Genuss kam, ihm und seinem nackten Oberkörper dabei zuzusehen.

Liebes Tagebuch,

Julian hat mir heute Morgen frisch gepressten Orangensaft ans Bett gebracht und mir gesagt, wie sehr er mich liebt.

Ich schaffe es endlich wieder, mich auf meinen Roman zu konzentrieren, und Julian schreibt wieder Songs. Abends sitzen wir auf der Terrasse und er singt sie mir und unserer Tochter vor.

Ich liebe ihn so sehr, dass es mir schwerfällt, auch nur eine Sekunde von ihm getrennt zu sein.

Liebes Tagebuch,

Julian hat mir heute Morgen frisch gepressten Orangensaft ans Bett gebracht, mir gesagt, wie sehr er mich liebt und meinen Bauch gestreichelt. Dann habe ich dieses Kleid angezogen, das ich gefunden habe, als wir die Sachen von Julians Mom ausgeräumt haben. Sie hat es getragen, als sie mit Julian schwanger war. Es ist im Stil der Siebziger geschnitten, bedeckt nicht einmal ganz meine Oberschenkel, ist weiß und sieht einfach wahnsinnig niedlich aus, wie es sich über meinen immer dicker werdenden Bauch legt. Ich bin in dem Kleid zwischen den Stuhlreihen entlanggeschritten und habe Julian geheiratet.

Liebes Tagebuch,

Julian hat mir heute Morgen frisch gepressten Orangensaft ans Bett gebracht. Das tut er jetzt seit einundfünfzig Jahren. Dann ist er in den Garten gegangen und einfach gestorben.

Liebe Leser,

ich hoffe, Ihr habt die Liebesgeschichte um Julian und Mila genauso sehr geliebt wie ich es tue.

Während ich an diesem Buch geschrieben habe, haben sich die Figuren und Riverside immer mehr in mein Herz geschlichen. Deswegen wird die Geschichte um Mila und Julian nicht mein letzter Ausflug in die hübsche amerikanische Kleinstadt gewesen sein. Vielleicht Eurer auch nicht, wenn Ihr mit dabei sein wollt?

In diesem Buch trefft Ihr auch Wild Novel, die schottische Band aus den Highland Secrets-Büchern von Elena MacKenzie. Die Jungs begleiten uns jetzt schon eine Weile und sie sind außerdem noch in einigen anderen Büchern des Latos Verlags zu finden. Wenn Ihr Lust habt, schaut gerne mal rein bei Sky Landis, Gillian Hunter oder Elena MacKenzie.

Danksagung

Zum Abschluss noch ein paar Worte an alle, die mich bei der Entstehung dieses Buchs unterstützt haben. Lieben Dank an die wundervolle Verlegerin vom Latos Verlag, auch dafür, dass sie mir so gern in den Hintern tritt, wenn ich mal wieder zu lange brauche, um ein Buch fertigzubekommen.

Ich danke auch Valeska, meiner Lektorats-Göttin, die außerdem so lieb war, Julians und Mias Song ins Englische zu übersetzen. Du bist die Beste!

Und liebe Britt, du bist einfach toll. Das sollte jetzt auch mal gesagt sein. Danke, dass du für mich da bist.

Liebe Leser, Euch möchte ich an dieser Stelle auch nicht vergessen, denn ohne Euch, wo wäre ich da? Ganz lieben Dank an Euch, ihr seid wunderbar.

Und bevor ich es vergesse, Ihr würdet mich glücklich machen, wenn Ihr ein paar Worte in einer Rezension verpacken würdet und mir einfach schreiben würdet, wie Euch dieses Buch gefallen hat.

ISBN: 978-3-943308-73-0

Paige Brown

Rock Heart

»Seine Worte sagen, dass er mehr für mich empfindet, als ich geglaubt habe. Sie sagen, dass ich ihm nicht egal bin. Sie sagen aber auch, dass er nicht zulassen wird, dass ich Vanessa aus seinem Leben verdränge. Und ich weiß nicht, was ich dagegen vorbringen soll, denn ich will nicht diejenige sein, die in ihm die Frau auslöscht, die ihm so viel bedeutet, dass er nicht aufhören kann, nach ihr zu suchen.«

Die erfolgreiche Autorin von erotischen Liebesromanen, Emily Sands, kann es nicht fassen. Da zieht sie aus der WG aus, in der sie mit ihren zwei besten Freundinnen gewohnt hat, um in einer eigenen Wohnung endlich mehr Ruhe für ihre Bücher zu finden, und landet ausgerechnet in der Nachbarwohnung eines bekannten Moderators eines Musiksenders, der ganz nebenbei auch noch Sänger einer Indie-Rockband ist. Und als ob das noch nicht genug wäre, hat auch schon dieser nervige Stalker, der doch tatsächlich glaubt, dass sie in ihrem echten Leben auslebt, worüber sie in ihren Büchern schreibt, auch schon herausgefunden, wo sie jetzt wohnt.

ISBN: 978-3-945766-40-8

Elena MacKenzie

Verführt - bis du mich tötest

Als Katelyn auf den geheimnisvollen Jax trifft, fühlt sie sich sofort zu ihm hingezogen. Er tritt zu einem Zeitpunkt in ihr Leben, in dem sie das Gefühl hat, dass es nicht mehr weitergeht. Ihr Mann betrügt sie, aber wenn sie sich von ihm trennt, verliert sie alles: die Firma, die sie aufgebaut hat, die gemeinsame Tochter und das Leben, das sie kennt. Und dann ist da plötzlich überall dieser fremde Mann um sie herum, der ihr seine Aufmerksamkeit schenkt und sie in diesen Strudel der Gefühle reißt. Doch noch bevor sie sich wirklich auf ihn einlassen kann, wird sie entführt und findet sich irgendwo im Dschungel in einem Camp wieder, in dem man sie foltert. Kurz bevor sie bereit ist, aufzugeben und einen Weg zu finden, ihr Leben zu beenden, kommt Jax in das Camp und gibt ihr neue Hoffnung.